Der Turm der Drachenlenker

Ellen van Velzen

Der Turm der Drachenlenker

Aus dem Niederländischen
von Meike Blatnik

GERSTENBERG

Das Dorf, in dem ich aufgewachsen bin, lag versteckt in einem Tal, eingezwängt zwischen zwei hohen Bergwänden. Es war ein ruhiger Ort, trotz des schneidenden Windes, der beständig um die Berge pfiff. Hinter den ausgedehnten Feldern im Süden lag der Wald, dunkel und geheimnisvoll, und dahinter die weite Welt. Die Welt, in der, den Geschichten zufolge, die unter uns die Runde machten, allerhand Ungeheuer hausten. Was auch immer man sich erzählte, wir bekamen nie ein lebendiges Wesen zu Gesicht, das größer als ein Reh im Wald gewesen wäre, und wir fürchteten auch nicht, dass dies jemals passieren würde.

Wir hätten besser auf das hören sollen, was die Drachenlenker uns erzählten.

1

Es begann an einem hellen Sommerabend, an dem nichts von dem zu spüren war, was kommen sollte.

Nach einem langen Tag harter Arbeit auf den Äckern waren Mond und ich auf dem Rückweg. Die Sonne stand tief über den Bergen und der Wind jagte warm über die Felder. Hoch über uns kreischten die Schwalben auf der Suche nach Mücken. Aus dem Dorf wehte das Gemecker der Ziegen zu uns herüber. Es war ein ruhiger Abend. Andernfalls hätte ich das plötzliche Geräusch aufgeregter Stimmen vielleicht gar nicht bemerkt.

Überrascht drehte ich mich um. Eine dunkle Gestalt trat wild gestikulierend aus dem Schatten des Waldes – Baum, der Holzfäller. Neben ihm erkannte ich zu meiner Verwunderung die kleine, gebeugte Figur von Alter Drachen.

»Komm schon, Jani.« Mond zupfte mich ungeduldig am Ärmel. »Es wird gleich dunkel, lass uns zum Dorfplatz gehen …«

»Das ist Alter Drachen«, sagte ich ehrfurchtsvoll. »Was macht er hier?«

»Keine Ahnung.« Sie zog mich jetzt mit sich. »Vielleicht haben sie einen Drachen verloren. Das ist doch egal. Nun mach schon, Jani …«

»Sie suchen nie nach Drachen, die verloren gegangen sind. Sie bauen neue. Er muss doch im Dorf bleiben?« Ich konnte mich nicht losreißen.

Als sie näher kamen, legte Alter Drachen eine Hand auf Baums Arm. Die laute Stimme des Holzfällers verstummte. Im Vorbeigehen musterten er und Alter Drachen uns durchdringend, schnell blickte ich zu Boden. Sogar Mond hielt den Mund, bis die beiden Männer außer Hörweite waren.

»Jani …« Sie zog mich erneut am Arm. »Du wirst ihnen doch nicht etwa hinterhergehen? Sie erzählen dir nichts, das weißt du. Komm jetzt, die anderen sind bestimmt schon alle auf dem Platz.«

»Du musst ja nicht mitkommen«, antwortete ich. »Geh schon mal vor, ich komme nach.« Wie konnte sie jetzt nur an die Spiele mit den anderen Kindern denken?

Sie antwortete nicht, aber zerrte mich mit sich, bis wir endlich das Dorf erreichten. Mit ein paar hohen Sprüngen erklomm sie die fünf Stufen zum Tor, zwischen den gewaltigen Pfählen der Holzbalustrade hindurch, an der die Drachen verankert waren. Ich sah nach oben, als wir das Dorf betraten. Die Drachen standen reglos in der Luft, wie Hunderte rote, weiße, blaue und grüne Schmetterlinge an den Himmel getupft. Die Drachenlenker hatten heute wenig zu tun, doch das erklärte nicht, warum Alter Drachen sich so weit von seinem Posten entfernt hatte …

Mond ließ mich am Rand des Platzes zurück, wo ungefähr

zehn Kinder lachend hin und her rannten. Aus dem Augenwinkel beobachtete ich, wie Baum und Alter Drachen im Wirtshaus verschwanden, und ich beeilte mich, ihnen zu folgen. Vor der Tür blieb ich stehen. Ich zählte bis zehn, bevor ich hineinging – und direkt gegen Alter Drachen stieß.

Überrascht sah er auf mich hinunter. Mir stockte der Atem, als ich spürte, wie seine auffallend hellgrauen Augen prüfend auf mir ruhten.

»Du hast hier nichts zu suchen, mein Junge.« Seine tiefe Stimme, an die ich mich nur von den Wintererzählungen her erinnerte, klang angespannt. »Das weißt du auch. Geh spielen mit den anderen Kindern. Deine Neugier wird es schon verkraften, nicht gestillt zu werden.«

Jemand gab mir einen Schubs und im nächsten Augenblick stand ich draußen. Die Tür des Wirtshauses fiel hinter mir ins Schloss. Ich hielt kurz inne und lauschte Baums tiefer Stimme, die unverständlich durch die Tür dröhnte. Meine Gedanken schossen hin und her, ich überlegte, was Baum Alter Drachen wohl erzählen mochte, Hunderte Sachen konnten im Wald passiert sein.

Meine Mutter und Tante Meri sagten immer, ich hätte viel zu viel Fantasie.

Die lachenden Stimmen auf dem Dorfplatz gingen auf einmal in Gejohle über. Ich sah auf und machte mich schnell aus dem Staub, als ich bemerkte, dass Neuer Drachen geradewegs auf das Wirtshaus zustürmte. Die schrille Stimme von Lerche beendete das Johlen der Kinder, welches Neuer Drachen nicht einmal wahrzunehmen schien. Erst vor der Tür zum Wirtshaus warf er zunächst mir und dann den anderen Kindern einen wütenden Blick zu. Dann verschwand er nach drinnen und schlug die Tür hinter sich zu.

◊

Die Stimmen im Wirtshaus waren noch den ganzen Abend zu hören, aber erst am nächsten Morgen war meine Mutter bereit, mir zu erzählen, was los war.

»Es hat einen Unfall gegeben, gestern«, sagte sie. »Alte Amsel ist in den Wald gegangen, um die Holzfäller zu besuchen. Sie haben sie erst bemerkt, als sie genau unter dem Baum stand.«

Sie stockte und schien dankbar, als Tante Meri fortfuhr. »Als sie den Baum fällten, wurde sie unter ihm begraben. Sie hat es nicht überlebt, Jani.« Tante Meri schüttelte den Kopf. »Was hatte sie da auch zu suchen ...«

Meine Mutter bedeutete ihr zu schweigen, aber ich hörte schon nicht mehr richtig zu. Darum war es also gegangen? Darüber hatten alle den ganzen Abend geredet, deshalb hatte der Holzfäller Alter Drachen in den Wald geholt?

Ich dachte an Amsel, eine freundliche, aber ein wenig verwirrte Frau, die schon immer, solang ich mich erinnern konnte, steinalt gewesen war. Verschwunden in den dunklen Schatten des Waldes. Eigentlich war ich einer Meinung mit Tante Meri – warum war sie auch dorthin gegangen? So verwirrt war sie doch nicht? Jeder weiß, dass man immer in der Nähe des Dorfes bleiben muss.

Im Dorf herrschte an diesem Morgen eine bedrückte Stimmung, aber nach der Beerdigung machten sich alle wie gewohnt an die Arbeit. Auf den Feldern und in den Obstgärten war viel zu viel zu tun.

Ich war froh, als Mond und ich mit unseren großen Körben wieder zusammen zum Kirschenpflücken durch die langen Obstbaumreihen gingen. Natürlich fragte ich sie, ob sie mehr darüber wusste, was passiert war. Ihre Eltern waren die Wirtsleute, sie wussten immer alles als Erste.

»Es war ein schrecklicher Unfall«, erzählte sie. »Ich habe sie den ganzen Abend lang reden gehört. Mama dachte, ich würde schlafen, aber sie redeten so laut, dass ich jedes Wort verstehen konnte. Baum musste bestimmt zehnmal erklären, wie das passiert ist.«

Sie wirkte überrascht, als ich mich zum Waldrand umdrehte und erleichtert durchatmete. »Was? Jani, was dachtest du denn, was passiert ist?«

»Ich ...« Ich zog verlegen die Schultern hoch. Mond war meine beste Freundin, trotzdem fiel es mir nicht leicht, ihr gegenüber zuzugeben, was die ganze Nacht durch meine Träume gespukt hatte. »Ich dachte ... Als ich Alter Drachen da gestern beobachtet habe, dachte ich ... na ja, dass sie etwas gesehen oder gehört hätten, etwas im Wald. Und als ich erfuhr, dass Amsel –«

Ich hielt schlagartig den Mund, als hinter uns lachende Stimmen erklangen. Mir rutschte das Herz noch weiter in die Hose, als ich Mink und Eshi auf uns zukommen sah.

Meinen letzten Funken Hoffnung, dass sie mich nicht gehört hatten, machte Mink augenblicklich zunichte. »Sprich ruhig weiter, Jani. Du warst dabei, etwas über gruselige Dinge im Wald zu erzählen?« Sie grinste, als Eshi zu lachen anfing. »Über schreckliche Ungeheuer? Oh, du hast recht, jeder weiß, dass die da herumlaufen. Sie warten nur darauf, dass du vorbeikommst, und dann ...«

Sie tat so, als wollte sie sich auf mich stürzen, woraufhin Eshi in lautes Gelächter ausbrach. Mond hielt mich zurück, als ich weglaufen wollte. »Hör auf, Mink«, sagte sie. »Das ist nicht lustig. Amsel ist tot.«

»Weiß ich doch«, sagte Mink leicht entrüstet. »Aber das war ein Unfall und hat nichts mit Ungeheuern oder so was zu tun.«

»Was hatte Alter Drachen dann im Wald zu suchen?«, fragte ich. »Warum hat Baum ausgerechnet ihn geholt? Warum nicht Schwalbe oder Lerche?«

Mink schnitt eine hässliche Grimasse. »Woher soll ich das wissen? Keine Ahnung, was diese Drachenlenker den ganzen Tag über tun.« Sie schnaubte. »Komische Vögel. Immer eingeschlossen in ihrem Turm. Weit weg von den anderen, als wollten sie nichts mit uns zu tun haben.«

Eshi stimmte ihr sofort zu, doch Mond hielt den Mund und hielt den Kopf gesenkt. Ich war zutiefst erschrocken, dass jemand so über die Drachenlenker sprechen konnte. »Sie brauchen ihre ganze Zeit für die Drachen«, sagte ich. »Den ganzen Tag sind sie damit beschäftigt, sie alle in der Luft zu halten, sie zu reparieren und neue zu bauen. Sie haben keine Zeit für uns, bei all den wichtigen Angelegenheiten, um die sie sich kümmern müssen.«

»Wichtig?«, fragte Eshi ungläubig. »Was ist denn so wichtig an Drachen? Was machen sie denn, außer unnütz in der Luft zu schweben? Helfen sie bei der Arbeit? Sorgen sie für Essen?«

»Sie halten ...«, fing ich wütend an und biss mir gleich auf die Zunge. Doch da war es schon zu spät.

»Sie halten die Ungeheuer fern«, feixte Mink. Eshi begann wieder, laut zu lachen, und stieß Mond an, die zum Glück nicht einstimmte. »Mensch, Jani, wie alt bist du eigentlich? Fünf?« Mit einem falschen Lachen versuchte sie sich noch einmal mit Mond zu verbünden, aber die tat, als hätte sie es nicht bemerkt. »Traust du dich überhaupt so weit weg von zu Hause? Musst du nicht zurück zu deiner Mami?«

Dieses Mal lief ich wirklich weg, ohne dass Mond mich zurückhielt. Als sie mir hinterherrannte, verfolgten uns Minks und Eshis lachende Stimmen. Die beiden schnitten Grimassen in meine Richtung und kriegten sich vor Gelächter nicht mehr ein. Mit hochrotem Kopf lief ich weiter, bis wir außer Sichtweite waren.

◊

An diesem Abend war die Stimmung im Dorf noch immer düster und im Wirtshaus ging es fast genauso hoch her wie am Abend zuvor. Auf dem Dorfplatz spielten Mond und Mink mit einigen anderen Kindern Ball, ich hatte allerdings schnell aufgegeben und sah vom hohen Zaun am Platzrand aus zu. Mond hatte es einige Male geschafft, mich zum Mitmachen bei ihren wilden Spielen zu überreden – kleine, flinke Mond, wie sie glucksend über den Platz wuselte, um in den Besitz des Balles zu kommen. Aber im Gegensatz zu ihr war ich fürchterlich ungeschickt, und nachdem ich mehrfach unter Johlen ausgelacht worden war, hatte ich genug.

Laut stiegen die ausgelassenen Kinderstimmen auf und überdeckten die Geräusche aus dem Wirtshaus. Ich hatte wieder versucht hineinzugehen, war aber wie am Tag zuvor ohne Pardon weggeschickt worden. Das überraschte mich nicht – die Kinder wurden im Sommer meistens vom Wirtshaus ferngehalten, fern von den langen Gesprächen, die oft bis in die Nacht dauerten – trotzdem war ich enttäuscht und hatte ein wenig Angst. Was besprachen sie dort alles, das wir nicht wissen durften?

In dem Versuch, mich selbst auf andere Gedanken zu bringen, ließ ich meinen Blick in den Himmel schweifen. Sofort machte ich meinen Lieblingsdrachen zwischen den zahllosen anderen ausfindig – direkt über mir, fast genau in der Mitte. Ein roter Schmetterling, der sich scharf gegen das Hellblau des Himmels abzeichnete, die goldenen Augen gleißend wie Feuer, sobald die Sonne darauf fiel. Es war längst nicht der größte Drachen; das waren die schneeweißen diamantförmigen, die an den Ecken des Dorfes festgezurrt waren. Und vielleicht war es nicht mal der schönste – es war unmöglich zu sagen, welcher schöner als alle anderen war. Doch die goldenen Augen hatten etwas Besonderes, etwas, was meine Aufmerksamkeit immer wieder zum Himmel zog.

So prächtig die Drachen auch waren, heute konnten sie meine Aufmerksamkeit nicht lange fesseln. Zum hundertsten Mal dachte ich zurück an Baum und Alter Drachen. Und an die Geschichten, die Alter Drachen – und ganz selten Neuer Drachen – an dunklen, kalten Winterabenden erzählte. Geschichten über frühere Zeiten und über die weite Welt außerhalb des Dorfes; merkwürdige Geschichten über Orte und Wesen, die niemand je zu Gesicht bekommen hatte.

Meine Gedanken wanderten weiter zu dem, was ich über die letzten Menschen gehört hatte, die sich außerhalb des Dorfes gewagt hatten und nicht zurückgekehrt waren – keine wunderbaren langen Erzählungen wie die der Drachenlenker, sondern geflüsterte Gerüchte. Dass sie von Irrlichtern weggeführt worden und im Sumpf ertrunken wären. Dass ein Basilisk sie versteinert hätte und sie noch immer irgendwo stünden, einsam und verlassen, meilenweit vom Wald entfernt. Dass Drachen oder Werwölfe oder andere der zahllosen Wesen, die da draußen herumliefen, sie gepackt hätten, vielleicht sogar im Wald …

Niemand wusste, was wirklich geschehen war, niemand

setzte einen Fuß in die Außenwelt, um es herauszufinden. Nur Baum und seine beiden ältesten Söhne, die Holzfäller, gingen in den Wald. Doch selbst sie drangen nie tief in den Wald hinein.

Die Drachenlenker wussten viel über die fremde Außenwelt, Dinge, von denen wir keine Ahnung hatten. Und Baum hatte Alter Drachen um Hilfe gebeten, er hatte Alter Drachen so weit bekommen, das Dorf zu verlassen und in den Wald zu gehen …

Die lachenden Stimmen verstummten. Auf der anderen Seite des Dorfplatzes öffnete sich die Tür des Wirtshauses. Baum trat heraus, dicht gefolgt von Alter Drachen. In tiefes Schweigen gehüllt, gingen sie direkt hinter mir vorbei, am Platz entlang zum Turm der Drachenlenker. Baum warf den Kindern einen verärgerten Blick zu, worauf sie ihr Spiel rasch wieder aufnahmen. Die beiden Gestalten verschwanden schließlich in der Gasse.

Kurz blieb ich noch sitzen und überlegte, ob ich es wagen sollte, ihnen hinterherzugehen. Nach einer Weile konnte ich deutlich Baums Stimme aus der Gasse vernehmen, aber er sprach zu leise, um wirklich etwas zu verstehen. Mir schlug das Herz bis zum Hals, als ich schließlich vom Zaun heruntersprang und vorsichtig zur Ecke des Platzes lief, von wo ihre Stimmen kamen.

Als ich mich nach kurzem Zögern traute, in die Gasse zu spähen, bemerkte ich gerade noch, wie die Tür des Turms hinter Alter Drachen zufiel. Von Baum war schon keine Spur mehr zu entdecken, wahrscheinlich war er über die Balustrade auf dem Weg nach Hause.

Enttäuscht schlenderte ich weiter, am Turm vorbei zur Balustrade, welche das Dorf umgab. Als ich hinaufkletterte, sah ich Baum tatsächlich an der anderen Ecke zwischen den Häusern verschwinden. Etwas verloren streifte ich an den dicken Balken, den zahllosen straff gespannten Schnüren, die die Drachen in der Luft hielten, entlang und lauschte den Stimmen von Mond und Mink und allen anderen, die fröhlich und unbesorgt durch die Straßen jagten.

Mein Herz machte einen Satz, als ich hinter mir Schritte hörte. Ich drehte mich um und erschrak noch mehr, als ich Alter Drachen direkt vor mir stehen sah.

Dieses Mal erinnerte ich mich an meine Manieren. Schnell verbeugte ich mich und trat einige Schritte zurück, um einen angemessenen Abstand zu wahren. »Alles Gute sei mit Euch, Drachenlenker«, murmelte ich höflich und schickte mich an, mit weichen Knien wegzulaufen.

»Jani?«

Die tiefe, warme Stimme des Drachenlenkers hielt mich zurück. Ein wenig ängstlich, aber gehorsam drehte ich mich wieder um. Es kam mir keine Sekunde in den Sinn, es nicht zu tun. Man tat, was ein Drachenlenker von einem verlangte.

Sein Gesicht war so faltig, dass es wie vertrocknet wirkte, doch seine hellen Augen sahen mich durchdringend an. »Du darfst mich ruhig ansprechen, wenn du mir begegnest, weißt du.« Er lächelte. »Wenn du mir nicht unbedingt auf der Straße hinterherrufst, meine ich.«

Sofort wurde mein Gesicht knallrot. »Das … das habe ich nie gemacht«, stammelte ich. »Ich habe nicht … Ich meine …«

Alter Drachen verschränkte die Arme. Beschämt spürte ich, wie meine Wangen noch röter wurden, und blickte zu Boden. »Vielleicht ein paar Mal«, flüsterte ich.

»So, so.« Es lag keine Spur von Ärger in seiner Stimme. »Ein ehrlicher Junge. Das ist ein unerwartetes Vergnügen.«

Überrascht sah ich wieder auf. Alter Drachen hatte sich zur

Balustrade umgewandt. Seine Hände glitten auf Armhöhe über den dicken Balken, an dem alle Drachen verankert waren, bis er eine der Drachenschnüre fand.

»Was macht Ihr?«, fragte ich. Und ich fügte schnell hinzu: »Wenn ich das fragen darf.«

»Du darfst«, antwortete Alter Drachen. »Ich muss einen der Drachen herunterholen. Er bewegt sich seltsam im Wind, wir nehmen an, dass er beschädigt ist.«

Ich nickte und beobachtete atemlos, wie seine faltigen Hände äußerst behutsam die Schnur einholten und um eine Holzspule wickelten. Hoch über meinem Kopf löste sich eines der blau-goldenen Dreiecke von seinem Platz und kam langsam, aber stetig näher. Ich nahm all meinen Mut zusammen, um die Frage zu stellen, die mir nach wie vor durch den Kopf spukte.

»Alter Drachen, als Ihr und Baum gestern ...« Ich stockte, als er mich plötzlich über die Schulter hinweg fixierte. »Ich meine, warum ...«

»Warum er mich gebeten hat, in den Wald zu kommen?« Er nickte verstehend. »Er hat sich gefragt, warum Amsel in den Wald gegangen war. Ob sie möglicherweise etwas gesehen oder gehört hatte und ob ich etwas entdecken könnte ...« Er lächelte beruhigend, als er meine wachsende Unruhe bemerkte. »Aber da war nichts. Einfach ein grässlicher Zufall, mehr nicht.«

»Oh.« Doch so sicher er auch klang, meine Angst ließ sich nicht vollständig vertreiben. All meine Albträume über furchtbare Wesen, die in den Schatten des Waldes herumirrten ...

Ich sah wieder auf zu dem großartigen Drachen, den ich noch nie von so Nahem betrachtet hatte. »Stimmt es, dass die Drachen die Ungeheuer fernhalten?«

Alter Drachen musterte mich von der Seite und lachte. »Natürlich, mein Junge. Sie halten alles Böse auf Abstand. Auch die Ungeheuer.«

Es war der geduldige Ton von jemandem, der mit einem kleinen Kind spricht, obwohl ich schon zwölf war. Dennoch empfand ich es nicht als Beleidigung. Alter Drachen sprach mit mir und zum ersten Mal seit zwei Tagen kamen mir meine ganzen Sorgen lächerlich vor. Die Drachen würden uns beschützen, was auch geschah.

»Wo ist Neuer Drachen?«, fragte ich, meine Ehrfurcht ein wenig vergessend. Die beiden Drachenlenker waren sonst eigentlich immer zusammen.

Alter Drachen lachte erneut. »Nennt ihr ihn noch immer so? Es ist schon ein paar Jährchen her, dass er der neue Drachenlenker wurde. Er lässt die Drachen schon länger steigen, als du auf der Welt bist …«

Alter Drachen schwieg, seine ganze Aufmerksamkeit galt dem Drachen, der jetzt ganz nah war. Er war viel größer, als ich gedacht hatte – länger als ich und fast doppelt so breit. Hoch in der Luft hatte er nie so gewaltig gewirkt, aber aus der Nähe war der Drachen das Respekteinflößendste, was mir je begegnet war. Die goldenen Augen waren riesig und schienen sich bösartig auf mich zu richten, während sie im Wind hin und her sprangen. Ich begriff auf einmal, warum Böses vor den Drachen Angst hatte.

»Findest du sie schön, Jani?« Alter Drachen warf mir einen Blick zu, bevor er seine Aufmerksamkeit wieder auf den Himmel richtete. »Die Drachen. Ich habe bemerkt, dass du oft nach oben schaust. Findest du sie schön?«

Ich nickte ungestüm. »Ich finde sie fantastisch, sie sind so …« Mir fehlten die Worte.

»Magisch?«

Das war ein Wort, das ich nur aus seinen Geschichten kannte, aber es umschrieb gut, was ich fühlte – warum sie meine Aufmerksamkeit immer wieder auf sich zogen. »Magisch«, wiederholte ich leise.

Alter Drachen sagte: »Es gibt nicht viele Menschen, die das verstehen, weißt du. Jeder ist darüber im Bilde, wie wichtig die Drachen sind, aber nur sehr wenige können wirklich fühlen, was sie bedeuten.« Er schenkte mir ein kurzes, freundschaftliches Lächeln. »Und schon gar nicht viele in deinem Alter. Ich glaube, so jemanden wie dich gibt es nicht oft, Jani.«

Mein Gesicht wurde aufs Neue feuerrot und mit einem Mal war ich wieder schrecklich verlegen. Sogar meine Mutter, die mich genug liebte, um mich den Tod meines Vaters vergessen zu lassen, sagte immer, dass ich besser im Träumen sei als im Arbeiten. Und nach Meinung der anderen Kinder war ich zu überhaupt nichts zu gebrauchen.

Eine Zeit lang schwiegen wir, bis Alter Drachen plötzlich fragte: »Möchtest du mal versuchen, den Drachen zu lenken?«

Erschrocken wich ich zurück. »Geht das?«, flüsterte ich.

»Wenn du gut aufpasst und tust, was ich sage. Und nur dieses eine Mal, weil ich dabei bin, verstanden?« Er nickte mir ermutigend zu. »Komm mal her, dann zeige ich dir, wie es geht.«

Zögerlichen Schrittes trat ich näher, hin und her gerissen zwischen Begeisterung und Furcht. Alter Drachen nahm eine Hand von der dicken Spule und zeigte mir, wie ich sie festhalten musste. »Pass gut auf. Und nicht loslassen, egal was passiert. Spann dich an und halt die Handgriffe ganz fest, der Drachen zieht mit viel mehr Kraft, als du denkst …«

Es war gut, dass er mich gewarnt hatte, denn als ich die

Schnur in beiden Händen hielt, wurde ich sofort mit einem Ruck nach vorn gezogen. Alter Drachen packte mich am Oberarm und zog mich wieder zurück. »Halt ihn still. Genau, so ... Versuch ihn jetzt ein Stück einzuholen. Langsam, nicht zu schnell ...«

Mein Herz schlug derart heftig, dass ich glaubte, mein Brustkorb würde zerspringen. Ein überwältigendes Gefühl von Freude überkam mich. Ein Drachen, ein echter Drachen, den ich in ...

Fremde Hände ergriffen meine, so fest, dass ich aufschrie und fast die Spule fallen ließ. Eine laute Stimme an meinem Ohr. »Dan, verdammt noch mal, bist du denn von allen guten Geistern verlassen? Was, um Himmels willen, tust du da?«

Ich fuhr zurück, als Neuer Drachen mir die Spule mit einem Ruck entriss, nicht in der Lage, etwas zu erwidern. Er warf mir einen giftigen Blick über die Schulter zu und ignorierte mich anschließend, ganz auf den Drachen konzentriert. »Dan, kannst du den Diamant zur Seite lenken? Die Schnüre stehen zu dicht beieinander.«

Ich zitterte noch immer, als Alter Drachen mich losließ. So schnell wie möglich wich ich noch weiter zurück, weg von Neuer Drachen. Während Alter Drachen an mir vorbeilief, lächelte er entschuldigend. »Mach dir keine Sorgen, Jani«, sagte er milde. »Du hast nichts falsch gemacht. Wes ist extrem vorsichtig, das ist alles. Es ist Schwerstarbeit, einen Drachen herunterzuholen. Da stehen so viele am Himmel, da hängen so viele Schnüre, die beinah unsichtbar sind. Man muss furchtbar aufpassen, sonst verheddern sie sich. Das kann ganz leicht schiefgehen.«

Ich wusste nicht, worüber ich mehr erschüttert war: über die Reaktion von Neuer Drachen oder über die Tatsache, dass die Drachenlenker Namen hatten, genau wie jeder normale Mensch. Aber ich bekam nicht die Gelegenheit, darüber nachzudenken.

Von Weitem, von jenseits der Felder und dunklen Schatten des Waldes, erklang ein hoher, lang gezogener, tierischer Schrei.

2

»Was war das?« In der ohrenbetäubenden Stille, die auf den Schrei folgte, kam mir mein Flüstern auf einmal ganz laut vor.

Alter Drachens Aufmerksamkeit war auf den roten Diamanten gerichtet, den er mit einigen schnellen Bewegungen zur Seite lenkte. »Es ist nichts, Jani. Mach dir keine Sorgen.«

»Aber –«

Neuer Drachen unterbrach mich mit eisiger Stimme. »Hör auf das, was er sagt, Junge. Oder hast du überhaupt keinen Respekt? Es ist nichts.«

Stimmen und Schritte erklangen, erst leise und zögernd, aber bald lauter und gehetzter. Ein Schrei gellte zwischen den Häusern hindurch, entsetzlich hoch und abscheulich einsam. Alter Drachen beendete seine Tätigkeit so rasch wie möglich. Er wechselte einen Blick mit Neuer Drachen, der schweigend nickte. Danach gab Alter Drachen mir ein Zeichen, ihm zu folgen. »Komm, Jani.«

Auf dem Platz hatte sich das ganze Dorf versammelt – fast hundert Männer, Frauen und Kinder. Gebannt folgten sie Alter Drachen mit den Augen, als wir über den Zaun kletterten und auf den Platz liefen. Die Irre Alte Gerda, die noch mehr Hänseleien zu ertragen hatte als die Drachenlenker, stand ein wenig abseits und jammerte vor sich hin. Sie wirkte verwirrter als sonst, verloren wie ein kleines Kind, das seine Mutter nicht finden kann.

Es schüttelte mich. Am Wirtshaus entdeckte ich meine Mutter und Tante Meri, gemeinsam mit Dern und Schwalbe, den Wirtsleuten. Neben ihnen standen Mond und ihr kleiner Bruder Lon. Als Mond mich entdeckte, flog sie sofort quer über den Platz auf mich zu. »Jani, hast du das gehört? Was glaubst du –« Sie bemerkte Alter Drachen und blieb abrupt stehen. »Ich meine … Das Gute sei mit Euch«, sagte sie stotternd. Danach hellte sich ihr Gesicht wieder auf. »Alter Drachen? Wisst Ihr …«

Alter Drachen lächelte, ging aber, ohne zu antworten, weiter zum Wirtshaus. Mond ließ sich nicht oft zum Schweigen bringen, doch jetzt hielt sie den Mund und lief hinter Alter Drachen her, zurück zu ihren Eltern. Niemand sprach ein Wort, während uns alle ins Wirtshaus folgten. Sogar das Gekreisch der Irren Alten Gerda verebbte nach einer Weile gänzlich.

Als alle saßen, erhob Dern die Stimme. »Könnt Ihr uns sagen, was das war, Alter Drachen?«

Alle Augen waren auf Alter Drachen gerichtet. Er saß im Lehnstuhl neben dem Kamin, demselben Stuhl, in dem er die Kälte und die Dunkelheit des Winters mit seinen langen Geschichten vertrieb. Jetzt lauschten alle genauso atemlos, was er zu sagen hatte.

»Die Welt um uns herum ist ein ganzes Stück größer, als

sich jeder Einzelne von uns auch nur vorzustellen vermag«, fing Alter Drachen an. »Darum sollte es uns nicht wundern, dass Wesen in ihr herumlaufen, die niemand von uns jemals gesehen oder gehört hat. Das ist kein Grund, Angst zu haben. Und vor diesem Wesen schon gar nicht.« Er deutete ein kurzes Lächeln an. »Was wir gehört haben, war der Ruf eines Phönix.«

Ein ungläubiges Murmeln breitete sich im Wirtshaus aus. »Ein Phönix?«, fragte Mond laut, trotz der verärgerten Gesten ihrer Mutter. »Ein Feuervogel? Gibt es die wirklich?«

Lon fing an zu kichern, aber hörte schnell wieder damit auf, als sein Vater ihm einen Stoß versetzte. Alter Drachen nickte nur. »Natürlich, Mond. Aber wie ich bereits sagte: Die Welt ist groß. Dass du sie noch nicht gesehen hast, bedeutet nicht, dass sie nicht existieren.« Er lächelte ermunternd. »Alles, was wir euch jemals erzählt haben, ist wahr. Vielleicht glaubt ihr es jetzt endlich.«

Schlagartig wurde der ganze Raum wieder still. Dern räusperte sich unbehaglich. »Wisst Ihr sicher, dass es das war, Drachenlenker?«

»Ganz sicher«, sagte Alter Drachen ohne Zögern. »Der furchterregende Schrei eines einsamen Phönix nach seinen Artgenossen, die er nicht finden kann. Der Zufall muss ihn hierher geführt haben. Der Rest seiner Art ist weit weg. Wir können die Geister nur bitten, ihn den Weg zurück finden zu lassen. Aber er wird sicher nicht in unsere Nähe kommen.«

Alle pflichteten ihm bei. Natürlich würde kein Wesen das Dorf erreichen – dafür sorgten ja die Drachen. Auf Derns Gesicht zeigte sich ein seltenes Lächeln. »Wir haben Vertrauen in Eure Arbeit, Alter Drachen.«

»Und wir danken euch für euer Vertrauen.« Alter Drachen stand wieder auf und nahm die ehrfürchtigen Verbeugungen seiner Zuhörer entgegen. Danach schritt er würdevoll zwischen den Tischen hindurch nach draußen. Im Vorbeigehen nickte er mir zu, was Mond mit Staunen registrierte. Erst als er weg war, fingen alle gleichzeitig an zu reden.

»… so nah dran! Wenn er nur nicht …«

»… oder andere hierherruft …«

»… solange die Drachen oben sind, sind wir …«

Mond zupfte an meinem Ärmel und einen Augenblick später standen wir draußen. Die Stimmen aus dem Wirtshaus wogten über den Platz, wo Neuer Drachen dem älteren Drachenlenker mit großen Schritten entgegenkam. Gemeinsam machten sie sich auf zu ihrem Turm an der Nordseite des Dorfes.

»Ein Phönix«, flüsterte Mond. Ihre Stimme hüpfte durch die leeren Gassen, als sie auf einmal anfing, ausgelassen zu lachen. »Stell dir das mal vor, Jani! Ein Phönix!«

Ich stellte es mir vor. Der schauderhafte, unheimliche Klang seines Schreis geisterte mir noch immer durch den Kopf – ganz anders als der wunderbare Gesang, den Alter Drachen in seinen Geschichten beschrieben hatte. »Er klang, als ob er Schmerzen hätte. Oder großen Kummer.«

Mond hörte auf zu lachen. Mit einem tiefen Stirnrunzeln sah sie mich an, als würde sie versuchen, etwas sehr Schwieriges zu verstehen. »Das glaube ich auch«, sagte sie schließlich. Dann griff sie wieder nach meiner Hand. »Warst du bei Alter Drachen? Als dieser Schrei erklang?«

Über mein Gesicht breitete sich ein Strahlen aus. »Er hat mich den Drachen halten lassen! Es war …« Ich suchte nach Worten, aber schwieg, als ich merkte, wie Mond mich verwundert musterte. »Was ist denn?«

»Du durftest …? Du machst dich lustig über mich.«

»Was?« Ich konnte nicht fassen, dass sie so was von mir dachte. »Warum sollte ich mich über dich lustig machen?«

»Er hat dich den Drachen lenken lassen? Bei allen guten Geistern, Jani ...« Sie schüttelte ungläubig den Kopf.

»Ja«, sagte ich, aber weiter kam ich nicht. Ich begriff nicht, warum sie auf einmal so ein Gesicht zog. Ich hatte vorgehabt, ihr zu erzählen, wie es sich anfühlte – dieser eine Moment, in dem ich so etwas Mächtiges und Respekteinflößendes in Händen hielt. Doch jetzt beschloss ich, es doch besser für mich zu behalten.

»Du«, sagte sie wieder. »Es hat schon lange keine neuen Drachenlenker mehr gegeben. Und Alter Drachen ... er ist schon sehr alt.«

Auf einmal verstand ich, worauf sie hinauswollte. Mein Herz schien kurz stehen zu bleiben.

Ich hatte noch nie darüber nachgedacht ... Ging denn das?

»Würdest du das machen?« Monds Stimme war kaum zu hören. »Würdest du ein Drachenlenker werden wollen?«

Wollte ich das? Das Leben der meistverehrten, meistrespektierten und meistgefürchteten Menschen im Dorf – ganz allein, das normale Leben aufgegeben, um sich um die Drachen zu kümmern, tagein, tagaus. Für den Rest meines Lebens.

Ausgeschlossen, endlos gehänselt und verspottet von den Kindern aus dem Dorf ...

Jetzt war Mond ihre Erschütterung erst recht anzumerken. Mir wurde – viel zu spät – klar, dass sie erwartet hatte, ich würde sofort Nein sagen. Dass sie niemals gedacht hatte, ich würde es mir auch nur eine Sekunde lang wirklich überlegen.

Ich zögerte kurz. »Ich weiß es nicht«, sagte ich dann.

Hinter uns öffnete sich wieder die Wirtshaustür und die ersten Menschen tröpfelten auf den Dorfplatz. Bei unserem

Anblick runzelte Tante Meri die Stirn. »Seid ihr immer noch hier? Jani, es ist höchste Zeit, ins Bett zu gehen. Und Mond, für dich gilt dasselbe.«

Wortlos drehte Mond sich um. Langsam ging sie zurück zur Tür und verschwand.

◊

Erst am nächsten Abend begegnete ich Mond wieder. Normalerweise war ich gern allein, aber noch bevor der Vormittag um war, vermisste ich ihre unerschütterliche Fröhlichkeit. Der Tag kroch im Schneckentempo vorüber, während ich mich fragte, wo sie steckte. Womöglich musste sie im Wirtshaus bleiben, um ihren Eltern zu helfen; möglicherweise hatte es nichts mit mir zu tun …

Als ich am Ende des Tages auf dem Heimweg war, hörte ich ein Kichern hinter mir. Ich beschleunigte meine Schritte, als ich Mink und Eshi erkannte, aber sie holten mich schnell ein. »Jani!«, rief Eshi fröhlich und schloss zu mir auf. »Wir haben dich gestern bei Alter Drachen gesehen. Was hat er dir denn alles erzählt?«

»Er sagte …« Unbehaglich hob ich meine Schultern, gleichzeitig beeilte ich mich weiterzukommen. »Nichts Besonderes. Ein Drachen war beschädigt.«

»Oh, ein Drachen war beschädigt«, sagte Mink und schlug sich mit gespieltem Entsetzen eine Hand vor den Mund. »Wie furchtbar! Es kommt doch wieder alles in Ordnung?«

Sie lachten beide, während die Wut in mir aufstieg. »Oh, Jani. Jetzt stell dich nicht so an. Was macht das schon?« Mink stieß mich neckisch an. »Sie sind schon komisch, findest du nicht? Pass nur auf, am Ende verwandelst du dich selbst noch in so einen komischen Vogel.« Sie kicherte erneut. »Genau wie dein Vater …«

Es kostete mich meine ganze Selbstbeherrschung, nicht loszuschreien. Mit großen, grimmigen Schritten stiefelte ich weiter, bis ich fast mit jemandem zusammenstieß, der zwischen den Bäumen hindurch auf mich zusprang. »Jani!«

Es war Mond. Sie sah zwischen mir und ihren zwei Freundinnen hin und her und sagte dann schnell: »Deine Mutter will, dass wir nach Hause kommen. Auf der Stelle.«

Das war eine faustdicke Lüge, doch zu meiner Überraschung ließen Mink und Eshi uns in Frieden, als ich rasch hinter Mond herlief. »Danke«, sagte ich, nachdem ich sie eingeholt hatte. Das war nicht das erste Mal, dass sie mich auf diese Art und Weise rettete, aber ich war ihr selten so dankbar dafür gewesen wie jetzt.

Sie nickte abwesend, aber antwortete nicht. Nach einem Dutzend weiterer Schritte blieb ich stehen. »Mond …«

»Sie haben recht, weißt du«, sagte sie fast flüsternd. »Es sind komische Leute. Die Drachenlenker. Immer allein, sie kümmern sich nicht um den Rest des Dorfes, reden so gut wie nie … Warum willst du werden wie sie?«

Ihre letzten Worte klangen flehend und gaben mir das schmerzliche Gefühl, mich schämen zu müssen. Ich zuckte mit den Schultern. »Ich habe nicht gesagt, dass ich das will.«

Sie musterte mich und jetzt erst bemerkte ich, dass ihre Augen rot waren. Sie hatte geweint. »Mond, warum …«

»Ich habe mit meiner Mutter darüber gesprochen, heute Morgen«, sagte sie. »Sie war böse auf mich.«

»Wirklich? Warum?« Ich konnte mir fast nicht vorstellen, dass Schwalbe böse werden konnte. »Was hat sie gesagt?«

Mond holte tief Luft und schaute an mir vorbei, hoch zu

den Drachen, die in der Ferne am Himmel standen. »Sie sagte, dass Drachenlenker geboren werden, nicht gemacht. Dass niemand sie davon abhalten kann zu werden, was sie werden müssen.«

Ich nickte verständnisvoll. »Sie hat dir gesagt, dass du mich nicht von meiner Entscheidung abhalten sollst.«

»Ja.« Sie sah mich von der Seite an. »Aber ich verstehe nicht … warum solltest du so werden wollen wie die beiden? Ich meine, ich weiß, wie wichtig die Drachen sind, und ich bin zutiefst dankbar, dass es Menschen gibt, die sie Tag und Nacht in der Luft halten. Ich verstehe nur nicht … ich kapier nicht, warum *du* es willst.«

»Alter Drachen hat gesagt, dass nicht viele Menschen es begreifen«, sagte ich. »Nicht wirklich, dass die meisten Menschen die Kraft der Drachen nicht spüren können.«

Mond blickte mich mit einem Ausdruck von Schreck und Verwunderung an. Ich glaube, sie begriff zum ersten Mal, dass ich wirklich etwas sah, was ihr verborgen blieb. Für mich war es genauso seltsam, mir vorzustellen, dass sie es nicht wahrnahm. Dass jemand die Drachen betrachten konnte, ohne vor Ehrfurcht zu verstummen. Dass jemand so über sie sprechen konnte, wie Mink es tat.

»Oh, Jani«, sagte sie, kaum hörbar. »Du willst es wirklich tun, oder nicht?«

Ich setzte mich wieder in Bewegung. »Ich weiß es nicht, Mond. Vielleicht … Ich weiß nicht, ich habe noch nie wirklich darüber nachgedacht, was ich später machen will. Ich habe keinen Vater, in dessen Fußstapfen ich treten könnte. Und das hier ist …« Ich hob meine Schultern.

Nachdenklich fragte sie: »Würde es dich glücklich machen … solch ein Leben?«

Daran zweifelte ich kaum. »Ich glaube schon.«

Nach einer kurzen Pause lachte sie auf und gab mir einen Stoß. »Ich glaube, Mink hatte recht. Du bist jetzt schon ein ganz schön komischer Vogel.«

Als ich protestierte, lachte sie noch lauter und mit einem Schlag war die ganze Spannung zwischen uns wie weggeblasen. Doch sogar unter ihren fröhlichen Neckereien lag etwas Düsteres, das die sommerliche Wärme und das helle Sonnenlicht nicht vertreiben konnten. Ich fragte mich, was sie wirklich dachte.

Ich fragte mich, ob sie wirklich fand, dass Mink recht hatte.

◊

An diesem Abend hatte sich das ganze Dorf erneut im Wirtshaus versammelt, hinter verschlossenen Türen – die Tür, die im Sommer immer offen stand, sogar nachts, blieb jetzt zum dritten Mal geschlossen.

Unschlüssig blieb ich am Rand des Platzes stehen. Mond rief mich, aber nach dem Zusammenstoß mit Mink und Eshi hatte ich wenig Lust, mich ihrem Spiel anzuschließen. Ein wenig missmutig beschloss ich, besser zu gehen. Ich winkte Mond zu und lief zu unserem Haus, ganz in der Nähe des Wirtshauses.

Als ich vor der Tür stand, schallte mir die laute Stimme Tante Meris entgegen, die mal wieder mit etwas nicht einverstanden war. Ich blieb stehen, um zu lauschen.

»... aber das kann man ihm nicht antun. Er hat es schon schwer genug, ich will nicht, dass so etwas aus ihm wird.«

»Es ist überhaupt keine Schande, so etwas zu werden«, entgegnete eine andere Stimme ruhig.

»Das hat sie nicht so gemeint, Drachenlenker«, erwiderte meine Mutter. »Bei allen guten Geistern, natürlich wollte sie Euch nicht beleidigen. Aber … glaubt Ihr wirklich …«

Ich hatte genug gehört, um zu begreifen, worum es ging. Ich stieß die Tür auf und war nicht überrascht, als Alter Drachen meiner Mutter und Tante Meri gegenüber saß. Alle Blicke richteten sich auf mich.

Lange sagte niemand ein Wort, bis Alter Drachen sich räusperte und aufstand. »Nun. Ich glaube, es wird Zeit für mich zu gehen. Wir müssen die Drachen noch kontrollieren, bevor es dunkel wird.«

Meine Mutter und Tante Meri standen auch auf und verbeugten sich – Tante Meri nicht weniger ehrerbietig als meine Mutter, was auch immer sie über die Drachenlenker denken mochte. Alter Drachen warf mir auf dem Weg nach draußen ein kurzes Lächeln zu.

»Alter Drachen?« Mir war eine Idee gekommen und ich ergriff die Gelegenheit beim Schopf. »Darf ich Euch etwas fragen?«

Er sah mich prüfend an und schien zu begreifen, dass ich mit ihm allein sein wollte – dass ich keine Lust auf Tante Meri als Publikum hatte. Ohne innezuhalten, ging er hinaus. »Natürlich. Komm ruhig mit, wenn du magst.«

Als ich die Tür hinter mir zumachte, sah ich noch, wie Tante Meri missbilligend den Kopf schüttelte. Schnell folgte ich Alter Drachen zur nächstgelegenen Ecke des Platzes, wo ein Dutzend Drachen an einem Geländer aus Holzbalken festgebunden war. Die Pfosten waren nicht in den Boden geschlagen, sondern an ein paar enormen Balken verankert, die über den Boden liefen. Alter Drachen kniete sich hin, um die Knoten zu kontrollieren, wie ich das schon oft beobachtet hatte. Es kam mir vor, als brannten sich die Blicke der anderen Kinder in meinen Rücken. Alle Augen waren auf mich gerichtet – ich neben Alter Drachen …

Ich ignorierte sie, so gut es ging, während Alter Drachen sämtliche Ecken abschritt und die Ankerseile und Drachenschnüre quälend langsam überprüfte. Als wir endlich weitergingen, hörte ich, wie die Gruppe hinter uns in Gelächter ausbrach.

Es war eine Erleichterung, auf der Balustrade zu stehen und nicht mehr ihren Blicken ausgesetzt zu sein. Eine Weile sagte ich nichts, fasziniert von der Art, wie Alter Drachen schnell und geschickt an allen Schnüren entlangging, immer wieder zum Himmel aufschauend, um sicherzugehen, dass sich der Drachen noch an seinem Platz befand. Mir gingen erneut Monds Worte durch den Kopf. *Du bist jetzt schon ein ganz schön komischer Vogel …*

»Nun?« Alter Drachen unterbrach seine Arbeit kurz. »Du wolltest mich etwas fragen?«

Ich nickte. Mein Herz schlug mir bis zum Hals, obwohl ich nicht wirklich verstand, warum.

»Ich habe gehört … Jemand meinte, dass Drachenlenker geboren werden«, sagte ich ein wenig hilflos. »Dass sie nicht anders können.«

Alter Drachen lächelte, während er mit seiner Arbeit fortfuhr. »Da steckt viel Wahres drin. Ich würde sagen, manche Menschen werden von den Drachen gerufen. Und wenn man den Ruf fühlt, ist es fast unmöglich, ihm zu widerstehen.«

»Was ich fragen wollte … wie weiß man, ob man dafür bestimmt ist?«

Jetzt richtete sich Alter Drachen auf und wandte sich mir zu. Seine hellgrauen Augen musterten mich aufmerksam. »Niemand ist zu irgendetwas bestimmt, Jani«, sagte er schließlich. »Die Entscheidung liegt bei dir und du musst immer tun, was dir am besten erscheint. Lass dir von niemandem erzählen, was das ist.« Er lächelte. »Aber wenn du mich fragst … wenn du denkst, du wirst gerufen, dann ist es wahrscheinlich so.«

Ich ließ die Worte auf mich wirken, während er seine Aufmerksamkeit wieder auf seine Arbeit richtete. »Aber … glaubt Ihr, dass ich berufen bin, Drachenlenker zu werden? Habt Ihr darum mit meiner Mutter und Tante Meri gesprochen?«

Alter Drachen schüttelte den Kopf. »Was ich glaube, ist nicht wichtig. Es ist *dein* Leben, und was du auch tust, es muss *deine* Entscheidung sein. Die Frage ist vielmehr«, er sah mich erneut kurz an, »glaubst *du* es?«

Ich schwieg, gefangen vom Anblick des leuchtend roten Drachens, der unter den Händen von Alter Drachen nach links tanzte. Als ich nicht antwortete, ermunterte Alter Drachen mich freundlich: »Wolltest du darum mit mir sprechen?«

Ich hob die Schultern. »Ja«, gab ich zu.

»Nun, dann.« Er fuhr fort: »Hör zu, Jani. Ich verstehe, dass du hoffst, ich könnte dir erzählen, was du tun musst, aber so funktioniert das nicht. Du musst aus eigenem Antrieb kommen oder gar nicht. Das ist die einzige Art, auf die du diese Arbeit machen kannst. Wenn du so weit bist, wirst du verstehen, warum. Aber mach dir nicht zu viele Sorgen. Du bist jung, es liegen noch eine Menge Jahre vor dir. Du brauchst vorläufig nichts zu entscheiden. Wenn die Zeit reif ist, wirst du es sicher wissen, glaube mir.«

Darüber dachte ich kurz nach. Ich meinte, berufen zu sein – aber wusste ich es sicher? Wie konnte man so etwas jemals mit Sicherheit wissen? Was, wenn Tante Meri recht hatte …

Rennende Schritte hallten durch die Gasse. Ich drehte mich

um und wich zurück, als Neuer Drachen fast mit mir zusammenstieß. Er hielt etwas hoch. »Dan! Ich glaube, ich weiß, was –« Er schwieg augenblicklich, als er mich erkannte. Abrupt blieb er stehen und ließ die Hand sinken.

»Ja?« Alter Drachen unterbrach seine Tätigkeit. »Was glaubst du?«

Neuer Drachen fixierte mich einen Augenblick, ohne ein Wort zu verlieren. Es fühlte sich an, als würde ein Eimer eiskaltes Wasser über mich ausgegossen. »Das kann warten«, sagte er dann kurz angebunden und kehrte mir den Rücken zu. »Du hast noch nichts entdeckt?«

Alter Drachen schüttelte den Kopf. »Ich war mit anderen Dingen beschäftigt.«

»Gut.« Neuer Drachen umklammerte was auch immer in seiner Hand. »Dann bis gleich.« Er ließ mich völlig links liegen, während er mit großen Schritten davonlief.

Erst als er außer Sichtweite war, traute ich mich zu fragen: »Worum ging es?«

Alter Drachen setzte seine Arbeit ungerührt und besonnen fort. »Jani, ich glaube nicht, dass ich dir das sagen kann.« Seine Hände vollführten eine Abfolge schneller Bewegungen. »Ich glaube, es wird Zeit, dass du nach Hause gehst. Bald ist es dunkel.«

Ich stimmte ihm zu, auf einmal beschämt, ihn von seiner Arbeit abzuhalten. »Natürlich. Alles Gute sei mit Euch, Drachenlenker.« Ich verbeugte mich hastig und machte Anstalten zu gehen.

»Und mit dir. Und, Jani?«

Ich drehte mich wieder um. Der letzte Streifen Sonnenlicht befand sich genau hinter Alter Drachen und umgab ihn mit einem Lichterkranz, sodass er einen Augenblick lang unwirklich schien – ein Geist oder ein mystisches Wesen aus einer seiner Geschichten …

»Komm morgen am späten Vormittag zu uns, wenn du magst. Ich habe deine Mutter um Erlaubnis gefragt und sie ist damit einverstanden, dass du einen Mittag lang deine Arbeit ruhen lässt.« Er lächelte mir ermutigend zu. »Ich glaube, es wird Zeit, dass du mal siehst, was unsere Arbeit beinhaltet. Vielleicht hilft das, deine Fragen zu beantworten.«

Die Aussicht, einen ganzen Mittag gemeinsam mit Alter Drachen zu verbringen, ließ mein Herz höher schlagen, aber meine Stimmung verdüsterte sich, als mir einfiel, dass Neuer Drachen auch da sein würde. Trotzdem verbeugte ich mich dankbar. »Gerne. Danke sehr, Drachenlenker.«

Alter Drachen lachte leise. »Ich heiße Dan, mein Junge. Wenn du mit mir zusammen arbeitest, kannst du nicht weiterhin so höflich zu mir sein.« Während er sich wieder seinen Drachen zuwandte, meinte er. »Dann bis morgen, Jani?«

»Bis morgen«, antwortete ich verlegen und machte mich davon. Was Alter Drachen auch sagte, ich konnte ihn doch nicht mit einem so gewöhnlichen Namen wie *Dan* ansprechen. Ich war mir sicher, das würde ich nicht über die Lippen bringen. Es fühlte sich nicht richtig an.

Während ich durch die Gasse zum Dorfplatz ging, schaute ich nach oben. Das letzte Sonnenlicht tanzte über die goldenen Linien, Sterne und Augen der Drachen. Ich blieb stehen, um sie zu bewundern, wie so oft zuvor, verzaubert von dem goldenen Licht, das auf mich herabfiel. An mir gingen Menschen vorüber, ohne auf die Schönheit über ihren Köpfen zu achten. Das war mir unbegreiflich.

Jäh durchbrach ein lautes Stammeln die Stille. Ich löste mich vom Anblick des Himmels und sah mich um.

Ich erkannte die Stimme der Irren Alten Gerda – ihr endloses, plapperndes Geschwätz. Sie redete so schnell, dass ich ihren Worten kaum folgen konnte. »… sie kommen, alle … sie kommen nachts und sie sehen … du weißt es nicht, doch sie sind da und sie …«

Voller Widerwillen ging ich einige Schritte zurück, sodass ich in die schmale Gasse spähen konnte, aus der das Geräusch kam. Eine andere, ruhige Stimme unterbrach sie. »Sie sind weg. Sie können dir nichts tun.«

»Nein! Sie schreien und sie kommen … sie kommen nachts …«

Die Irre Alte Gerda stand inmitten der Gasse, aufrecht und in voller Größe an einen Mann gelehnt, der seinen Arm um sie gelegt hatte. Ich erschrak, als ich Neuer Drachen erkannte.

Mir stockte der Atem. Er drehte sich mit einem Ruck um. Erstarrt blieb ich stehen, nicht in der Lage, Luft zu holen, als mich sein vernichtender Blick traf.

Danach drehte er sich wieder zu der alten Frau und zog sie fürsorglich mit sich. »Komm nur«, sagte er, so leise, dass ich ihn kaum noch verstand. »Wir gehen nach Hause.«

»Kommen sie …?«

»Sie kommen nicht«, sagte Neuer Drachen beruhigend, als würde er mit einem Kleinkind sprechen. »Er ist in Sicherheit. Dafür sorge ich. Komm nur, dann gehen wir jetzt nach Hause …«

Ich hatte mehr gesehen, als ich wollte. Mit Mühe gelang es mir, die Beine in Bewegung zu setzen, schließlich rannte ich, so schnell ich konnte, nach Hause.

3

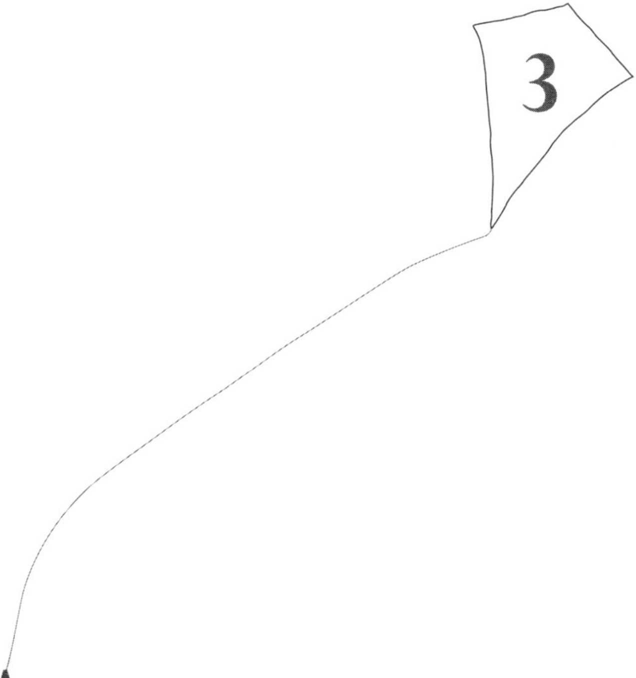

Am nächsten Morgen erzählte ich meiner Mutter von der Begegnung.

»Ich habe gestern die Irre Alte Gerda beobachtet«, sagte ich, während ich ein Stück Brot hinunterschlang. »Neuer Drachen war bei ihr.«

Meine Mutter, die gerade den Tisch abräumte, hielt mitten in der Bewegung inne. »Jani, ich will nicht, dass du sie so nennst. Das weißt du ganz genau.« Sie betrachtete ihre Hände, es kostete sie sichtbar Mühe weiterzumachen. »Arme alte Frau …«

Ich sah sie entschuldigend an. »Sie sprach von … Dingen, die kommen würden. Sie hatte Angst.«

»Sie erzählt alles Mögliche«, sagte Tante Meri hinter ihrem Webstuhl; sie stand immer früh auf und hatte sich schon an die Arbeit gemacht. »Es ist alles in Ordnung, Jani. Hör nicht auf das, was sie sagt. Sie ist eine verrückte alte Frau.«

Meine Mutter zog die Schultern hoch. »Sie ist sehr verwirrt, mein Junge. Sie findet kaum noch nach Hause, das weißt du doch. Ich frage mich, ob sie selbst begreift, was sie sagt.«

Ich nickte. »Aber Neuer Drachen … was wollte der bei ihr?«

Tante Meri wandte sich mit sorgenvollem Gesichtsausdruck wieder ihrer Webarbeit zu. »Er kümmert sich oft um Alte Gerda. Wusstest du das nicht?«

Das war mir neu. Ich wusste, dass Schwalbe ihr jeden Tag Essen brachte und dass meine Mutter sie manchmal besuchte, um bei ihr sauberzumachen. Ich hatte angenommen, dass noch mehr Frauen im Dorf das taten. Aber dass ausgerechnet …

»Manchmal gerät sie in Panik.« Meine Mutter setzte sich hin und stützte die Ellenbogen auf den Tisch. »Er ist der Einzige, der es schafft, sie zu beruhigen. Es wird wohl der Phönix sein, der sie jetzt so aus der Fassung gebracht hat. Und dann die ganze Aufregung wegen Amsel.« Sie seufzte. »Armes Geschöpf. Ich denke, ich werde sie heute Nachmittag mal besuchen.«

Der Gedanke an den Nachmittag ließ mein Herz schneller schlagen. Geschwind schluckte ich das letzte Stückchen Brot hinunter. Je eher ich wegkam, desto eher wäre meine Arbeit für den Morgen erledigt.

»Und du, Jani?« Tante Meri hinter ihrem Webstuhl hatte immer noch dieselben Sorgenfalten im Gesicht. »Was hast du heute Nachmittag vor?«

Meine Mutter erstarrte jetzt wirklich. In der angespannten Stille, die auf einmal entstanden war, überlegte ich, was meine Mutter und Tante Meri wohl dachten. Was sie sagen würden.

Schließlich antwortete ich. Was hätte ich anderes tun sollen? »Alter Drachen hat mich gefragt, ob ich heute Nachmittag für ihn und Neuer Drachen arbeiten will.«

Meine Mutter lächelte mir aufmunternd zu, doch es wirkte noch immer bemüht, als würde sie es nicht ganz meinen. »Das wissen wir. Er hat uns gestern gefragt. Wirst du es tun?«

»Ich glaube … ich möchte gerne sehen, worin ihre Arbeit eigentlich besteht.«

Tante Meri schien diese Antwort zu erleichtern und nach einigem Gebrumm konzentrierte sie sich wieder auf ihre Arbeit. Meine Mutter schien in Gedanken abwesend, während ich meinen Teller abräumte und zur Tür hinausrannte.

◊

Mond passte mich zusammen mit einer Gruppe anderer Kinder auf dem Platz ab. Sie hörten auf zu reden, als ich nach draußen kam, stießen sich gegenseitig an und fingen an zu flüstern. Zu meiner großen Erleichterung konnte ich Mink nirgendwo entdecken – sie war wahrscheinlich schon zusammen mit Eshi in den Obstgärten. Ich war froh, dass ich den beiden nicht unter die Augen zu treten brauchte, ich fühlte mich ohne sie schon beobachtet genug.

»Was hattest du gestern bei Alter Drachen zu suchen?«, wollte Linnie, der jüngste Sohn von Baum, dem Holzfäller, wissen. Er war zehn Jahre alt, mager und sehr lebhaft. »Und was wollte er bei deiner Mutter?«

Die letzten Worte riefen Gelächter hervor, doch ich nahm mir vor, nicht darauf zu reagieren. Kurz überlegte ich, einfach zu sagen, dass es sie nichts anging, dass das meine Angelegenheit war – aber das würde nicht viel nutzen. Noch bevor der Nachmittag um war, würden alle wissen, wo ich war.

»Er hat meine Mutter gefragt, ob ich den Nachmittag frei bekommen könnte, um ihm zu helfen«, sagte ich so beiläufig wie möglich.

Die Gruppe verstummte, alle sahen sich an, als wüssten sie nicht, wie sie damit umgehen sollten. Dann fasste Mond mich am Arm und zog mich über den Platz aus dem Dorf hinaus. Hinter uns brach die Gruppe in Lachen aus, wurde aber fast sofort wieder von Derns lauter Stimme zum Schweigen gebracht. Erst als wir allein waren, umgeben von den hohen Kirschbäumen, blieb Mond endlich stehen.

»Ich habe Neuigkeiten«, sagte sie atemlos. Es war, als hätte sie überhaupt nicht gehört, was ich zuvor gesagt hatte. »Linnie hat eben erzählt, sein Vater und Habicht haben etwas entdeckt! Im Wald.«

Ich dachte an die Geschäftigkeit, die an den letzten Abenden im Wirtshaus geherrscht hatte – und an Baum, der mit Alter Drachen aus dem Wald gekommen war. War das der Grund? War dort noch etwas passiert?

»Was? Was haben sie gesehen?«

»Das wollte Linnie nicht sagen. Oder vielleicht hat er auch nur so getan, als wüsste er etwas.« Mond schüttelte ein wenig verärgert den Kopf. »Es ging um Spuren oder ein Tier oder so was in der Art … immerhin sagte er, wo. Nicht weit in den Wald hinein, in der Nähe des großen Bachs.«

Es dauerte, bis ich auf einmal begriff, was sie sagen wollte. Mond, die wilde, abenteuerlustige Mond, die keine Gelegenheit zu einer gefährlichen Unternehmung ungenutzt ließ. Vor allem, wenn es ausdrücklich verboten war.

»Du willst nachschauen?«, fragte ich ungläubig. »Du willst … Mond, wir können doch nicht in den Wald gehen! Du weißt nicht einmal, was sie da gefunden haben! Es ist gefährlich …«

Ihr Gesichtsausdruck wandelte sich von freudiger Erregtheit zu tiefer Enttäuschung, sie schien sogar ein wenig ängstlich. »Komm schon, Jani«, sagte sie. »Du glaubst doch nicht wirklich immer noch, dass dort furchtbare Ungeheuer hausen?«

Ihr Unterton war so scharf, dass ich knallrot wurde. »Ich …« Während ich noch nach einer Antwort suchte, nahm ich zwischen den Bäumen hindurch die weit entfernten, tiefen Schatten des Waldes ins Visier. Die Schatten, die zuweilen meine Träume störten, auch wenn ich das niemals offen zugegeben hätte. Selbst Mond gegenüber nicht. »Nein, natürlich nicht. Aber …«

»Was kann es anderes sein als der Phönix? Oh, Jani …« Sie hielt meinen Arm fest. »Ich dachte, du würdest verstehen, warum … Stell dir vor! Vielleicht können wir ihn sehen!«

Mir wurde auf einmal klar, warum sie mich fragte anstelle von zum Beispiel Mink. Warum sie versuchte, mich dazu zu überreden, Regeln zu brechen, während sie ganz genau wusste, wie schrecklich ich das fand. Ich war der Einzige, der noch mehr von den großen Geschichten der Drachenlenker fasziniert war als sie.

Und sie hatte ins Schwarze getroffen. Neugier und Ehrfurcht überwältigten mich – aber weniger stark als die Angst, die mir den Magen zuschnürte. Entschieden schüttelte ich den Kopf. »Das können wir doch nicht machen? Mond, der Wald ist gefährlich. Niemand geht dort je hin.«

»Die Holzfäller schon. Und sie kehren jeden Tag heim. Dort ist nichts Gefährliches, das weißt du so gut wie ich.« Sie verschränkte die Arme vor der Brust mit diesem trotzigen Gesichtsausdruck, der mir so vertraut war. Sie würde sich nicht zurückhalten lassen. »Wenn du nicht mitkommst, geh ich eben alleine.« Sprach's und lief mit großen Schritten davon.

»Warte! Mond …« Ich überlegte rasch, was ich tun konnte.

Wenn Mond erwischt wurde und herauskam, dass ich wusste, was sie vorhatte, dann würde ich genauso hart bestraft werden wie sie. Wenn ich jedoch den Mund aufmachte – ich könnte jetzt zum Wirtshaus rennen und ihre Eltern warnen –, würde sie mich mit Nichtachtung strafen. Und wenn sie allein ging und ihr etwas zustieße …

Sie blieb stehen und fragte: »Was?«

»Ich komme mit.« Mit einem Seufzer stellte ich meinen Korb auf den Boden. »Oh, liebe gute Geister, das werde ich noch bereuen … aber ich komme mit.«

Ein Anflug von Schuldbewusstsein huschte über ihr Gesicht, das aber einem erleichterten Lächeln Platz machte, auch wenn es ihre Anspannung nur wenig überdeckte. Sie hatte richtig Angst, trotz ihres großen Mundwerks. »Danke«, sagte sie leise. »Dann komm, lass uns so schnell wie möglich gehen. Bevor du heute Nachmittag zurück sein musst und sie anfangen dich zu suchen …« Sie schwieg und setzte sich wieder in Bewegung, zwischen den Baumreihen hindurch Richtung Wald.

Eine Weile gingen wir schweigsam durch die Obstgärten, machten einen Umweg um die Stellen, an denen Stimmen zu hören waren. Meine Zweifel an unserem Vorhaben wuchsen, doch ich wusste, dass Protest nichts bewirken würde. Nicht bei Mond, nicht, wenn sie sich etwas in den Kopf gesetzt hatte. Folglich gingen wir weiter, während ich insgeheim die Geister um ihren Schutz bat. Wenn wir nur nicht erwischt würden …

Wenn nur wirklich nichts im Wald hauste. Über diese Möglichkeit wagte ich kaum nachzudenken. Mond konnte noch so lautstark behaupten, ich würde mich wie ein kleines Kind verhalten – auch ihr war die Furcht anzusehen, als wir uns dem Wald näherten.

Am Rand der Obstgärten blieben wir stehen. Zwischen uns

und dem Wald lagen ungefähr hundertfünfzig Schritte offenes Ackerland, auf dem später im Jahr der Mais hoch über uns hinausragen würde. Jetzt reichten uns die Pflanzen kaum bis zur Hüfte. Und dahinter befand sich noch ein ganzes Stück offenes Feld, bevor die Bäume anfingen.

Halb verdeckt von den Apfelbäumen blickten wir uns um. Dieser Teil des Feldes war wie ausgestorben, nichts regte sich. Auf der anderen Seite, genau uns gegenüber, floss ein schmaler Bach aus dem Wald und mündete in einem kleinen Tümpel. Das war die Stelle, die Linnie erwähnt hatte.

»Na los.« Mond fasste mich an der Hand, sie zitterte vor Spannung. Sie gab mir keine Zeit, ihr zu widersprechen, stattdessen zog sie mich entschieden mit sich, hinter sich her aufs Feld. »Rennen!«

Und wir rannten. Ich hatte das schreckliche Gefühl, von allen Seiten beobachtet zu werden, und erwartete die ganze Zeit über einen Schrei, der verriet, dass wir entdeckt wären ...

Doch nichts dergleichen geschah. Keuchend und zitternd erreichten wir endlich die ersten Bäume und tauchten in die dunklen Schatten ein. Wir ließen uns neben den Bach ins hohe Gras fallen.

Es dauerte etwas, bis ich mich wieder rühren konnte und wagte, mich umzuschauen. Mond lag lang ausgestreckt da und fing an zu lachen. Nach einer Weile stimmte auch ich ein, ein nervöses Lachen zwischen aufgeregter Spannung und heftiger Angst. Mein Herz schlug so laut wie noch nie und meine Beine fühlten sich schwer und kraftlos an, als ich versuchte aufzustehen. Ich war mir nicht sicher, ob ich das Gefühl angenehm fand oder nicht. Vorläufig entschied ich mich für Letzteres.

Mucksmäuschenstill, ohne mich zu bewegen oder gar zu atmen, ließ ich meinen Blick über die unbekannte Umgebung schweifen. Die Bäume, die vom Dorf aus schon groß und bedrohlich wirkten, waren riesig. Sie bedeckten die Welt mit ihren tiefen Schatten, die alles geheimnisvoll erscheinen ließen. Dunkelheit voller verborgener Wesen, die uns beobachteten, ohne dass wir sie wahrnehmen konnten …

Mond hatte aufgehört zu lachen. Sie setzte sich auf. »Jani?«

Ich atmete tief durch und schüttelte das unheimliche Gefühl von mir ab. Ganz langsam beruhigte sich mein Herzschlag. »Alles in Ordnung.«

Ihr Schuldgefühl stand ihr jetzt deutlich ins Gesicht geschrieben. Ich versuchte tapfer zu lächeln. »Es ist großartig hier«, sagte ich. Denn das war es. Ganz anders als die ordentlichen Apfelbaumreihen und Weinstöcke und alles, was ich bisher zu Gesicht bekommen hatte. Wild. Vollkommen verlassen, voller Leben, das sich seinen eigenen Weg bahnte und uns keinerlei Beachtung schenkte.

Es war auf einmal ganz leicht, sich vorzustellen, dass die Geschichten von Alter Drachen allesamt wahr waren.

Monds Blick glitt über die breiten, buckligen Stämme der Eichen, Kastanien, Erlen und all der anderen Bäume, deren Namen ich nicht kannte, über die Kletterpflanzen, die die Stämme mit ihren weißen und rosa Blüten bedeckten, und die stacheligen Sträucher, die dazwischen wuchsen. Staunend nahm sie diese neue Welt in sich auf. »Ich … bei allen lieben, guten Geistern«, flüsterte sie staunend. Sie kam zu mir und nahm meine Hand. »Komm, Jani, lass uns gehen.«

Sie klang jetzt wirklich ängstlich, führte mich dennoch entschlossen am plätschernden Bach entlang. »Hier auf der Seite muss es irgendwo sein«, sagte sie. »Wenn wir uns am Wasser halten, verlaufen wir uns nicht.«

»Und wenn wir nichts finden?« Ich musste mich anstrengen, darauf zu achten, wohin ich trat – so viel Neues tat sich vor uns auf. »Mond, wie weit gehen wir?«

»Nicht weit«, sagt sie schnell, aber ihre Stimme zitterte. »Das hat Linnie zumindest gesagt. Nur ein kleines Stück den Wald hinein.«

Konzentriert liefen wir weiter. Hoch über unseren Köpfen rauschte der Wind unablässig durch die dichten Blätter, wodurch unsere Schritte kaum zu hören waren. Auf einmal beschlich mich wieder das unheimliche Gefühl. Überall um uns herum, in den Schatten, unsichtbar und geräuschlos …

Ich blieb stehen, als ich ein Rascheln vernahm, das nicht vom Wind kommen konnte. Sofort hielt auch Mond an und drehte sich um, plötzlich ganz blass im Gesicht. »Was?«

Ich rührte mich nicht vom Fleck und lauschte, doch das Rascheln war verschwunden. »Nichts«, sagte ich und gab ihr zu verstehen, sie solle weiterlaufen. Auf einmal reichte selbst die wilde Schönheit dieses Ortes nicht mehr aus, um mich hier zu halten. Je schneller wir fanden, was wir suchten, desto besser.

Mond sagte nichts mehr und die Stille wurde schier unerträglich. Schließlich fragte ich, eher um mich auf andere Gedanken zu bringen, als um eine Antwort zu bekommen: »Mond, was hältst du davon … von dem, was ich erzählt habe? Was ich heute Nachmittag vorhabe?«

Sie schien zu zögern, und als sie antwortete, war ihre Stimme viel weicher als sonst. »Jani, ich … ich weiß nicht, was ich davon halte. Wenn du das willst, musst du es tun.«

Sie klang, als fürchtete sie sich auszusprechen, was sie wirklich dachte. Ich fragte mich, was ihre Eltern zu ihr gesagt haben mochten, wie hart sie bestraft werden würde, wenn sie mich ärgerte.

»Es ist nur für einen Nachmittag. Einfach um mal zu gucken. Um mir einen Eindruck davon zu verschaffen, worin ihre Arbeit genau besteht.«

Mond suchte nach Worten. »Jani, ich weiß nicht, was du von mir erwartest. Was soll ich sagen?« Mit großen Schritten lief sie vorwärts, fast wütend. »Ich habe nichts gegen die Drachenlenker, das habe ich bereits gesagt. Sie sind seltsam, aber auch nötig, und ich habe großen Respekt vor ihnen. Ich …« Sie schien noch mehr sagen zu wollen, stattdessen schüttelte sie den Kopf und schwieg.

Durch ihre Reaktion sank meine Stimmung noch weiter. Die schmale Öffnung, durch die wir den Wald betreten hatten, verschwand bereits in der Ferne. Vor uns wurde die Dunkelheit immer tiefer. Und je höher die Bäume über uns emporragten, desto mehr fühlte ich mich vom Rest der Welt abgeschnitten.

Die Erinnerung an die Irre Alte Gerda kehrte zurück. Ihre todbangen, verzweifelten Worte gestern Abend. *Sie kommen nachts … du weißt es nicht, doch sie sind da …*

Ich unterdrückte ein heftiges Zittern. »Mond«, flüsterte ich. »Sollten wir nicht besser …«

Rascheln, jetzt direkt neben uns. Ich blieb wie angewurzelt stehen. Vor mir drehte Mond sich mit einem Ruck um und spähte in die Sträucher.

Schritte. Langsame, zielgerichtete Schritte, die immer näher kamen.

Ich wollte rückwärts laufen, doch Mond hielt mich zurück. Lautlos bewegte sie sich auf die Sträucher zu. Ihre Hand bebte, als sie sie nach den Zweigen ausstreckte und sie zur Seite schob.

Sie blieb reglos stehen. »Jani …«, flüsterte sie.

Meine Beine zitterten, als ich mich ihr Schritt für Schritt näherte. Vorsichtig zog sie die dichten Zweige weiter beiseite.

Mir stockte der Atem.

Eine dunkle, unmenschlich große Gestalt stand mitten im grünen Dickicht. Ich schnappte nach Luft. Das Wesen streckte beide Arme aus, gleichzeitig stieß es einen schauerlichen Schrei aus und stürzte sich auf uns.

Mit einem Aufschrei tauchte ich weg. Ich konnte Mond gerade noch packen und mit mir ziehen. Die Sträucher hinter uns knackten, als das Wesen durch sie hindurchstürmte. Stolpernd rannte ich weiter, so schnell mich meine Beine trugen. Ich sprang über dicke Baumwurzeln, wich herabsausenden Zweigen aus. Das Wesen brüllte und preschte unter lautem Getöse mitten durch das dichte Unterholz.

Ich hielt zielstrebig auf die Öffnung zwischen den Bäumen zu, die quälend langsam näher kam. Doch mir war klar, dass wir eingeholt würden. Mond stolperte, ihre Hand wurde aus meiner gerissen. Ihr Schrei fuhr mir durch Mark und Bein und mir wurde schlecht. »Mond!«

Die dunkle Gestalt stürmte an ihr vorbei, direkt auf mich zu. Mond kreischte. »Nein! Lasst ihn in Ruhe!«

Meine Beine waren wie aus Blei, als ich weiterrannte. Ich stolperte über eine knorrige Wurzel und ruderte mit den Armen, um mich aufrecht zu halten. In dem Moment packte mich etwas von hinten.

Wild schlug ich um mich. Ich schaffte es, mich zu befreien, aber meine Füße rutschten auf der Baumwurzel ab und mit einem Aufschrei fiel ich der Länge nach auf den Boden. Meine Hände schrammten an den Sträuchern entlang, an denen ich mich festzuhalten versuchte, bevor ich mit voller Wucht auf einem groben Baumstamm aufschlug.

Ich spürte kaum, wie die Klauen nach mir griffen und mich tiefer in den Boden drückten, bis ich hilflos auf dem Rücken lag. Wie gelähmt vor Schreck und Todesangst starrte ich hinauf zu dem Wesen, das mich festhielt. Es erwiderte meinen Blick aus einem Paar menschlicher, dunkler Augen. Dann veränderte sich das Gesicht und fing lauthals an zu lachen.

Weitere Stimmen fielen ein und der Druck auf meinem Körper verschwand. Die Klauen ließen von mir ab und das riesige Wesen fing an, sich auf merkwürdige Art und Weise zu verformen. Hände und Arme tauchten auf, die eine schwarze Decke von sich warfen. Unter schallendem Gelächter und lautem Schulterklopfen rief alles durcheinander.

»Mensch, hast du seinen Gesichtsausdruck gesehen …«

»Er hat geschrien wie ein Kleinkind! Ich dachte, er würde nach seiner Mama rufen …«

Ich blieb einfach liegen, zu entsetzt, um etwas zu sagen oder mich überhaupt zu bewegen.

Es gab kein Ungeheuer. Nichts war im Begriff, mich in Stücke zu zerreißen … Die fürchterliche Panik wich langsam von mir und machte einer ohnmächtigen Wut Platz. Ich musste mich mit aller Macht zusammenreißen, um nicht in Tränen auszubrechen.

Sie lachten noch mehr, als ich zitternd aufstand. Mink, das Gesicht mit dunklem Schlamm beschmiert, lachte am lautesten. Neben ihr standen Eshi, Linnie und der kleine Kian.

»Was ist los, Jani? Hattest du Angst? Dachtest du, ein Ungeheuer würde dich verfolgen?« Bei dem Wort »Ungeheuer« kreischten die anderen fast vor Lachen.

Ich sagte nichts. Ich fürchtete, dass ich nicht an mich halten könnte, dass ich anfangen würde zu weinen. Dann würden sie sich erst recht nicht mehr einkriegen. Wütend blickte ich sie an, Linnie am längsten. Er hatte Mond erzählt, dass sie hier etwas gefunden hätten, hatte sie so weit bekommen, dass sie mich mitnahm. Es war alles ein Spiel gewesen, eine Falle, um mich zu erniedrigen. Und wir waren blindlings hineingelaufen.

Als ich mich von der Gruppe abwandte, bemerkte ich, wie Mond langsam näher kam. Ich ging auf sie zu.

Mink sprang nach vorn. »Mond!«, rief sie begeistert. »Gut gemacht, Mensch! Ich war mir nicht sicher, ob du es schaffen würdest ...« Sie drehte sich zu mir um und grinste breit.

Fassungslos blieb ich stehen. Monds kleine Gestalt befand sich jetzt halb zusammengeduckt im Schatten. »Mond?«

Mond sah mich an und blickte dann zu Boden. Mir wurde speiübel, als die Wahrheit zu mir durchdrang, und ich begann am ganzen Körper zu frösteln.

Ich drehte mich um und lief weg, erst langsam, dann immer schneller, weg von ihren fürchterlichen Stimmen. Ich hörte, wie Mond nach mir rief, hörte Mink in scharfem Ton: »Komm schon, Jani! Das war doch nur ein Scherz! Stell dich nicht so an ...«

Der Wind übertönte sie alle, als ich wegrannte. In der Ferne schimmerte zwischen den Bäumen hindurch das Licht der normalen Welt; ich konzentrierte mich einzig und allein darauf und machte, dass ich so schnell wie möglich nach Hause kam. Es schien ewig zu dauern, bis ich die Bäume endlich hinter mir gelassen hatte und wieder Sonnenlicht auf dem Gesicht spürte – und eine laute Stimme vernahm: »Jani!«

Überrascht blieb ich stehen. Baum kam in Riesenschritten über das Feld auf mich zu, gefolgt von Tante Meri. Hinter ihr rannten noch mehr Menschen. Baum fasste mich am Arm und schüttelte mich grob hin und her. Sein Gesichtsausdruck war grimmig, seine Augen blitzten vor Zorn. »Wo ist Linnie? Seid ihr total verrückt geworden, einfach so in den Wald hineinzugehen? Wie kommt ihr nur auf so eine blödsinnige Idee? Ich schwöre dir, bei allen guten Geistern, wenn ihm auch nur das Geringste zustößt …«

Sein Wortfluss stockte und in der darauffolgenden Stille drang das laute Geschimpfe Minks und Monds zu uns. Mit einem Brummen ließ er mich los und rannte zum Waldrand.

»Jani …« Meine Mutter stand auf einmal vor mir und nahm mein Gesicht behutsam in die Hände. Ihre Augen glitten über meine Wangen und meine Stirn und wurden groß. »Was ist passiert?«

Ich brach endlich in Tränen aus, als Mond aus dem Wald auftauchte und auf mich zugerannt kam.

4

An den restlichen Vormittag erinnere ich mich nur bruchstückhaft. Meine Mutter, die mich festhielt und aus tiefstem Herzen fluchte – das erste und einzige Mal, dass ich sie so erlebte. Tante Meri, die mir die Leviten las und danach auf die Straße stürzte, um zweifellos dasselbe mit Mond zu tun. Ich erinnere mich an die wütenden Stimmen von Dern und Baum, die deutlich durch die dünne Holzwand zu hören waren und die stundenlang zu schimpfen schienen. Und über all dem die hysterische hohe Stimme der Irren Alten Gerda.

Es interessierte mich nicht die Bohne. Ich wollte nichts mehr mit der Welt zu tun haben und wäre nur allzu glücklich gewesen, wenn ich Mink und Eshi und alle anderen – Mond eingeschlossen – nie mehr zu sehen brauchte.

Es war bereits Nachmittag, als ich endlich in dem kleinen Häuschen unten am Fuß des Turms am großen Tisch von Alter Drachen saß. Er hatte mir ein Tuch gegeben, in eiskaltes Wasser aus der Quelle am Dorfrand getränkt, das ich mir gegen die anschwellende Beule auf der Stirn hielt, während ich meine Geschichte zum zweiten Mal erzählte. Alter Drachen hörte schweigend zu, die Hände auf dem Tisch ineinander verschränkt. Neuer Drachen stand neben ihm, die Arme steif übereinandergeschlagen.

Als ich zu dem Teil kam, wo ich entdeckte, was Mond getan hatte, fing ich fast wieder an zu weinen. Es fiel mir nicht leicht, mich zusammenzureißen. Neuer Drachen brummte etwas in sich hinein und sagte dann laut: »Verfluchte Kinder. Gemeine Geschöpfe, jedes einzelne von ihnen.«

Alter Drachen sah zu ihm auf. »Wes …«, sagte er leicht vorwurfsvoll.

Neuer Drachen blickte zu mir und schüttelte darauf grimmig den Kopf. »Diese gemeinen Geschöpfe. Vor allem das Mädchen! So tun, als sei sie deine Freundin, und dir dann einen dermaßen abscheulichen Streich spielen!«

So wütend ich auch war, das traf mich auf einmal tief. »Es war doch nur ein Scherz«, sagte ich. Es klang unbeabsichtigt wie eine Verteidigung.

»Ja?« Neuer Drachen sah mich durchdringend unter hochgezogenen Augenbrauen an. »Hat es dir denn Spaß gemacht?«

Ich ließ das Tuch sinken. »Nein.«

»Na also.« Seiner Stimme war anzuhören, dass er mich furchtbar dumm fand. Er ging zu einem kleinen Tisch und schenkte etwas in einen Becher ein. »Ein Scherz. Manche Dinge ändern sich also nie. Gewöhn dich nur daran, denn genau das bedeutet es, zu uns zu gehören.« Er klang verbittert.

Ich antwortete nicht. Von den anderen Kindern hatte ich tatsächlich nichts anderes erwartet – vor allem nicht von Mink. Aber von Mond …

Kurz dachte ich an das, was sie am Tag zuvor gesagt hatte. Sie hielt mich für einen komischen Vogel. Sie gab Mink recht. Wie konnte ich so dumm sein zu glauben, sie wäre anders als der Rest?

Neuer Drachen stellte einen kleinen Becher vor mich hin. »Trink das, Junge.«

Ein wenig widerstrebend nahm ich den Becher und roch daran. Der scharfe Geruch von Apfelbranntwein drang in meine Nase und sorgte dafür, dass ich mich noch elender fühlte.

Neuer Drachen setzte sich auch endlich hin. »Trink das«, wiederholte er. »Ich glaube, das kannst du gebrauchen. Einfach mit einem Mal runter damit, Junge, du bist noch nicht alt genug, dass es dir schmecken würde.«

Ich konnte nicht glauben, dass jemandem dieses Zeug schmecken sollte, trotzdem tat ich, was er sagte. Das Getränk brannte scharf in der Kehle, die Tränen schossen mir in die Augen und ich fing an zu husten. Es dauerte eine Weile, bis ich mich wieder erholte und die Welt um mich herum sich nicht mehr drehte.

Alter Drachen sah mich besorgt an. »Geht es wieder, Jani?«

Ich nickte, auf einmal ganz beschämt darüber, dass ich mich in Anwesenheit der Drachenlenker derart anstellte. Wo ich doch das erste Mal die Ehre hatte, bei ihnen zu Hause zu sein – ich, im Haus der Drachenlenker! Ich lächelte schwach. »Vielleicht hatte ich mir diesen Nachmittag etwas anders vorgestellt.«

Auf Alter Drachens Gesicht zeigte sich Mitgefühl. »Jani, du weißt, dass du überhaupt noch nichts zu entscheiden brauchst. Und Wes hat recht, auch wenn er es ein wenig hart ausdrückt. Ich fürchte, das ist, was dich erwartet, wenn du noch mehr Zeit bei uns verbringst.« Er lächelte beruhigend. »Wir würden es gut verstehen, wenn du vorläufig nichts mehr mit uns zu tun haben wolltest.«

Ich schüttelte den Kopf. Mink und Eshi und die anderen würden mich nicht davon abhalten. Es konnte mir egal sein, was sie dachten. Und Mond ... die hatte mich verraten. Ich wollte sie nicht mehr sehen. Was hatte ich bei ihnen noch verloren? Alter Drachen hatte mir jetzt schon mehr Freundschaft erwiesen als sie alle miteinander. Und er verstand mich, besser, als Mond das je getan hatte. »Darüber zerbreche ich mir nicht den Kopf«, sagte ich, ohne wirklich nachzudenken. »Ich will hier bleiben.«

Neuer Drachen gab einen überraschten Laut von sich, sagte aber nichts weiter. Das Lächeln auf dem faltigen Gesicht von Alter Drachen wurde breiter. Dennoch wirkte er nach wie vor besorgt. »Bist du dir sicher, Jani?«

Ich nickte sofort. Vielleicht war es der Alkohol, der mich so impulsiv machte, aber ich hatte meine Entscheidung getroffen. »Ich will Drachenlenker werden«, sagte ich. »Was soll ich machen?«

Neuer Drachen lachte. Es klang hart, genauso freudlos wie seine vorherigen zornigen Worte. »Ich fürchte, dass diese Entscheidung für dich noch in weiter Ferne liegt, Junge. Vorläufig darfst du eine Zeit lang unser Lehrling sein, wenn du das wirklich willst. Dann entscheiden wir, ob du dich für unsere Arbeit eignest.«

Ich ließ den Kopf hängen, aber nichts konnte mich jetzt zurückhalten. »Dann mache ich das«, sagte ich. Wie auch immer, es erschien mir um einiges besser als das endlose Arbeiten in den Obstgärten. Ich glaubte, es nicht einen weiteren Tag mit Mond und den anderen aushalten zu können.

»Gut.« Alter Drachen warf Neuer Drachen einen missbilligenden Blick zu, bevor er sich wieder mir zuwandte. »Ich werde das mit deiner Mutter und mit deiner Tante besprechen. Sie müssen damit einverstanden sein, dass du weiter keiner anderen Arbeit mehr nachgehst.« Er lächelte betrübt. »Es ist traurig, dass so etwas Gemeines passieren musste … aber es hat dazu geführt, dass du hier gelandet bist. Und darüber bin ich froh. Ich glaube, dass du hier richtig bist.«

Neuer Drachen stand auf. »Das wird sich noch zeigen. Dan, ich mache die Runde, wir sind spät dran. Kommst du mit?«

Alter Drachen schüttelte nachdenklich den Kopf. »Ich glaube, ich gebe Jani erst eine kurze Führung durch den Turm. Er kann später am Nachmittag die Runde mitlaufen.«

»Wie du willst.« Neuer Drachen ging mit großen Schritten zur Tür und verschwand.

Ich holte tief Luft. Alter Drachen merkte es und lächelte entschuldigend. »Es ist nicht einfach, mit Wes zusammenzuleben«, sagte er. »Und er mag keine Außenstehenden … Menschen, die keine Drachenlenker sind, meine ich. Nimm's nicht persönlich.«

Ich zog die Schultern hoch. Ich gab es nur ungern zu, aber Neuer Drachen jagte mir eigentlich mehr Angst ein als alle Dorfkinder zusammen. »Kann er mich nicht leiden?«

Alter Drachen stand auf und fing an, den Tisch abzuräumen. »Kinder allgemein, mein Junge. Aber das beruht auf Gegenseitigkeit, glaube ich. Mach dir keine Sorgen, das gibt sich von selbst.«

Während Alter Drachen die kleine Wasserschale und den Becher wegstellte, dachte ich nach. »Warum können sie Euch nicht leiden?«

Er blickte mich über die Schulter an. »Sag du es mir, Jani. Du kennst sie besser als ich. Warum?«

»Das weiß ich nicht«, stammelte ich verblüfft. »Ich glaube … Sie finden Euch seltsam.«

Alter Drachen lachte. »Nun, ich glaube, das sind wir auch, in ihren Augen. Wir widmen unser ganzes Leben etwas, was keinen sichtbaren Nutzen hat …«

Das hatte ich nicht erwartet. »Aber … die Drachen! Wie könnt Ihr sagen, sie hätten keinen Nutzen?«

Er schüttelte den Kopf, ging zur Tür und gab mir ein Zeichen mitzukommen. Wir verließen das kleine Haus und gingen durch die Gasse zum hohen Turm der Drachenlenker. »Das behaupte ich natürlich nicht. Aber genau das passiert, wenn die Drachen ihre Aufgabe erfüllen, verstehst du? Sie halten das Böse auf Abstand. Und das machen sie jetzt schon so lange, dass alle vergessen haben, wie dieses Böse aussieht oder welche Gefahr es für uns bedeutet.« Er lächelte gequält. »Es ist der größte Lohn, den wir für unsere Arbeit bekommen können. Dass wir das ganze Dorf so gut beschützen, dass alle glauben, wir würden keine wichtige Arbeit verrichten.«

Ich dachte zum soundsovielten Mal zurück an den Schrei des Phönix. Ich versuchte mir die Geschichten von Alter Drachen in Erinnerung zu rufen. »Es ist lange her, dass etwas in unsere Nähe kam, nicht wahr?«

»O ja, das stimmt. Sehr lange. Fast hundert Jahre ist es her, dass Wolfsgeheul aus dem Wald aufstieg. Die Drachenlenkerin vor mir, Falkin, war damals noch ein kleines Mädchen. Aber auch in der Zeit haben sie sich hier niemals blicken lassen.« Er hob die Hand Richtung Neuer Drachen, der ein Stück entfernt auf der Balustrade beschäftigt war, und leitete mich zur Tür des Turms. »Aber das Böse verschwindet nie, Jani. Manchmal schlummert es eine Zeit lang, doch es kehrt immer wieder zurück. Und deswegen ist es gut, dass wir hier geschützt sind.«

Er sagte das mit einem Lächeln, dennoch spürte ich, wie mir ein Schauer über den Rücken lief. Aber das unheimliche Gefühl verflüchtigte sich in dem Moment, als Alter Drachen die Tür unten am Turm aufstieß. Schnell folgte ich ihm an den Ort, der nur den Drachenlenkern vorbehalten war.

Der Turm war von außen beeindruckend – mindestens dreimal so hoch wie alle anderen Bauwerke ragte er hinauf wie ein geheimnisumwobener Riese. Es gab nur einige kleine Fenster, deren Läden so gut wie immer geschlossen waren. Oft hatte ich mich gefragt, was innerhalb der dunklen Mauern zu sehen war.

Jetzt durchschritt ich atemlos die breite, beeindruckend hohe Tür und betrat einen dunklen Raum. Doch es gab nicht viel Außergewöhnliches zu sehen. Drei große Tische aus glattem, dunklem Holz nahmen die Mitte des Raums ein. Drumherum standen einige hohe Stühle und an den Wänden kleine und große Schränke. In einer Ecke führte eine schmale Treppe nach oben. Das war alles. Ich war fast enttäuscht.

Alter Drachen stieß die Fensterläden auf, wodurch die Sonne in hellen Bahnen hereinschien. Das machte den Raum weniger bedrückend. »Das ist unsere Werkstatt«, sagte er mit einer weiten Armbewegung. »Hier werden die Drachen gebaut und repariert.«

Mit neuer Ehrfurcht blickte ich mich noch einmal um. Es musste etwas geben, was diesen Arbeitsplatz beispielsweise von dem von Baum unterschied. Doch nirgends entdeckte ich etwas, was darauf hindeutete, dass dies einer der wundersamsten Orte des Dorfes war.

Alter Drachen schien zu begreifen, was in mir vorging. »Du hast mehr erwartet? Was etwas besonders macht, ist nicht immer mit bloßem Auge zu erkennen, Jani. Denk nur an die Geister … überall um uns herum, bestimmen sie unser Schicksal und bleiben doch von allen unbemerkt. Aber gerne zeige ich dir etwas …« Er ging zu einer kleinen Kommode in einer dunklen Ecke. Mit einer behutsamen Bewegung zog er die oberste Schublade auf und nahm einen flachen, rechteckigen Gegenstand heraus. Langsam kehrte er zurück zum mittleren Tisch und legte ihn hin.

Ich hielt den Atem an, als mir klar wurde, was das war. Ein Buch, in dunkelbraunes Leder gebunden. Ohne nachzudenken streckte ich meine Hand aus, um es anzufassen, aber ich hielt mich noch rechtzeitig zurück. Plötzlich war ich beschämt und blickte verlegen zu Alter Drachen.

Er lächelte ermutigend. »Das Buch ist nicht heilig. Du kannst es dir ansehen, wenn du magst.«

Langsam, mit allergrößter Sorgfalt, schlug ich das Buch auf – das einzige, das ich in meinem Leben je zu Gesicht bekommen hatte. Die erste Seite zeigte eine Zeichnung, die so oft nachgezeichnet worden war, dass das Papier ganz grau war von all der verwischten Tinte.

»Was ist das?« Ich merkte, dass ich flüsterte. Da erkannte ich die Form. »Ein Drachen?«

Alter Drachen nickte und schlug bedächtig eine Seite nach der anderen um. Noch mehr Zeichnungen verschiedener Drachenformen, verwischt im Laufe der Zeit. »Das Buch Naris«, sagte er. »Das Buch, in dem sie aufzeichnete, was sie in ihren Träumen sah. Du kennst die Geschichte?«

Natürlich kannte ich die Geschichte. »Das Dorf wurde von Wölfen belagert und die Menschen wussten sich keinen Rat. Da sprachen die guten Geister zu Nari in ihren Träumen. Sie schenkten ihr die Vision von den Drachen und diese wurden unsere Rettung.«

»Genau, Junge.« Alter Drachen ließ seine Finger über die Zeichnung des riesigen weißen Diamanten und die daneben gekritzelten Zeichen gleiten. »Hierin schrieb sie alles auf, alles, was die guten Geister ihr zeigten. Die Formen und Maße jeder Art von Drachen. Die benötigte Anzahl und aus welchen Materialien sie gebaut werden müssen. Alles, was wir wissen müssen, steht hier drin.«

Ich betrachtete die vergilbten, halb zerfallenen Seiten, auf denen alles stand, was uns Sicherheit gab. »Wie lang ist das her?«

»Hunderte Jahre.« Alter Drachen zuckte mit den Schultern. »Niemand weiß das so genau, Jani. Das Wissen ist mit der Zeit verflogen. Aber glücklicherweise … haben wir noch das Buch. Nicht auszudenken, was passiert wäre, wenn es verloren gegangen wäre.«

Ganz vorsichtig schlug er das Buch wieder zu und legte es an seinen Platz zurück. Danach ging er vor mir zur Treppe, die auf dem Weg nach oben stark unter seinen Schritten knarrte.

Das Obergeschoss bestand aus einem schmalen Gang, von dem zwei kleine Zimmer abgingen, beide kaum groß genug für ein Bett. Am anderen Ende des Gangs stand eine Tür ein kleines Stückchen offen und führte an die frische Luft. Daneben lief eine zweite Treppe noch weiter nach oben.

Alter Drachen hielt mich zurück, als ich diese hinaufsteigen wollte. »Noch nicht, Jani«, sagte er ruhig, aber bestimmt. »Dafür bist du noch nicht bereit.«

Ein wenig enttäuscht stieg ich wieder von der schmalen Stufe. Alter Drachen stieß die Tür nach draußen auf, nach ihm betrat ich den breiten Balkon.

Wir befanden uns über den Dächern der Häuser und überblickten das ganze Dorf – dreißig oder vierzig kleine Gebäude rund um den rechteckigen Platz, umgeben von der hohen Balustrade. Auf der anderen Seite war Neuer Drachen damit beschäftigt, alle Drachen zu kontrollieren.

Zwischen ihm und uns befand sich eine Gruppe Kinder auf dem Platz. Ich erkannte Mond sofort. Die anderen waren die Kinder, die uns als furchtbares Ungeheuer verkleidet im Wald aufgelauert hatten, um mir einen mächtigen Schrecken einzujagen. Sie waren damit beschäftigt zu fegen.

Ich lachte grimmig. Das war ihre Strafe: die langweiligste Arbeit, die es gab. Ich wusste, dass das nicht gerade schön von mir war, und doch gab es mir ein gutes Gefühl, sie dabei zu beobachten, mitten auf dem staubigen Platz in der brennenden Mittagssonne.

Alter Drachen sah mich von der Seite an und ich ließ meinen Blick schnell nach oben gleiten. Hunderte Drachen standen fast bewegungslos an einem strahlend blauen Himmel und glänzten in der Sonne. Alter Drachen lächelte. »Welches ist dein Lieblingsdrachen?«

Mir wurde auf einmal bewusst, dass mich das noch niemand zuvor gefragt hatte, und ich überlegte mir erneut, dass die meisten Menschen nicht dasselbe wahrnahmen wie ich.

Ich zeigte auf den leuchtend roten Drachen mit den goldenen Augen, fast genau in der Mitte. »Der rote.«

»Der Schmetterling?« Alter Drachens Gesicht wurde breiter und verschwand fast unter den Falten. »Es sind die Augen, nicht wahr? Man hat den Eindruck, als würden sie einen anschauen, sogar von dort oben.«

Er stützte sich mit den Händen auf das Geländer und beobachtete weiterhin aufmerksam den Himmel. »Das ist mein Lieblingsdrachen«, sagte er und zeigte auf ein hellgrünes Dreieck, das mit silbernen und goldenen Sternen übersät war. »Die alten Drachenlenker haben ihn zum ersten Mal aufsteigen lassen, als ich so alt war wie du jetzt. Es ist einer der ältesten.«

Eine ganze Weile betrachtete ich gebannt den riesengroßen grünen Drachen oben am Himmel, er war bestimmt dreimal so groß wie der rote, auf den ich gezeigt hatte. Dennoch kam ich zu dem Schluss, dass ich meinen schöner fand. Als ich das Alter Drachen erzählte, musste er lachen. »Aber sicher doch, mein Junge«, sagte er, seine Stimme war warm wie ein Sommernachmittag. »Niemand sonst kann für dich bestimmen, wie die Drachen zu dir sprechen. Selbst wir nicht. Sie sagen, was sie sagen, und du hörst, was du hörst. Für jeden ist es anders.«

Es lag an seinen Worten und an seinem freundlichen Ton, dass ich mich zum ersten Mal an diesem Nachmittag vollkommen wohlfühlte. Ich lehnte am Holzgeländer und blickte über das Dorf hinweg auf die sich meilenweit dahinter erstreckenden Felder und Obstgärten zwischen den hohen grauen Bergwänden, die an beiden Seiten steil aufragten. Kleine Gestalten bewegten sich zwischen den ordentlichen Gewächsreihen, hart arbeitend, um das ganze Dorf mit Nahrung zu versorgen. Hinter den Feldern verlief der dunkle Waldrand.

Der Wald, in den ich heute zum ersten Mal einen Fuß gesetzt hatte. Der Wald mit seinen tiefen Schatten, in denen sich alles Mögliche verbergen konnte …

Schnell sah ich wieder hoch und lenkte meine Gedanken in eine andere Richtung. »Wie viele Drachen gibt es eigentlich?«

»Alle zusammen?« Er lächelte. »Vierhundertsechsundneunzig.«

»Immer?«

Er nickte.

»Warum?«

Alter Drachen zuckte entschuldigend mit den Schultern.

»Das ist die Anzahl, die nötig ist. Mehr kann ich dir nicht sagen, fürchte ich.«

Die Antwort hatte ich nicht erwartet. »Aber …«, fing ich zögernd an, in der Überzeugung, dass er meine Frage unglaublich dumm finden würde, »wie funktionieren die Drachen eigentlich?«

Wenn Alter Drachen meine Frage dumm fand, dann ließ er sich nichts anmerken. »Jani, wenn ich ganz ehrlich bin, und ich glaube, das muss ich jetzt sein, dann wissen wir das nicht genau.« Er verschränkte die Arme und stützte sich auf die Ellenbogen, was ihn unglaublich alt aussehen ließ. »Aber ich werde dir erzählen, was wir sehr wohl wissen. Die guten Geister wollten uns zu Hilfe kommen. Sie merkten, dass wir in Gefahr waren, und gaben Nari den Auftrag, die Drachen zu bauen und hoch hinauf in die Lüfte zu schicken, dorthin, wo sich alle Geister vergangenen Lebens sammeln. Wir glauben, dass sie die Drachen benutzen, um hier herunterzusteigen. Um uns zu beschützen mit ihrer guten Macht.«

Das hatte ich schon öfter gehört, doch es hatte nie jemand mit Sicherheit sagen können. »Man erzählt sich auch, dass dadurch böse Geister weggeführt werden. Von hier nach oben.«

»Auch das, ja.« Alter Drachen sah nach oben in den Himmel. »Die Drachen bilden eine Verbindung, eine Brücke zwischen uns und dem Himmel, die von allen benutzt werden kann. Gute Geister werden angezogen vom Leben, von uns. Böse Geister finden Leben und Freude abstoßend und machen sich so schnell wie möglich davon.« Sein Blick glitt zum düsteren Wald in der Ferne.

Ich betrachtete die enorme Vielfalt an Farben und Formen über unseren Köpfen. »Warum so viele? Sind den Geistern einer oder ein paar nicht genug?«

Auf Alter Drachens Gesicht erschien erneut ein wehmütiges Lächeln. »Auch darauf muss ich dir die Antwort schuldig bleiben. Ich wollte, ich könnte dir mehr erzählen, aber es gibt so viele Dinge, die wir nicht wissen. Das ist das, was Nari in ihren Visionen erschienen ist. Und sie hat das alles so genau aufgeschrieben – die Anzahl, die Maße, das Muster, in dem die Drachen befestigt und steigen gelassen werden müssen – dass ich überzeugt bin, dass es einen guten Grund dafür gibt. Doch welcher es auch sein mag, sie hat ihn uns nicht genannt. Oder vielleicht ist dieses Wissen mit der Zeit verloren gegangen, zusammen mit so vielem anderen.« Er zuckte mit den Schultern. »Wir haben nur eine Aufgabe: genau das zu tun, was sie gesagt hat. Das ist das Einzige, was zählt.«

Er blieb kurz still, bevor er aufstand und auf die andere Dorfseite zeigte. »Wie es scheint, ist Wes fertig. Komm, wir gehen wieder nach unten.«

Mit einem letzten Blick auf die fünf Kinder, die sich auf dem Platz abmühten, folgte ich ihm die Treppe hinunter, zurück in die Werkstatt, die Neuer Drachen im gleichen Moment betrat.

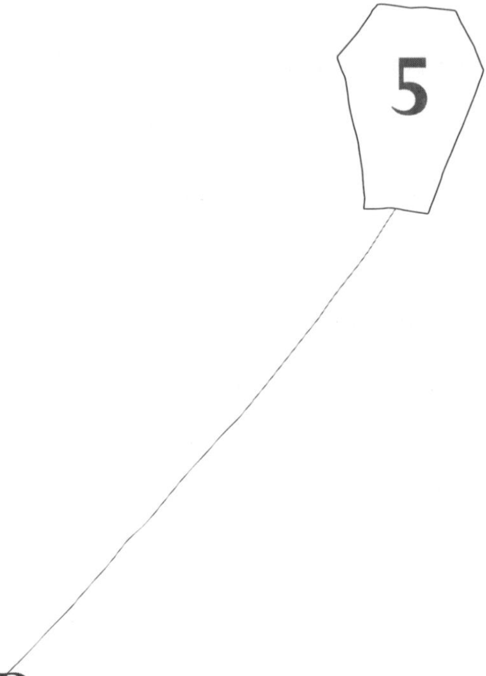

Der restliche Tag verging viel zu schnell.

Wir redeten viel – das heißt, Alter Drachen und ich redeten viel, während Neuer Drachen sich hauptsächlich im Hintergrund hielt und fast ausschließlich mit Alter Drachen sprach. Sie erklärten mir, wie ihr normaler Tagesablauf aussah: die Kontroll- und Kurskorrekturrunden. Und dass man ständig achtgeben musste, um mitzubekommen, ob etwas passierte. Sie beschrieben mir die frühen Anzeichen von Sturm und Unwetter, bei denen die Drachen so schnell wie möglich eingeholt werden mussten. Sie erklärten mir alles über die verschiedenen Drachenformen und wie sie sich im Wind verhielten – die Diamantformen und Dreiecke mit ihren langen Schwänzen, die launisch hin und her trieben, wenn der Wind drehte, und die kastenförmigen Drachen mit ihren Hohlräumen, die kaum ausgesteuert werden mussten.

Als wir am späten Nachmittag die Runde machten und sie

mir zeigten, wie man mit behutsamen Bewegungen die Drachen hin und her steuern konnte, fühlte es sich an, als würde mir der Kopf von all den neuen Informationen platzen. Alles fing an durcheinanderzugeraten, bis ich schließlich keinen vernünftigen Satz mehr herausbringen konnte.

Neuer Drachen lachte über mein verwirrtes Gestotter. »Du gewöhnst dich dran«, sagte er, als wir am Ende des Nachmittags wieder in der Werkstatt standen. »Jedenfalls, wenn du wirklich hierher gehörst. Nach einer Weile denkst du so wenig darüber nach wie übers Atmen.«

Das konnte ich mir nicht vorstellen, aber das behielt ich für mich. Ich hätte nie gedacht, dass es so viele Dinge gab, die ich wissen musste – und dabei hatten wir noch nicht einmal damit angefangen, wie man die Drachen zusammenbaute und steigen ließ.

Die Arbeit auf dem Feld war oft schwer, doch selten war ich so müde gewesen wie jetzt. Dennoch freute ich mich auf den nächsten Tag, voller Begeisterung, wie ich sie noch nie zuvor für etwas empfunden hatte. Mit dem Versprechen, früh am nächsten Morgen wiederzukommen, verabschiedete ich mich.

Ich wusste, dass es nicht in Ordnung war, aber ich musste kurz an der Tür lauschen, um zu hören, was sie über mich reden würden. Ich hielt den Atem an und spitzte die Ohren. Nach einigen Sekunden erklang tatsächlich die Stimme von Neuer Drachen. »Glaubst du, der Junge lauscht?«

Mein Herz schlug mir bis zum Hals, ich hörte Schritte und machte, dass ich wegkam. Als ich in die Gasse neben dem Haus der Drachenlenker lief, wartete Mond dort auf mich.

Mit großen Schritten lief ich an ihr vorbei. Ihr langer Besen schleifte achtlos über den Boden, während sie hinter mir herrannte. »Jani …«

Ich drehte mich nicht um, und als ich den Platz erreichte, wusste ich, sie würde mich ziehen lassen. Wir waren in Sichtweite der anderen vier, die über den Platz verteilt noch immer ihre Besen über die breiten Planken schwangen. Dern und Baum standen miteinander ins Gespräch vertieft vor dem Wirtshaus und hatten ein Auge auf sie. Das war wahrscheinlich der einzige Grund, warum die Kinder den Mund hielten, als ich geschwind nach Hause rannte. Trotzdem spürte ich, dass sie mir hinterhersahen. Ich war mir sicher, dass sie nach dem heutigen Tag nur noch gemeiner zu mir sein würden.

Als ich fast die andere Seite des Platzes erreicht hatte, löste sich eine kleine, gebeugte Gestalt aus dem Schatten und humpelte auf mich zu. Ich versuchte ihr auszuweichen, doch sie lief direkt auf mich zu und fasste mich an den Händen. Ihre dünnen Arme waren viel kräftiger als erwartet und zwangen mich, stehen zu bleiben.

»Sie kommen«, flüsterte die Irre Alte Gerda. Ihre Stimme klang gejagt, ängstlich. »Das weißt du doch? Oder etwa nicht?«

Mir kam nichts anderes in den Sinn, als den Kopf zu schütteln. Voller Abscheu starrte ich das zerfurchte alte Gesicht an, unsere Blicke trafen sich. Die Schärfe in ihren dunklen Augen ließ mich zurückschrecken. Ich versuchte mich loszureißen, doch sie verstärkte ihren Griff.

»Wer kommt?«, fragte ich wie gelähmt, obgleich ich die Antwort eigentlich gar nicht wissen wollte. »Warum?«

»Sie …« Alte Gerda kniff mir fest in den Arm. »… Nachts. Dann kommen sie, alle auf einmal, und … pass auf, mein Junge, pass auf. Man kann sie nicht erkennen und dann … ist es zu spät.« Ihre Stimme versagte. Sie starrte mich an. »Das weißt du doch? Hast du nicht gemerkt …«

»Ich bin mir nicht sicher …«, fing ich an, kam aber nicht

weiter. Endlich ließ sie mich los und hob die Hände zitternd zum Gesicht.

»Wes?«, flüsterte sie, kaum vernehmbar. Alle Kraft war aus ihr gewichen, auf einmal erinnerte sie an ein verängstigtes Kind. »Wo ist Wes?«

Ich suchte noch nach einer Antwort, da öffnete sich unsere Haustür. Meine Mutter erschien in der Türöffnung und erfasste die Situation mit einem Blick. Sofort lief sie auf uns zu und hielt mich am Arm fest. »Jani?«

Alte Gerda wich zurück. Meine Mutter wirkte angespannt. »Was geht hier vor sich? Was hat sie gesagt?«

»Wes?«, fragte Alte Gerda wieder etwas lauter. »Wo ist er? Ist er …?«

»Oh, bei allen guten Geistern«, flüsterte meine Mutter, »nicht schon wieder. Bleib hier, Jani, dann hole ich ihn. Sorg dafür, dass sie nicht wegläuft.«

Bestürzt blieb ich stehen. Doch es war nicht nötig, auf sie aufzupassen, denn die Irre Alte Gerda rührte sich nicht von der Stelle. Stattdessen schlang sie die Arme um den Oberkörper und murmelte vor sich hin, ein endloser Strom unverständlicher Worte. Ich hoffte inständig, bald erlöst zu werden.

Hinter mir öffnete sich die Tür erneut und Tante Meri kam nach draußen. »Was ist denn hier los?« Ihr strenges, scharf geschnittenes Gesicht wirkte widerwillig, als sie die Situation erfasste. »Oh, bei allen guten Geistern, sie schon wieder?«

Ihre Worte ließen Alte Gerda abermals hochschrecken. Sie schaute Tante Meri flehend an. »Wenn du sie nicht siehst …«, stammelte sie fast unverständlich. »Dann kommen sie. Dann …«

Mit einem Ruck zog mich Tante Meri zurück, fort von der alten Frau. Ich folgte ihrem Blick zur anderen Seite des Platzes und sah, wie Neuer Drachen angerannt kam, meine Mutter im Schlepptau.

Tante Meri stockte einen Moment. Dann wandte sie sich um und zog mich mit ins Haus. Ich war zutiefst erleichtert und entsetzt zugleich, als die Tür hinter uns ins Schloss fiel und die Stimme der Irren Alten Gerda endlich verstummte.

Wir hatten noch immer kein Wort gesprochen, als meine Mutter wenig später ebenfalls hereinkam. Jetzt erst merkte ich, dass ich am ganzen Körper zitterte. Ich wurde das unheimliche Gefühl nicht los, dass die Irre Alte Gerda mich warnen wollte. *Sie kommen …*

»Was hat sie gesagt?«, fragte meine Mutter ganz außer Atem.

Ich versuchte mir nicht anmerken zu lassen, wie erschrocken ich eigentlich war. »Etwas über … Dinge, die kommen. Nachts, wenn man sie nicht sieht.« Ich machte mich auf das Schlimmste gefasst. »Was meint sie? Wovon redet sie?«

»Das sagt sie öfter«, erwiderte Tante Meri kurz angebunden. Sie drehte sich entschlossen um und kehrte an ihren Webstuhl zurück. »Sie ist eine verrückte alte Frau, Jani. Du musst nicht auf sie hören. Sie weiß nicht, was sie sagt.«

Meine Mutter zog die Schultern ein wenig unbehaglich hoch. »Hier kommt nachts nichts her. Es kann nichts hierher kommen. Das weißt du doch? Wegen der Drachen …« Nach einer Weile fragte sie: »Wie war es bei den Drachenlenkern?«

Tante Meris Hände hielten inne. Doch sie sagte kein Wort. Ich versuchte zu entschlüsseln, was meine Mutter dachte. Welche Antwort sie erhoffte. Was sie auch dachte, sie ließ sich nichts anmerken.

Ich ging zum nächsten Stuhl und ließ mich darauffallen. »Ich bin ab heute ihr Lehrling. Wenn ihr einverstanden seid.«

Alle schwiegen. Meine Mutter und Tante Meri tauschten einen langen Blick und nach einer Weile setzte meine Mutter sich zu mir. »Das hatte ich mir schon gedacht«, sagte sie ruhig. Sie versuchte sogar zu lächeln.

Plötzlich spürte ich Wut in mir aufsteigen. »Ich wünschte, nicht alle würden ständig so tun, als wäre das etwas Schreckliches«, sagte ich laut. »Habt ihr denn keinen Respekt vor den Drachenlenkern? Ich dachte ... ich dachte, du würdest stolz sein anstatt enttäuscht.«

»Oh, Jani ...« Meine Mutter umarmte mich. »Natürlich sind wir das. Wenn du diesen Schritt wirklich machst, dann wirst du der erste Drachenlenker seit über zwanzig Jahren! Wir sind unglaublich stolz auf dich. Es ist einfach ... Jani. Wir wollen nur, dass du glücklich wirst. Und die Drachenlenker ...« Sie schüttelte den Kopf und schwieg.

»Aber ich bin glücklich«, sagte ich, noch immer wütend, da sie mich nicht zu begreifen schien. »Heute Nachmittag war ich das. Als wir mit den Drachen beschäftigt waren und mir klar wurde, dass ich das den Rest meines Lebens tun könnte. Es ist mir gleich, wie schwer ich arbeiten muss und wie schwierig es ist. Ich habe sie bei ihrer Arbeit begleitet und ich finde großartig, was sie tun. Ich will Drachenlenker werden.«

Meine Mutter umarmte mich immer fester, doch sie antwortete nicht. Ich flehte sie an. »Mama ...«

Mit einem tiefen, verärgerten Seufzer kam Tante Meri hinter ihrem Webrahmen hervor. »Jani, du hast keine Ahnung, was du da sagst. Ist dir klar, was für ein Leben sie führen, die Drachenlenker? Immer zurückgezogen, ausgeschlossen vom Rest des Dorfes? Ohne Freunde, ohne Frau oder Kinder. Immer allein.« Sie stellte sich vor mich. »Ist das das Leben, das du willst? Wirklich? Ist es das, was dich glücklich macht?«

Ich dachte an Neuer Drachen und seinen Zorn, an seine harten Worte über die Dorfkinder. Wirkte er glücklich? Ich zog die Schultern hoch. »Ich weiß es nicht. Es muss doch nicht so sein, oder? Es ist nicht verboten, Freunde zu haben als Drachenlenker oder zu heiraten.«

»Nein«, sagte Tante Meri, ihr Ton war auf einmal messerscharf. »Aber letztlich enden alle so. Armer Wes, er war genauso alt wie ich ... der liebste Junge, den ich je getroffen habe. Freundlich, sanftmütig, immer hilfsbereit. Ab und zu wurde er geärgert, aber es gab niemanden, der ihn nicht mochte.« Sie presste die Lippen aufeinander. »Bis er bei den Drachenlenkern landete. Und schaut euch nur an, was aus ihm geworden ist. Ein grässlicher Mann, vor dem alle Angst haben und der von niemandem geliebt wird.«

»Meri«, protestierte meine Mutter zaghaft. Ich konnte das Zittern ihrer Arme fühlen. »Nicht alle werden so. Alter Drachen ist ein freundlicher Mann.«

Ich wusste nicht, was ich sagen sollte. Da erinnerte ich mich an die Worte von Alter Drachen, dass Neuer Drachen die Kinder nicht mehr hasste als andersherum. »Vielleicht wäre Neuer Drachen netter, wenn die Menschen auch nett zu ihm wären«, sagte ich.

Meinen Worten folgte ein tiefes Schweigen. Zu meiner Bestürzung wurde Tante Meri ganz blass. Ihr Blick glitt zu der hässlichen Beule auf meiner Stirn und den Schrammen auf meinem Gesicht und langsam setzte sie sich auf den Stuhl gegenüber. Schließlich sagte sie: »Sie hätten dich nicht so geärgert, wenn du dich selbst nicht ausschließen würdest. Wenn du dich nicht absondern würdest.«

»Oh.« Ich konnte es nicht fassen. »Dann ist es also meine Schuld? Ich habe es verdient?«

»Nein …« Sie knetete die Hände im Schoß. »Nein, natürlich nicht. Und wenn's nach mir gegangen wäre, dann hätten die Bälger noch viel härter bestraft werden müssen. Wenn ich das Sagen hätte! Aber Jani, so wird es nur schlimmer. Denk bitte daran. Die Drachenlenker haben keine Freunde.«

Ich blieb ungerührt. »Das ist nicht mein Problem. Ich brauche sie nicht zu treffen. Wenn ich ihnen aus dem Weg gehe, können sie mich auch nicht ärgern.«

Die Besorgtheit meiner Tante und meiner Mutter entging mir nicht. Bevor sie etwas sagen konnten, stand ich auf. »Ich habe Hunger. Ich gehe ins Wirtshaus.«

Als ich bei der Tür war, hörte ich Tante Meri ganz vorsichtig fragen. »Auch Mond nicht?«

Meine Hände waren zu Fäusten geballt, als ich mich wieder umdrehte. »Vor allem Mond nicht«, sagte ich laut. »Warum sollte ich? Sie hält mich für einen Idioten. Und ich habe gedacht, sie wäre meine Freundin!«

Tante Meri öffnete den Mund, aber ihr fiel keine Erwiderung ein. Schließlich stand sie auf und kehrte an ihren Webstuhl zurück. Ich wich meiner Mutter aus und verließ das Zimmer. Die Tür schlug mit einem Knall hinter mir zu.

6

Es war noch früh am Morgen, als ich am nächsten Tag auf dem Weg zum Turm der Drachenlenker den Platz überquerte. Neuer Drachen stand ganz oben auf dem Turm, hoch über mir, und hielt über die Felder und den Wald hinweg Ausschau. Als er mich bemerkte, hob er die Hand und verschwand.

Wenig später öffnete sich die Tür und Alter Drachen winkte mich herein. »Guten Morgen, Jani«, sagte er heiter. »Bereit für einen neuen Tag?«

Eifrig nickte ich, als ich mich meiner guten Manieren erinnerte und mich eilig verneigte. »Ich bitte um Entschuldigung. Alles Gute sei mit Euch.« Neuer Drachen kam gerade die Treppe herunter. »Mit Euch beiden.«

»Also, Jani«, sagte Alter Drachen freundlich. »Das ist wirklich nicht nötig. Das habe ich dir doch gesagt?« Und zu Neuer Drachen gewandt: »Und?«

Neuer Drachen schüttelte den Kopf, fast wütend. »Nichts.«

»Schön.« Alter Drachen wandte sich wieder mir zu. »Dann zu heute. Du kannst nicht lesen, oder doch?«

»Nein. Natürlich nicht.« Lesen war etwas, was die Menschen im Dorf vollkommen unnütz fanden. Es gab zu viel Arbeit, um seine Zeit damit zu verschwenden. Als die Drachenlenker mir erzählten, dass das eine der ersten Aufgaben war, die ich würde bewältigen müssen, war ich aufgeregt, aber zugleich auch ein wenig enttäuscht.

»Wir fangen also nicht mit den Drachen an?«, fragte ich.

»Noch nicht, mein Junge«, sagte Neuer Drachen eine Spur ungeduldig. »Für die Drachen ist später Zeit genug. Vorläufig ist es wichtiger, dass du lesen lernst.« Er legte die Hand auf das jahrhundertealte Buch, das mitten auf dem Tisch lag. »Alles, was wir wissen, steht hier drin. Alles, was wichtig ist. Wir können dir eine Menge beibringen, dir zeigen, wie man die Drachen baut, sie fliegen lässt. Aber wir könnten aus Versehen etwas auslassen. Etwas, was wir für unwichtig halten oder einfach vergessen. Oder du könntest etwas vergessen, lange nachdem wir nicht mehr da sind. Dann wäre das Wissen für immer verloren. Das darf nicht geschehen.«

Alter Drachen nickte. »Es ist schon so viel Wissen verloren gegangen, Jani. Alle Fragen, die du gestern gestellt hast ... die Antworten sind über die Jahre hinweg einfach verschwunden. Es muss einen Weg geben zu verhindern, dass noch mehr in Vergessenheit gerät.«

Sie hatten recht, das sah ich ein. Trotzdem war es eine herbe Enttäuschung für mich, dass wir uns nicht sofort den Drachen zuwandten. Aber ich akzeptierte es, mir blieb nichts anderes übrig.

Und eigentlich war das auch etwas Besonderes. Mond konnte nicht lesen. Niemand außer den Drachenlenkern konnte es. Der Gedanke munterte mich wieder etwas auf und ich nahm mir gleich darauf vor, so hart zu arbeiten, wie ich konnte, damit wir so schnell wie möglich mit der Arbeit anfangen konnten, die Spaß machte. Die ich so gerne tun wollte.

Doch trotz meiner guten Vorsätze kroch der Vormittag nur langsam vorbei. Alter Drachen war ein geduldiger Lehrer, der mich ohne jeden Vorwurf immer wieder versuchen ließ, verschiedene Buchstaben zu erkennen und zu schreiben – aber ich war ein langsamer Schüler. Es schien, als kämen wir überhaupt nicht voran. Als Neuer Drachen am späten Vormittag von seinem Rundgang zurückkam, gewährte mir Alter Drachen endlich eine Pause.

Neuer Drachen setzte sich neben Alter Drachen an den Arbeitstisch und wandte sich mir zu: »Schwieriger, als du dachtest, Junge?«

Sein scharfer Ton verunsicherte mich. »Ich dachte … Es sieht so leicht aus, wenn Ihr das macht.«

Alter Drachen lachte leise. »Natürlich. Aber das heißt nicht, dass es einfach ist, das bedeutet, dass wir viel Zeit zum Üben hatten. Du machst das nicht schlecht, Jani. Gib dir selbst etwas Zeit, du wirst merken, dass es schon bald leichter gehen wird.«

Das konnte ich kaum glauben. Alle Buchstaben glichen einander und es fiel mir schwer, bei der Sache zu bleiben. Aber ich hielt durch, den folgenden und den darauffolgenden Tag. Ich machte alles, was Alter Drachen von mir verlangte, und war dankbar für jedes Mal, wenn ich meine Arbeit unterbrechen durfte, um mit den beiden Drachenlenkern einen Rundgang zu machen. Es dauerte nicht lange, da beschlossen sie, mir auch das Rechnen beizubringen, um die Abmessungen der Drachen zu verstehen. Ich dachte schon, ich würde nie wieder nach draußen kommen.

So vergingen die ersten Tage in einem Rhythmus, der schon bald zur festen Gewohnheit wurde. Ich musste mich morgens zuerst einige Stunden ans Lesen und Schreiben machen, bis zum Rundgang am späten Vormittag. Danach aßen wir zu Mittag, wonach sie mich mit zahllosen Rechenaufgaben zurückließen, um draußen ihrer eigenen Arbeit nachzugehen. Nach dem nachmittäglichen Rundgang kratzte Alter Drachen oftmals ein langes Stück auf die Schreibtafel und gab sie mir mit dem Auftrag, nicht eher aufzuhören, bis ich alles fehlerlos vorlesen konnte.

Manchmal, wenn ich noch genügend Energie hatte, blieb ich nach dem Abendessen und lauschte auf dem Balkon den Erzählungen von Alter Drachen von früher. Diese Abende liebte ich am meisten: entspannt, nach getaner Arbeit und in der warmen und freundschaftlichen Gesellschaft von Alter Drachen. Neuer Drachen kam längst nicht jedes Mal mit hinauf, und wenn doch, dann sagte er selten mehr als ein paar Worte. Aber selbst das konnte meine Stimmung nicht trüben.

Mond begegnete ich in diesen ersten Tagen vielleicht zwei- oder dreimal. Am Ende des ersten Tages wartete sie draußen vor dem Turm auf mich, so wie schon am Vortag. Ich achtete nicht auf das, was sie sagte, und blieb nicht stehen. Die anderen Male war sie auf dem Platz, als ich auf dem Nachhauseweg war, sagte aber kein Wort.

Ich wollte es nicht zugeben, aber schon nach kurzer Zeit fehlte sie mir. Seit wir klein gewesen waren, hatte es kaum einen Tag gegeben, an dem wir nicht zusammen losgezogen waren. Ihr überschwängliches Verhalten machte mich manchmal ganz verrückt, doch jetzt, wo ich ihr schon seit Tagen aus dem Weg gegangen war, wurde mir klar, wie einsam ich mich ohne ihre immerwährende Fröhlichkeit um mich herum fühlte.

Ich verstand es einfach nicht. Die anderen Kinder hatten mich oft genug geärgert, aber Mond hatte mich immer verteidigt. Sie war meine beste Freundin gewesen. Wann hatte sich das geändert? Wie lange würde es dauern, bis sie und die anderen mir auf der Straße hinterherrufen würden?

Oder hatte sie mich immer schon seltsam gefunden? Mich hinter meinem Rücken ausgelacht, mit Mink über die komischen Dinge getuschelt, die ich gesagt oder getan hatte …? Ich zügelte mich, wenn mir solche Gedanken kamen, doch das war nicht leicht.

Einmal erwähnte ich gegenüber Alter Drachen etwas davon, aber seine Antwort war nicht, was ich erwartet hatte: »Jeder macht mal einen Fehler, Jani. Und ich glaube, sie weiß selbst, dass sie etwas falsch gemacht hat. Sie sieht unglücklich aus die letzten Tage.« Sein mitfühlender, aber auch vorwurfsvoller Blick ruhte auf mir. »Vielleicht würdest du deine Freundin zurückgewinnen, wenn du ihr zuhören würdest, anstatt sofort wegzulaufen, sobald sie versucht, etwas zu sagen.«

Ich starrte ihn an. »Nach allem, was sie getan hat …«

»Ich weiß, Jani.« Er hob seine Hände. »Da bin ich mit Wes einer Meinung, das war kein Spaß, das war wirklich gemein. Du hättest dich viel schlimmer verletzen können, weil sie es geschafft haben, dir so große Angst einzujagen.« Er verschränkte die Arme und lehnte sich auf den Tisch. »Aber ich glaube nicht, dass sie dich auf einmal nicht mehr leiden kann. Versuch es mal von ihrer Seite aus zu betrachten, Jani. Wenn du sie wärst …«

»Ich würde so was niemals tun!« Ich schämte mich auf der Stelle für meinen Ausbruch. Mit hochrotem Kopf fuhr ich leise fort. »Warum sonst soll sie es getan haben? Mir fällt nichts ein. Welchen Grund kann es noch geben?«

»Nun.« Alter Drachen sah mich lange an. »Das kann ich dir nicht sagen, Junge. Du kennst sie dein ganzes Leben lang. Denk darüber nach.«

Ich versuchte seinem Rat zu folgen, doch das hellte meine Stimmung nicht wirklich auf. Also konzentrierte ich mich auf meine Arbeit; so langweilig und eintönig sie auch war, verschaffte sie mir doch auf jeden Fall etwas Ablenkung.

Eines Nachmittags saß ich unten in der Werkstatt und kämpfte mit meinen vielen, vielen Rechenaufgaben. Es war ungefähr zehn Tage her, dass ich zu den Drachenlenkern gekommen war, und sie ließen mich jetzt oftmals stundenlang alleine, wenn sie anderes zu erledigen hatten.

Schon bald kam ich aus dem Seufzen nicht mehr heraus. Rechnen fand ich noch entmutigender als Lesen: Jedes Mal, wenn ich dachte, Fortschritte gemacht zu haben, erhöhte alter Drachen den Schwierigkeitsgrad der Aufgaben, sodass ich immer daran erinnert wurde, wie wenig ich eigentlich gelernt hatte. Nach einer Weile verwirrten sich alle Zahlen zu einem unlösbaren Knäuel und ich beschloss, dass ich ohne kurze Pause nicht weiterkäme.

Wie schon des Öfteren zuvor kletterte ich mit der Schreibtafel die Treppe zum Balkon hinauf. Hier saß ich gerne in der Sonne, windgeschützt, das Dorf und die Felder tief unten, im Anblick der Drachen hoch über mir versunken. Es war gar nicht so einfach, die Schreibtafel aus der Sonne zu halten, um zu verhindern, dass die Wachsschicht schmolz und meine Rechenaufgaben verwischten. Die Arbeit ging dort oben etwas mühsamer von der Hand, doch die Aussicht und die Sonne machten das wett.

Ich lief die Treppe hinauf, den schmalen, dunklen Gang hindurch. Als ich neben der Tür zum Balkon stand, fuhr ein plötzlicher Windstoß in meine Kleider. Ich sah hinauf und bemerkte, dass die Tür zum Dachboden offen stand. Helles Tageslicht fiel von oben auf die Treppe. Der kräftige Wind musste die Tür aufgedrückt haben.

Ich blieb kurz stehen. Der Dachboden mit dem Dach darüber war der einzige Teil des Turms, in dem ich noch nicht gewesen war. Neuer Drachen verbrachte dort viel Zeit, manchmal sogar Stunden, doch keiner der beiden Drachenlenker verlor ein Wort darüber, was er dort eigentlich machte.

Alter Drachen hatte mir verboten hinaufzugehen. Er hatte gesagt, ich sei noch nicht bereit, und bisher hatte ich keinen einzigen Gedanken daran verschwendet. Das konnte ich nicht tun. Natürlich nicht. Alter Drachen hatte es verboten und man tat, was ein Drachenlenker sagte …

Gegen meine Neugier ankämpfend, stieg ich vorsichtig die ersten Treppenstufen hinauf und hob den Blick. Vielleicht sollte ich einfach hinaufgehen, um die Tür wieder zu schließen. Sie wollten sicher nicht, dass sie offen stand. Oder?

Noch bevor ich wirklich einen Entschluss gefasst hatte, ging ich die Treppe wie von selbst hinauf. Die Treppenstufen knarrten fürchterlich laut. Mit wild klopfendem Herzen erreichte ich den Treppenabsatz und somit die Tür, die ins Zimmer führte.

Der Fußboden der Dachkammer war mit der größten Unordnung bedeckt, die ich jemals zu Gesicht bekommen hatte. Nur in der Mitte, wo eine kleine Leiter zu einer Dachöffnung hinaufführte, war der Fußboden leer. Ansonsten war die gesamte Fläche mit großformatigen Zeichnungen, merkwürdigen in Tücher gewickelten Gegenständen, Kisten und Kartons, Pinseln, Farbtöpfen und vielem mehr bedeckt, von dem ich nicht mal wusste, um was es sich dabei handelte.

Ich stand bereits mitten im Zimmer, als mir siedend heiß

einfiel, dass es mir verboten war, hierher zu kommen. Atemlos starrte ich auf eine riesige, mindestens fünf mal drei Fuß messende, weiße Leinwand, auf der sich eine Zeichnung befand, die noch tagelang durch meine Albträume spuken sollte: ein Wesen mit einem Kopf und einem Schnabel wie ein mächtiger Raubvogel, das Maul weit aufgerissen in wildem Gebrüll. Es stand aufgerichtet auf den Hinterbeinen, die Vorderbeine mit den langen Krallen nach einer unsichtbaren Beute ausgestreckt. Schreckliche Klauen, erbarmungslose Augen …

Schnell wandte ich mich ab. Daneben lag etwas in ein dunkles Stück Stoff gewickelt, etwas Kleines, kaum größer als meine Hand. Eine Erinnerung blitzte auf: Neuer Drachen, der in der Abenddämmerung auf uns zugerannt kam und etwas hochhielt. Was hatte er gerufen? Dass er etwas entdeckt, etwas gefunden hatte? Ich konnte mich nicht mehr genau erinnern.

Ich streckte gerade die Hand danach aus, als ein Geräusch von unten mein Herz einen Salto machen ließ. So schnell ich konnte, schlüpfte ich aus dem Zimmer und zog die Tür behutsam hinter mir zu. Die Treppe machte viel zu viel Lärm, als ich nach unten rannte und auf den Balkon huschte.

Ich sank auf den Fußboden und lehnte mich rücklings an die von der Sonne gewärmte Wand. Nach einer kurzen Ruhepause hörte ich Schritte näher kommen. Ein lähmender Schock durchfuhr mich, als mir klar wurde, dass ich nicht am Arbeiten war. Ich hatte meine Schreibtafel auf dem Dachboden liegen lassen.

Die Schritte hallten durch den Gang, immer näher. Ich hielt den Atem an und lauschte, ob sie hinaufgehen würden, die Dachbodentreppe hoch.

»Jani?«

Die Tür wurde geöffnet und Neuer Drachen streckte den

Kopf um die Ecke. »Ah, da bist du. Komm runter, Junge.« Er runzelte die Augenbrauen, als ich schnell aufstand. »Bist du nicht am Arbeiten?«

Ich senkte den Blick, das Gesicht warm und knallrot. »Ich … brauchte eine kurze Pause«, stammelte ich. »Tut mir leid …«

»Schon gut, Junge«, sagte Neuer Drachen kurz. »Komm mit, da ist etwas, was du bestimmt sehen willst.«

Ich stolperte fast über meine Füße, als ich ihm ängstlich folgte. Neuer Drachen konnte mich sowieso schon nicht leiden, und wenn er herausfand, wo ich gewesen war …

Auf halber Treppe sah ich, was sie mir zeigen wollten. Ein riesiger grüner Drachen lag ausgebreitet auf den drei großen Arbeitstischen. Ich hielt den Atem an, als ich ihn erkannte – Alter Drachen hatte vor ein paar Tagen auf ihn gezeigt und ihn als seinen Lieblingsdrachen bezeichnet.

Hatte er hoch oben am Himmel schon groß gewirkt – hier in dem kleinen, dunklen Raum war er riesig. Ich glaubte, ich würde mindestens dreißig Schritte benötigen, um ihn einmal zu umrunden. Alter Drachen bemerkte meine Faszination und gab mir lächelnd ein Zeichen, näher zu kommen.

»Er ist beschädigt«, sagte er, bevor ich meine Sprache wiedergefunden hatte. »Eine der Leisten ist gebrochen und der Stoff hat sich losgerissen. Hier, siehst du?« Er hob die rechte obere Ecke hoch. Die dünne Leiste, an der der Stoff befestigt war, war fast ganz durchgebrochen.

Ich trat näher heran und wie von selbst streckte ich die Hand aus. Neuer Drachen gab mir einen energischen Klaps auf die Schulter. »Wag es ja nicht, Junge.«

Ich fuhr zusammen und verneigte mich in seine Richtung. Fast hätte ich das strengste Verbot vergessen: Die Drachen waren heilig. Niemand durfte sie anfassen. Nur die Drachenlenker. »Nein, natürlich nicht. Es tut mir leid.«

Mit einem unterdrückten Seufzen lief Neuer Drachen an mir vorbei. »Wenn du dich so anstellst, ist es vielleicht besser, du kehrst zu deiner Arbeit zurück«, sagte er scharf. »Du darfst bleiben, wenn du eines nicht vergisst, Junge: nicht anfassen, hörst du?«

Ängstlich blieb ich stehen und rührte mich nicht vom Fleck. Alter Drachen wandte sich ruhig an Neuer Drachen: »Wes, das reicht. Jani, komm nur etwas näher, dann kannst du sehen, wie der Flügel gebaut ist.«

Es verging über eine Stunde, in der sie den Drachen Hand in Hand reparierten. Ich tat mein Bestes, um nicht im Weg zu stehen, während sie konzentriert arbeiteten, und lauschte Alter Drachen, der mir erklärte, wie das Holzgerüst konstruiert werden musste, damit es dem kräftigen Wind Widerstand leisten konnte. Neuer Drachen arbeitete konzentriert, mit schnellen und sicheren Handbewegungen. Der Nachmittag war schon zur Hälfte um, als sie endlich fertig waren.

»Wir lassen ihn vorläufig hier liegen«, sagte Alter Drachen, nachdem er auch den Rest des Drachens untersucht hatte. »Wir können ihn erst morgen wieder steigen lassen. Am späten Vormittag ist der Wind am stärksten. Ohne ausreichend Wind schafft er es nicht hinauf. Einer von seinem Format braucht viel Kraft.«

Neuer Drachen entfernte sich auch vom Tisch und warf während des Aufräumens einen Blick nach draußen. »Wir sind spät dran mit unserem Rundgang. Dan?«

»Ich komme schon«, sagte Alter Drachen, und an mich gerichtet: »Ich will erst sehen, wie Jani vorangekommen ist. Wo ist deine Schreibtafel?«

Ich machte fast einen Satz vor Schreck, als mir einfiel, wo ich sie gelassen hatte. »Oben«, brachte ich hervor. »Ich … hole sie schnell.«

Neuer Drachen fuhr kopfschüttelnd mit Aufräumen fort. Schnell rannte ich die Treppe hinauf, unten an der Dachbodentreppe blieb ich stehen.

Die Stimmen der Drachenlenker und die Geräusche der Schubladen, die auf- und zugeschoben wurden, drangen nach oben. Trotzdem hatte ich das Gefühl, mein Herz würde so laut klopfen, dass sie es unten hören könnten. So schnell und geräuschlos wie möglich schlich ich die Treppe hinauf und zuckte bei jedem noch so kleinen Geräusch, das die Stufen von sich gaben, zusammen.

Als ich die Klinke hinunterdrückte, erfasste der Wind die Tür und sie schwang mit einem Mal auf. Es kostete mich all meine Kraft, sie nicht gegen die Wand schlagen zu lassen. Dann ließ ich sie los, betrat den Raum und nahm meine Tafel, die neben der gruseligen Zeichnung auf dem Boden lag.

Unwillkürlich hörte ich die Stimme der Irren Alten Gerda in meinem Kopf. *Nachts. Dann kommen sie … Wusstest du das nicht?*

Entschlossen drängte ich den Gedanken beiseite und verließ den Dachboden. Ich schloss die Tür hinter mir und beeilte mich hinunterzukommen.

Alter Drachen unterbrach seine Tätigkeit, als ich die Werkstatt betrat. »Das hat lange gedauert«, sagte er, aber ohne jede Spur Misstrauen. »Zeig mal, was du geschafft hast.«

Auf der Holztafel war die Wachsschicht durch das Sonnenlicht auf dem Dachboden geschmolzen. Meine ganze Arbeit dieses Vormittags, alle Zahlen, die ich so mühsam ins Wachs gekratzt hatte, hatten sich in unleserliche Flecken verwandelt.

Mit einem roten Kopf überreichte ich sie Alter Drachen.

»Ich habe die Tafel in der Sonne liegen lassen«, sagte ich beschämt. »Ich habe nicht daran gedacht …«

An der Tür drehte Neuer Drachen sich ungeduldig um. Die scharfen Linien in seinem Gesicht vertieften sich zu einem abfälligen Stirnrunzeln. »Das nächste Mal besser nachdenken. Dan, gib ihm mehr Aufgaben. Er kann heute Abend weitermachen, wenn er es nicht fertig bekommt.«

Alter Drachen schüttelte den Kopf. Er nahm mir den Holzstift ab und fing an zu schreiben. »Ich finde, du kannst zum Lesen übergehen. Aber mach das nicht noch einmal, mein Junge.«

Neuer Drachen brummte. »Du bist viel zu nett zu dem Jungen.«

Ohne zu antworten, kratzte Alter Drachen weiter und händigte mir schließlich – es kam mir vor wie nach einer Ewigkeit – die Tafel aus. »Bis zum späten Nachmittag, Jani. Und denk dran, ich akzeptiere nicht noch einmal als Entschuldigung, dass du sie in die Sonne gelegt hast.«

Neuer Drachen bedachte mich mit einem weiteren verärgerten Blick, bevor sie den Raum verließen und ich allein zurückblieb.

Ich ging um den grünen Drachen herum, betrachtete jeden Quadratzoll der Oberfläche. Goldene und silberne Sterne bedeckten den Stoff, grün wie Gras im Frühling. Um die Sterne herum liefen zarte goldene und silberne Linien, fein wie Spinnweben – sich schlängelnd, kreisend und durcheinanderlaufend in einem komplizierten, atemberaubenden Muster. Ich erkannte Blumen, Pferde, Vögel in wildem Flug, jede Figur in dünnen, perfekten Linien dargestellt, von denen mir regelrecht schwindelig wurde. Ich fragte mich, wie viel Zeit es gekostet hatte, den Drachen zu bemalen.

Als ich mich wieder aufrichtete, war mir jedes Gefühl dafür abhanden gekommen, wie lange ich so gedankenverloren vor dem Drachen gestanden hatte. Mit meiner Schreibtafel unter dem Arm stieg ich wieder die Treppe hinauf auf den Balkon, um zu lesen. Als ich an der Treppe zum Dachboden vorbeiging, traute ich mich nicht mehr hinaufzuschauen.

Ich versuchte mich auf meine Arbeit zu konzentrieren, doch das Abbild dieses entsetzlichen Wesens wollte mir nicht aus dem Kopf. Ich dachte an das erste wirkliche Gespräch mit Alter Drachen und daran, was ich ihn damals gefragt hatte. *Stimmt es, dass die Drachen die Ungeheuer fernhalten?*

Was trieb sich nur alles herum in der weiten Welt da draußen?

7

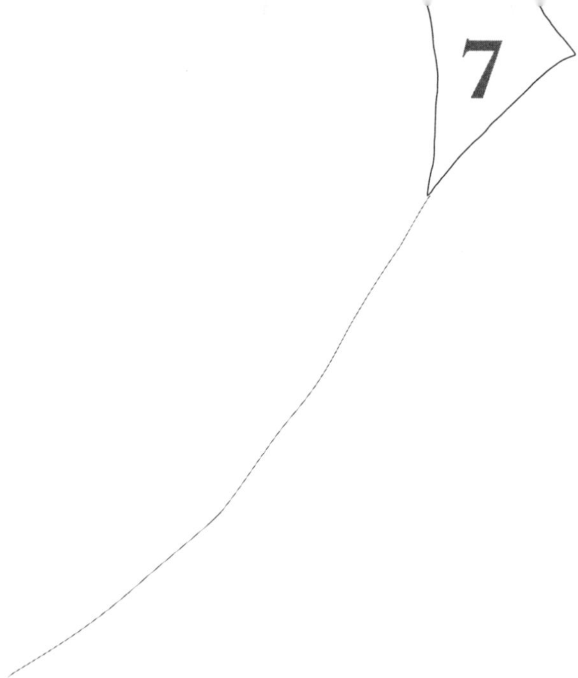

Der nächste Vormittag war eine Qual. Die Buchstaben und Wörter vermochten meine Aufmerksamkeit kaum zu fesseln und ich glaube, ich war nicht als Einziger erleichtert, als das Ende des Vormittags nahte und die Drachenlenker endlich ans Werk gehen konnten.

Es dauerte eine ganze Zeit, bis sie den Drachen mit vereinten Kräften vom Tisch gehoben hatten und es schafften, ihn aufzurichten. Das Einzige, was ich tun konnte, war, ihnen die Tür, durch die der Drachen gerade so hindurchpasste, aufzuhalten und die Spule mit der aufgewickelten Schnur mitzunehmen. Ganz langsam trugen sie den Drachen über die Balustrade zu der Stelle, wo sie ihn am Tag zuvor eingeholt hatten.

»Gut. Viel Glück, ihr zwei.« Neuer Drachen nahm mir die Spule ab und wickelte sie ein kleines Stück ab. Danach kletterte er mit unheimlicher Schnelligkeit das hohe Geländer hinauf, bis er mit der Hand das obere Ende erreichte. Mithilfe von Alter

Drachen zog er den Drachen hinauf, bis er ihn an der Spitze zu fassen bekam. Dann warf er die Spule zurück nach unten, wo Alter Drachen sie auffing. Dieser ließ mich das lose Schnurende am dicken Balken festknoten, der die Drachen hielt, und kontrollierte dabei streng, ob ich es richtig und fest genug tat. Als er zufrieden war, bewegte er sich rückwärts und wickelte die Schnur immer so weit ab, dass sie nicht straff gespannt war.

»Das ist ganz schön schwer, so einen großen Drachen steigen zu lassen«, sagte er, nachdem wir ungefähr zwanzig Schritte zurückgelegt hatten. »Wenn ihn der Wind erfasst, zieht er mit gewaltiger Kraft. Das ist gefährlich und kann leicht schiefgehen, also pass gut auf.« Er hielt mir einen der Handgriffe der Spule hin. »Mit beiden Händen festhalten und nicht loslassen. Egal, was passiert, du lässt nicht los. Verstanden?«

Ich nickte, voll erregter Spannung. Ich wischte meine verschwitzten Hände an meiner Hose ab, bevor ich den Handgriff festhielt.

»Gut. Du weißt, wie es funktioniert. Auf mein Zeichen laufen wir beide gleichzeitig rückwärts. Sieh erst hinter dich, damit du weißt, wo du stehst ... Schön. Gut so. Und Jani, gib acht, dass du nicht schneller läufst als ich.« Er lächelte, doch sein faltiges Gesicht wirkte angespannt. »Was du auch tust, nicht loslassen.«

Er ließ mich seine Reihe von Anweisungen noch einmal wiederholen, um sicherzugehen, dass ich alles verstanden und behalten hatte, ehe er sich Neuer Drachen zuwandte. Er befand sich noch immer oben auf der Balustrade und zog den Drachen jetzt vorsichtig mit beiden Händen hoch.

Ein Schlag ließ die Schnur erzittern und fuhr durch meine Hände, jetzt hatte der Wind den Drachen mit voller Wucht erfasst.

»Mach dich auf was gefasst, Jani. Er zieht stark. Ja?« Dann gab er mir entschlossen ein Zeichen. »Los geht's. Wes, jetzt!«

Neuer Drachen stemmte den Drachen mit einer geschmeidigen Bewegung hoch, über den Kopf. Der Drachen riss sofort kräftig an der Schnur, wodurch ich beinah das Gleichgewicht verloren hätte. Mit aller Macht kämpfte ich darum, aufrecht stehen zu bleiben. Ich stemmte mich mit den Füßen gegen die Balken und zog die Schnur nach hinten.

»Gut so, Jani. Los, das schaffst du!« Alter Drachen lief weiter nach hinten und ich folgte mühsam, während ich mich anstrengen musste, nicht fortgerissen zu werden. Vor uns stieg der grüne Drachen wie ein mächtiger, prachtvoller Vogel in den blauen Himmel auf.

»Großartig! Abwickeln, Jani. Gib ihm mehr Schnur, mehr Spiel.« Wir blieben stehen und wickelten die Spule langsam ein Stück ab. Der Drachen erzitterte in der Luft, stieg anschließend weiter. Auf der Balustrade war Neuer Drachen dabei, einige andere Drachen zur Seite zu lenken, während das prächtige grüne Dreieck immer höher stieg.

Ganz langsam bewegten wir uns wieder vorwärts, durch die Gasse zur Balustrade, während der Drachen immer mehr Höhe gewann. Jetzt stand er ungefähr hundert Fuß über uns und bewegte sich jedes Mal, wenn er mehr Raum bekam, ruhelos hin und her. Aber er hielt seine Höhe. Er sank nicht, stürzte nicht ab. Wir hatten es geschafft.

Die Freude stand mir wohl ins Gesicht geschrieben, denn Alter Drachen sagte sofort: »Wir sind noch nicht fertig. Er muss noch ein ganzes Stück weiter nach oben und darf den übrigen Drachen und Schnüren nicht in die Quere kommen.« Er lachte. »Aber den schwierigsten Teil haben wir hinter uns. Gut gemacht, Jani. Sehr gut gemacht.«

Ich lachte auch. Vielleicht ließ ich die Begeisterung zu sehr von mir Besitz ergreifen. Kurz war ich unachtsam, das genügte. Im nächsten Moment blieb mein Fuß an einem vorstehenden Balken hängen. Mit einem Schrei stolperte ich nach vorn.

»Jani!«

Die Stimme Alter Drachens hallte in meinem Kopf wider, während ich versuchte, auf den Beinen zu bleiben, die Hände so fest um die Handgriffe der Spule geklammert, dass es wehtat. Nach einem Anflug von Panik schaffte ich es, mein Gleichgewicht wiederzufinden, und blieb stehen, Hände, Gesicht und Rücken nass von kaltem Schweiß. »Ja. Alles in Ordnung.«

Alter Drachen blickte hoch und fluchte vor sich hin, als Neuer Drachen im selben Moment etwas Unverständliches schrie. Von plötzlicher Angst ergriffen, sah ich auf. Meine Strauchelpartie hatte den Drachen aus seiner Position getrieben. Jetzt flog er direkt auf einen hellblauen Schmetterling zu.

»Halt ihn fest, Jani!« Alter Drachens Hand schoss zur Schnur, er versuchte den Drachen mit ein paar raschen Bewegungen wieder auszusteuern. Doch das reichte nicht.

»Zurück! Zurück, Jani. Und hol ihn wieder ein.« Mit Mühe zog er mich mit sich und sah zu Neuer Drachen, der rasend schnell herunterkletterte. »Wes! Komm her und hilf ihm. Ich hab ihn.« Er packte meine linke Hand und klemmte sie um den anderen Handgriff. »Pass gut auf, Jani. Du musst ihn nur kurz festhalten, Wes ist gleich bei dir.«

Seiner Warnung zum Trotz war ich nicht auf die Kraft vorbereitet, die mich nach vorn zog. Es gelang mir nicht, auf dem Boden zu bleiben; schon machte es keinen Sinn mehr, mich dagegenzustemmen. Der Drachen riss mich mit einem Schlag, der mir durch die Arme fuhr, nach vorn. Ich schrie aus Leibeskräften, als ich hilflos in die Luft gehoben wurde.

»Immer mit der Ruhe! Ich hab dich, Junge.« Die Arme von Neuer Drachen umschlossen meine Taille und mit einem energischen Ruck zog er mich zurück auf festen Boden. Durch den unerwarteten Ruck fuhr zum zweiten Mal ein heftiger Schmerz durch meine Arme und dieses Mal schaffte ich es nicht, weiter festzuhalten. Mit einem Gefühl tiefen Entsetzens fühlte ich, wie mir die Handgriffe entglitten. Da ließ der Druck nach und ich prallte gegen Neuer Drachen, der mich mit einem durchdringenden Schrei losließ.

Völlig entsetzt starrte ich nach oben. Neuer Drachen sprang der Spule hinterher, die jetzt mit enormer Wucht durch die Luft sauste. Doch er kam viel zu spät. Der Drachen vollführte einen Sprung und begann, in rasendem Tempo zu steigen. Mit einem Schlag, der die Balustrade erschütterte, erreichte er das Ende der Schnur.

Die Schnur war straff gespannt, nichts rührte sich. Da riss die Schnur, so leicht und zerbrechlich wie eine Spinnwebe, entzwei. Beim Anblick des Drachens, der unaufhörlich stieg, drehte sich mir der Magen um. Ich musste zusehen, wie er – ein Spiel des Windes – hilflos verloren zwischen den anderen Drachen verschwand.

Neuer Drachen rannte zur Balustrade, um Alter Drachen zu helfen, der mit hastigen, fast panischen Bewegungen alle anderen Drachen zur Seite bewegte. Ich blieb wie versteinert stehen.

Als der grüne Drachen weit über die anderen hinausgestiegen war, sprang Neuer Drachen von der Balustrade und stürmte auf mich zu. Alter Drachen wandte sich kurz um, brauchte aber seine ganze Aufmerksamkeit, um die letzten Drachen wieder an ihren Platz zu bringen. Neuer Drachen packte mich grob am Oberarm und zog mich mit sich.

»Nicht loslassen. Niemals loslassen. Das war alles, was du dir merken musstest. Du lässt niemals, wirklich niemals einen Drachen los! Wie oft haben wir dir das gesagt?«

Ich wollte etwas erwidern, doch die Stimme versagte mir ihren Dienst. Erst als er mich durch die Tür zur Werkstatt schubste, konnte ich hervorbringen: »Es tut mir leid. Ich konnte ihn nicht halten. Ich habe es wirklich versucht. Er war zu stark, es tut mir so furchtbar leid ...«

Mit einem Knurren schob Neuer Drachen die Tische zur Seite und ging zum Schrank hinten in der Werkstatt. »Auf die Knie. Und zieh dein Hemd aus.«

Ich fühlte Tränen über meine Wange laufen, als ich die Peitsche sah und begriff, was passieren würde. Doch ich traute mich nicht zu widersprechen. Die Drachen waren heilig. Jeder kannte die Strafe für das Zerstören eines Drachens ...

Auf zitternden Beinen drehte ich mich um und ging in die Knie. Das Hemd an die Brust gedrückt, vergrub ich die Nägel in den Handflächen, während ich wartete.

Der erste Schlag setzte meinen Rücken in Brand, danach verlor ich jedes Gefühl für Zeit. Gut möglich, dass eine ganze Stunde vergangen war, ehe mir bewusst wurde, dass es aufgehört hatte, und ich Stimmen hörte.

»Wes, bitte.« Alter Drachens Stimme zitterte. »Das reicht. Es ist nicht nötig ...«

»Nicht nötig? Dan, du hast mit eigenen Augen gesehen, was er gemacht hat! Du kennst das eherne Gesetz, also versuch nicht, mich zurückzuhalten. Vielleicht lernt er jetzt endlich den nötigen Respekt ...«

»Wes ...« Alter Drachen unterbrach ihn, ruhig, aber eindringlich. »Ich halte dich nicht zurück. Aber meinst du nicht, dass er genug gestraft ist?«

Eine furchtbar lange Stille breitete sich aus. Mein Rücken brannte so sehr, dass ich kaum atmen konnte. Ich kniff die Augen zu und wartete. Nichts rührte sich.

Dann – jemand, der tief Luft holte. Schritte, die näher kamen und neben mir anhielten. Hände umfassten meine Schultern. »Steh auf, Jani«, flüsterte Alter Drachen. »Es ist schon vorbei. Steh auf.«

Es dauerte, bis ich meine Beine dazu bekam aufzustehen. Alter Drachen legte einen Arm um mich, ganz vorsichtig, um mich nicht an den Stellen zu berühren, wo brennende rote Striemen über meinen Rücken liefen. Er stützte mich, während ich mich zu Neuer Drachen umdrehte.

»Sieh mich an, Junge.« Die Stimme von Neuer Drachen klang wackelig, möglicherweise war das auch mein Körper, der nicht aufhören wollte zu zittern. Schnell wischte ich die Tränen beiseite, um ihm Folge zu leisten.

»Du hast deine Schuld bei den Geistern bezahlt, Jani.« Seine Stimme klang anders, weicher, ohne die Wut, die er zuvor gezeigt hatte. »Deine Schuld bei uns wird schwieriger wiedergutzumachen sein. Du wirst einen neuen Drachen bauen. Ganz allein, ohne unsere Hilfe. Ganz gleich, wie viel Zeit es dich auch kostet. Verstanden?«

Ich musste schlucken, bevor ich etwas sagen konnte. »Ja, Drachenlenker«, flüsterte ich.

Er musterte mich weiterhin schweigend. Dann wandte er sich von mir ab. »Gut. Geh nach Hause, Junge. Du kommst morgen früh hierher, um anzufangen.«

Ich nickte. Mein Hemd hielt ich noch immer umklammert. Ich presste es fest gegen die Brust, kein Gedanke lag mir ferner, als es überzuziehen.

»Geh nur, Jani.« Alter Drachen schob mich sanft zur Tür.

Nur mit Mühe fand ich die Türklinke. Die ganze Welt kam mir unwirklich vor, alles drehte sich in meinem Kopf. So musste es sich anfühlen, wenn man betrunken war, dachte ich. In der Werkstatt herrschte eine tiefe Ruhe, als ich die Tür endlich öffnete und hinaustrat in die sommerliche Mittagssonne.

Mond stand draußen und wartete auf mich, das Gesicht bleich und verängstigt, als wäre sie es, die geschlagen worden war. Abrupt blieb ich stehen.

»Jani …«, flüsterte sie und kam vorsichtig einen Schritt näher. Beim Anblick der roten Striemen auf meinem Rücken zuckte sie zusammen. Ihre Augen glänzten. »Ich hab dich schreien gehört«, sagte sie mit zitternder Stimme. »Was … was ist passiert?«

Ich konnte mich nicht erinnern, unter den Schlägen geschrien zu haben, doch ich glaubte ihr sofort. Ich sah in den Himmel, doch der grüne Drachen war für immer verschwunden. »Ich habe einen Fehler gemacht«, sagte ich und hörte, wie heiser meine Stimme klang. Ich musste richtig laut geschrien haben. »Ich habe einen Drachen losgelassen. Er ist weg.«

Etwas an meiner Stimme machte ihr klar, was das für mich bedeutete, denn sie fasste mich an der Hand und hielt sie fest. »Oh, Jani … und sie haben dich auch noch geschlagen? Oh, wie furchtbar …«

Es war alles zu viel. Ich hasste Mond, sie hatte mich geärgert, mich verraten. Ich wollte sie nie wieder sehen.

Oder?

»Warum?«, schleuderte ich heraus – das eine Wort, das ich ihr die ganze Zeit hatte entgegenschreien wollen. »Warum hast du das gemacht? Warum hast du versucht, mich … Mond, ich dachte, wir wären Freunde.«

Kurz glaubte ich, sie würde wütend werden, da schluckte

sie und senkte den Kopf. Sie zog mich hinter sich her durch die Gasse, bis wir zur Balustrade kamen. Dort ließ sie mich los und setzte sich. Nur widerwillig ließ ich mich neben ihr nieder.

Sie stierte vor sich hin. »Mink und die anderen … sie sagten, die Drachenlenker wären seltsam. Und dass du genauso werden würdest, weil du die ganze Zeit bei ihnen herumhingst. Und ich wäre genauso seltsam, wenn ich …« Sie wurde rot und ihre Stimme wurde ganz dünn. »Wenn ich ihnen nicht helfen wollte. Sie fingen an, mich zu ärgern, als ich nicht mitmachen wollte, sie meinten, es wäre bestimmt lustig …« Sie zog die Schultern hoch und verstummte.

Ich betrachtete Mond, die beharrlich zur anderen Seite sah. Das war einer dieser Augenblicke, in denen mir bewusst wurde, wie verschieden Mond und ich waren. Mir machte es überhaupt nichts aus, was die anderen Kinder von mir dachten. Ich war froh, wenn sie einfach den Mund hielten und mich in Ruhe ließen.

Mond war anders. Für sie war es wichtig, was die anderen von ihr dachten, wie viele Freunde sie hatte. Die Vorstellung, dass sie genauso ausgeschlossen werden würde wie ich, war ihr unerträglich. Sie hatte sich entschieden.

Und sie hatte sich nicht für meine Seite entschieden.

»Und?«, fragte ich scharf. Dass ich sie verstand, hieß nicht, dass es nicht wehtat. »Hat es Spaß gemacht? War es lustig, dabei zuzusehen, wie ich gerannt bin und geschrien habe, obwohl es keinen Grund dazu gab?«

»Nein!« Sie starrte mich ungläubig an. »Ich fand es furchtbar. Als ich begriff, wie große Angst du hattest … Es tut mir wirklich leid, Jani.« Sie blickte wieder zu Boden. »Ich hätte zu Mink sagen müssen, dass sie abhauen soll. Ich wünschte, ich hätte das getan.«

Ich hielt mein Hemd umklammert, während mein Rücken brannte. Auf einmal musste ich gegen neue Tränen ankämpfen, die mir über die Wangen zu rollen drohten. Mir wurde alles zu viel.

Ein Stück vor uns wurde die Turmtür geöffnet. Alter Drachen trat heraus. Er kam glücklicherweise nicht in unsere Richtung, sondern verschwand in der Gasse, die zum Dorfplatz führte.

Mond seufzte. »Ich wünschte, ich könnte verstehen, was sie für dich sind«, sagte sie. »Die Drachen. Und die zwei seltsamen Männer. Sie bedeuten dir wirklich viel, nicht wahr?«

»Nein!«, rutschte es unbeabsichtigt aus mir heraus. »Ich hasse sie. Ich wünschte, ich müsste nie wieder dorthin.«

Mond war sichtlich erschrocken und ich musste tief Luft holen, um nicht loszuschreien.

Ich war allein gewesen, mutterseelenallein. Sogar Mond hatte mich im Stich gelassen und ich wollte nicht mal in die Nähe der anderen Kinder kommen. Die Drachenlenker waren ein sicherer Hafen gewesen, der einzige Ort, an dem ich nicht fürchten musste, vorgeführt zu werden. An dem ich das Gefühl hatte, verstanden zu werden. Und jetzt …

Wieder hatte man mich verraten, im Stich gelassen. Neuer Drachen hatte mich ohne jedes Mitleid geschlagen. Und Alter Drachen … ja, er hatte widersprochen, aber er hatte Neuer Drachen nicht davon abgehalten. Selbst Alter Drachen war auf Abstand gegangen.

Mond sah mich noch immer an und ich zog die Schultern hoch. Vor Schmerz verzog ich das Gesicht. »Ich wollte bei ihnen sein, ja. Ich wollte alles über die Drachen lernen, ich wollte einer von ihnen werden. Ich war bereit, alles zu tun, was sie von mir verlangten.« Ich wischte mir über die Wangen, als mir schließlich doch die Tränen kamen. »Sogar sie können mich nicht leiden. Was fange ich jetzt bloß an?«

Sie versuchte, mir einen Arm um die Schulter zu legen, doch als ich zusammenzuckte, hielt sie stattdessen meine Hand fest. »Gehst du weg von ihnen?«

Niedergeschlagen schüttelte ich den Kopf. »Ich kann nicht. Noch nicht. Ich muss einen neuen Drachen bauen, um für den einen zu bezahlen, der verloren gegangen ist.« Noch nie war mir so hoffnungslos zumute gewesen. Die nächsten Tage, Wochen – ich hatte keine Ahnung, wie lang es dauern würde – sie würden eine unsägliche Qual werden. »Aber danach kehre ich nicht zu ihnen zurück. Nie wieder.«

Mond schien etwas sagen zu wollen, doch sie besann sich im letzten Moment. »Du könntest ... du kannst zum Arbeiten immer zu uns ins Wirtshaus kommen«, schlug sie schließlich zögernd vor. »Mama wäre sicher einverstanden. Da bin ich mir sicher.«

Ich schüttelte den Kopf. Ich wollte nicht darüber nachdenken, was ich jetzt tun sollte. Tagelang war ich bei den Drachenlenkern glücklich gewesen. Trotz meiner eigenen harten Worte konnte ich den Gedanken nicht ertragen, mein Leben irgendwo anders zu verbringen.

»Komm schon«, sagte Mond, als die Stille unerträglich wurde. »Mama wartet sicher schon eine ganze Weile auf mich. Ich glaube, du solltest auch nach Hause gehen.« Sie betrachtete meinen schmerzenden Rücken und zog ein mitleidiges Gesicht. »Hoffentlich wird deine Tante nicht böse ...«

»Das macht nun auch nichts mehr«, antwortete ich gleichgültig. Ich hatte jetzt wahrlich andere Sorgen.

Sie musterte mich lange, während wir durch die Gasse und über den Platz gingen. Erst als wir vor meinem Haus standen, ergriff sie wieder das Wort. »Jani … bist du noch immer böse auf mich?«

Ich überlegte kurz, schüttelte dann aber den Kopf. »Ich glaube nicht.«

Ihr Mund verzog sich zu einem Schatten ihres gewöhnlichen strahlenden Lächelns. Ich schloss die Augen. Mein Traum, zu den Drachenlenkern zu gehören, war vorbei, doch ich hatte Mond in jedem Fall wieder zurück. Das war zumindest etwas.

Gemurmel ertönte hinter uns. Eine Menschentraube hatte sich vorm Wirtshaus gebildet – ich erkannte Schwalbe und Dern und die gesetzte Gestalt Lerches, der Mutter von Mink. Alle sahen mich an. Schmerzlich verlegen wurde mir bewusst, dass sie auf die Striemen auf meinem Rücken starrten.

»Ich muss los.« Ich hatte keine Lust, noch länger so angeglotzt zu werden.

Mond fragte zögerlich, fast ein wenig ängstlich: »Sehe ich dich morgen?«

»Ich hoffe es.« Ich zog eine Grimasse. »Wenn sie mich wieder freilassen, da aus dem Turm.«

Sie lachte. »Besser wäre es für sie, sonst komme ich einfach, um dich zu holen.« Mit einem letzten Blick auf meine Schultern und meinen Rücken machte sie sich auf den Heimweg. »Bis morgen dann, Jani. Ich hoffe, dass es dir bald besser geht.«

Ich stimmte ihr aus vollem Herzen zu. Mit einem Seufzer stieß ich die Tür auf, um den Gaffern zu entkommen, und wünschte mir, mich länger als diesen einen Nachmittag vor der Welt verstecken zu können.

8

Die Luft war noch kühl und feucht, als ich am nächsten Morgen langsam zur nördlichen Ecke des Platzes ging, wo sich der Turm hoch und bedrohlich über mir erhob. Die ganze Nacht über hatte ich kaum geschlafen. Meine Mutter – mochten die Geister sie beschützen – hatte mir den Rücken mit Salbe eingeschmiert und mir vor dem Schlafengehen einen scheußlichen, bitteren Trank gegeben, der wunderbarerweise den brennenden Schmerz im Zaum hielt. Ich wusste nicht, wo sie ihn her hatte: Erst viel später begriff ich, dass Alter Drachen ihn ihr gegeben haben musste. Trotzdem hielten mich der Schmerz und die Angst vor den kommenden Tagen die ganze Nacht wach.

Die ersten Sonnenstrahlen umspielten behutsam die Spitzen der westlichen Berge, als ich durch das stille Dorf lief. Die lange Gestalt von Neuer Drachen stand oben auf dem Turm, genau wie an meinem ersten Tag bei den Drachenlenkern. Sobald er mich entdeckte, wandte er sich brüsk ab.

Die Tür zur Werkstatt stand weit offen. Ich holte tief Luft und klopfte an, unsicher, ob ich wie in den letzten Tagen einfach eintreten durfte.

Alter Drachen, der am Tisch mit etwas beschäftigt war, begrüßte mich. »Jani? Komm herein, Junge.«

Verlegen betrat ich die Werkstatt. Über mir erklangen Schritte und wenig später kam Neuer Drachen die Treppe herunter. Ich spähte vorsichtig in seine Richtung, aber er ignorierte uns vollkommen.

»Komm her, Jani.« Alter Drachen winkte mich herbei und ich stellte mich zögernd neben ihn. Er legte die Hand auf das Buch, das bei der Zeichnung des Drachens aufgeschlagen dalag, der am Tag zuvor durch meinen Fehler verloren gegangen war. »Hier steht alles drin, was du wissen musst. Die Form und die Maße des Drachens ...«, er schlug die Seite um, »... und die Anleitung, wie er zusammengebaut werden muss.« Er schob mir das Buch zu und sah mich an. »Es liegt in deiner Verantwortung, dass wir einen neuen Drachen bekommen, Jani. Das ist viel Arbeit und eine schwierige Aufgabe dazu, aber du wirst allein zurechtkommen müssen.«

Neuer Drachen stand auf. Er schien nicht zu bemerken, dass ich vor ihm zurückwich, als er vorbeiging. »Dan?«

»Geh schon vor.« Als wir allein waren, musterte er mich von oben bis unten. »Geht es, Jani?«

Ich schwieg, unsicher, was ich antworten sollte. Der abscheuliche Trank hatte seine Wirkung inzwischen verloren und mein Rücken brannte genauso schlimm wie am Vortag. Trotzdem zog ich meine Schultern hoch und versuchte nicht zusammenzuzucken, als das Hemd über die Haut rieb. »Jawohl.«

Es dauerte lang, bis Alter Drachen schließlich mit einem Seufzer nickte und mich in die verschiedenen Schränke einwies. Er zeigte mir, wo die dünnen Holzleisten lagen, die man für das Gerüst brauchte, wo sich die Schnüre befanden sowie der prächtige, kostbare, dünne Stoff. Er zeigte mir die Schränke mit unterschiedlichstem Werkzeug: große und kleine Messer aus Elfenbein, Scheren, hölzerne Zollstöcke, die feinen Pinsel, mit denen die Drachen bemalt wurden. Er gab mir ein kleines Messer, mit dem ich die Stöcke zuschneiden und so glatt wie möglich hobeln konnte.

»Überlass nichts dem Zufall«, sagte er, während er mir mit langsamen, bedächtigen Bewegungen vorführte, wie ich das Messer einsetzen konnte, um sämtliche Splitter zu entfernen. »Die kleinste raue Stelle kann dort hoch oben am Himmel zu Rissen führen. Du musst alles in deiner Macht Stehende tun, um das zu vermeiden. Ein guter Drachen hält ein ganzes Leben lang …«

Seine Stimme erstarb bei den letzten Worten und ich wagte nicht mehr, ihn anzusehen. Ich erinnerte mich, was er über den verlorenen Drachen gesagt hatte. Es handelte sich um den Drachen, den er am meisten gemocht hatte; er war vor langer Zeit hinaufgelassen worden, da war Alter Drachen so alt gewesen wie ich …

Ich starrte auf den Tisch, auf meine Hände. »Es tut mir leid«, flüsterte ich. »Es war wirklich … Ich habe versucht, ihn festzuhalten, es ging nicht …«

»Das weiß ich, Jani.« Alter Drachen legte das scharfe Messer behutsam auf den Tisch zurück und ließ eine Hand auf meinem Arm ruhen. »Alles vergeht, letztendlich. Auf welche Art und Weise auch immer. Mach dir darüber keine Sorgen mehr. Das Einzige, was du tun musst, ist für Ersatz zu sorgen.«

Nachdem ich alles noch einmal wiederholt hatte, was er mir erzählt hatte, ließ er mich allein. Die Werkstatt, der Ort, an dem ich noch bis gestern gelesen, gerechnet und mich mit Alter Drachen unterhalten hatte, erschien mir heute düsterer als bisher. Dort, neben den Tischen, das war die Stelle, an der Neuer Drachen gestanden hatte …

Rasch verdrängte ich den Gedanken und beugte mich über das Buch. Die Wörter waren nur schwer zu entziffern, die Handschrift war viel eckiger und unregelmäßiger als die ordentlichen Buchstaben von Alter Drachen. Dazu kam, dass ich noch immer nicht sonderlich gut im Lesen war. Ich entzifferte den Text und die Zahlen an der Zeichnung so gut wie möglich. Als die Drachenlenker mich zum Essen riefen, hatte ich noch immer nicht mit der eigentlichen Arbeit begonnen.

Ich nahm mir vor, mich zu beeilen, die Arbeit so zügig wie möglich zu verrichten, um dann weg zu können. Doch der Nachmittag verlief zum überwiegenden Teil genauso: ganz allein, über die Angaben im Buch gebeugt. Ich traute mich nicht, richtig anzufangen, ehe ich nicht genau wusste, was ich tun musste.

Alter Drachen hatte nicht gelogen, als er sagte, dass ich keinerlei Hilfe bekommen würde. Er und Neuer Drachen waren von ihrer eigenen Arbeit in Beschlag genommen und die meiste Zeit über taten sie so, als sei ich nicht da. Erst am späten Nachmittag traute ich mich, eine lange Leiste, fast doppelt so lang wie ich selbst, hervorzuholen. Mithilfe der Maßangaben gelang es mir schließlich, recht ungeschickt, sie auf die richtige Länge zuzuschneiden, aber ich war noch nicht weit gekommen, als Alter Drachen mir mitteilte, dass ich für heute lange genug gearbeitet hätte, und mich nach Hause schickte.

Ein ganzer Tag. Und ich hatte so gut wie nichts erreicht. Mir wurde auf einmal klar, wie viele Tage noch folgen würden.

Meine Stimmung sank noch tiefer, als ich Mond auf dem

Nachhauseweg nirgends entdeckte. Ich redete mir ein, dass sie sicher auf dem Feld war oder ihren Eltern womöglich im Wirtshaus half. Trotzdem fühlte ich mich jetzt noch einsamer. Ich fragte mich, ob Mink und Eshi, Linnie und die anderen sie gestern zusammen mit mir gesehen oder davon gehört hatten. Letzteres wusste ich eigentlich sicher. Im Dorf blieb nichts lange geheim. Mit einem leeren Gefühl lief ich nach Hause.

◊

Ich hatte mich bereits damit abgefunden, sie an diesem Abend nicht mehr zu treffen, als es an der Tür klopfte. Ich öffnete und da stand Mond.

Schnell trat ich hinaus. Es wurde schon dunkel, die Kinder waren alle drinnen, ihre Spiele zu Ende. Es blieb mucksmäuschenstill, als wir zwischen den Häusern hindurch zur Balustrade spazierten. Nur der Wind heulte durch die verlassenen Gassen, das Geräusch hatte sich noch nie so trostlos angehört.

Nachdem ich auf Monds vorsichtige Frage, wie mein Tag gewesen war, nicht richtig antworten wollte, dachte sie eine Weile nach. Dann verriet sie mir den Grund, warum ihre Mutter ihr erlaubte, noch so spät unterwegs zu sein.

»Baum und Habicht reden mit Alter Drachen«, sagte sie, die dunklen Augen zum Himmel gewandt. »Mein Vater und meine Mutter sind auch dabei. Sie haben mich und Lon vor die Tür geschickt.«

Mein Herz schlug schneller. »Hast du etwas gehört?«

»Ein paar Worte … etwas wie ›noch immer hier‹. Dann hat Mama mich entdeckt und weggeschickt. Baum sah aus, als hätte er eine Handvoll Dornen verschluckt.« Sie verzog das Gesicht zu einer Grimasse. »Wie öfter in den letzten Tagen.«

»Noch immer hier …« Ich blickte zwischen den Häusern hindurch zum Turm der Drachenlenker. Meine Gedanken wanderten zum Dachboden, zum Bild des furchterregenden Wesens, wo zweifellos noch zahlreiche weitere Zeichnungen warteten, die ich noch nicht zu Gesicht bekommen hatte. Und zu Neuer Drachen, der dort manchmal Stunden zubrachte …

Ich erzählte Mond von dem Ungeheuer mit den gewaltigen Klauen auf dem Dachboden. Sie sah mich ungläubig an, als ihr klar wurde, dass ich gegen das Verbot der Drachenlenker verstoßen hatte. Ich, der ich fast nie Regeln brach. Sie staunte noch mehr, als ich von der Irren Alten Gerda und ihrer unheimlichen Warnung erzählte.

»Meinst du«, fragte sie zögernd, »dass da vielleicht wirklich etwas ist? Etwas Gefährliches, im Wald?«

Zum ersten Mal lachte sie mich nicht aus. Sie zog ihre Beine an und schlang die Arme als Schutz gegen den kühlen Abendwind darum. »Sie haben dir nichts erzählt? Überhaupt nichts?«

»Nichts.« Ich dachte an Neuer Drachen, der etwas gefunden hatte und nichts in meiner Anwesenheit darüber sagen wollte. »Ich glaube, sie verheimlichen etwas «

Mond schnaubte. »Verheimlichen. Indem sie es im Wirtshaus besprechen?« Doch sie schien genauso beunruhigt wie ich und betrachtete reglos die Drachen. »Ich hoffe, sie funktionieren genauso gut, wenn einer fehlt.«

Daran hatte ich noch gar nicht gedacht. Mein Magen krampfte sich vor Angst zusammen und beruhigte sich erst wieder, als ich mir überlegte, dass das Alter Drachen keine Sorgen zu bereiten schien. Er hatte nichts davon erwähnt, dass ich mich mit dem Bau eines neuen Drachens beeilen müsste.

Ich sah Mond von der Seite an. »Was sagt Mink dazu, dass du dich mir gegenüber wieder normal verhältst?«

Sie lief feuerrot an, und als sie nicht sofort antwortete, begriff ich, dass keine ihrer Freundinnen etwas davon wusste. Dass sie darum gewartet hatte, bis alle drinnen waren.

Ich erlaubte mir nicht, wütend auf sie zu werden. Schließlich war ich nicht tapferer als Mond. Ich reagierte auf die Hänseleien mit Weglaufen. Hätte ich anders gehandelt?

»Es ist egal«, sagte ich schnell. »Es ist egal, Mond. Ich weiß, wie gemein sie sein können, vor allem Mink.«

Sie fuhr mich an. »Du sprichst über meine beste Freundin.« Sie klang ziemlich beleidigt.

Darauf wusste ich so schnell nichts zu sagen. Nach allem, was passiert war, nach all den Hänseleien, die ich zu ertragen hatte, und dem üblen Streich, den sie mir gespielt hatte …

Ich brauchte mir keine Antwort einfallen zu lassen, denn im gleichen Moment hörten wir Schwalbe rufen. Als wir durch die Gasse liefen, gingen Baum und Habicht über den Platz, gefolgt von Alter Drachen, der die andere Richtung einschlug. Ich schaute ihnen nach, bis sie außer Sichtweite waren.

An diesem Abend und in dieser Nacht ging meine Fantasie mit mir durch – worüber sie wohl gesprochen haben mochten? Nicht zum ersten Mal wurde ich im Traum von furchterregenden Ungeheuern heimgesucht.

◊

Am nächsten Tag ging die Arbeit nicht schneller voran als am Vortag. Ich war den ganzen Vormittag und den größten Teil des Nachmittags damit beschäftigt, alle Holzstücke auf die richtige Länge zurechtzuschneiden. Ein Dutzend Leisten, die längste fast ebenso groß wie ich, die kürzeste nicht viel mehr als eine Hand breit. Sorgfältig notierte ich auf meiner Schreibtafel, wie viele ich von jedem Stück brauchte und wie viele ich schon hatte, und zählte wieder und wieder nach, um ja keinen Fehler zu machen. Alter Drachen überzeugte sich am späten Vormittag davon, wie ich vorangekommen war, und maß einige Leisten nach, um zu kontrollieren, ob ich auch alles richtig machte. Ich hielt den Atem an, aber er lächelte nicht weniger freundlich als sonst. »Mach weiter so, Jani. Das wird gut.«

Im Lauf des Nachmittags wurde mir warm vom konzentrierten Arbeiten. Mein Hemd klebte mir am Körper und scheuerte bei jeder Bewegung schmerzhaft über den Rücken. Nach einer Weile reichte es mir und ich zog das Hemd aus. Das half nur wenig.

Nach stundenlanger Plackerei waren endlich alle Leisten auf die richtige Länge zugeschnitten. Ich zählte nach – vierundachtzig. Genau so viele, wie ich brauchte.

Ich machte mich sofort an den nächsten Schritt dieser scheinbar unendlichen Arbeit. Ich befühlte einen dünnen, runden Stock nach dem anderen auf Splitter und raue Stellen und fuhr mit dem scharfen Messerrand darüber, um sie vollkommen glatt zu bekommen.

Ich arbeitete, so schnell ich konnte, doch ich hatte gerade mal fünf der kleinsten Stöcke geschafft, als Schritte über meinem Kopf das Erscheinen von Neuer Drachen ankündigten. Ich wagte nicht aufzusehen, als er unten an der Treppe stehen blieb. Langsam kam er auf mich zu. »Wie geht's, Jani?«

Seine dunklen Augen fixierten mich einen Moment lang, bevor sie sich auf den Tisch richteten. Zwei Tage lang hatte er kein Wort mit mir gesprochen, mich nicht beachtet. Ich war sicher, er würde etwas an meiner Arbeit auszusetzen haben.

Ich machte schnell weiter und nahm aus dem Augenwinkel wahr, wie er einen Stock in die Hand nahm. Ganz leicht glitten seine Finger über die Oberfläche, die ich mit so viel Mühe geglättet hatte.

»Jani.« Er hielt den Stock vor mich hin. »Das geht wirklich nicht, Junge. Jede Unebenheit ist eine zu viel. Er muss vollkommen glatt sein.«

Das Blut schoss mir ins Gesicht. Schnell nahm ich ihm das Holzstück ab und ließ meine Fingerspitzen über die ganze Länge gleiten. Ich hatte wirklich geglaubt, dass –

Ein abstehender Splitter, eine einzige Stelle, die ich doch übersehen hatte. Ich murmelte eine Entschuldigung und legte den Stock wieder hin. So schnell wie möglich fing ich an, die letzte Unebenheit auszugleichen.

»Halt, halt, Junge! Hör auf damit.« Mit ein paar Schritten war er bei mir. Fest umschloss er die Hand, in der ich das Messer hielt, mit den Fingern. »Stopp, Jani! Du bist viel zu wild. So machst du noch etwas kaputt. Leg das Messer hin.«

Meine Hand zitterte, als ich gehorchte. Ich konzentrierte mich auf meine Hände und hielt den Kopf gesenkt.

Er bemerkte es nicht oder tat zumindest so. Ganz vorsichtig nahm er mir den dünnen Stock ab. »Du brauchst nicht so viel Kraft, Junge. Du musst behutsam sein, so …« Er fand den Splitter und fuhr mit dem Messer darüber, einmal, federleicht. Ein winziger Holzspan, fast unsichtbar, fiel auf den Tisch. Erneut befühlte er das Holz und wiederholte die Bewegung. Dann legte er den Stock vorsichtig hin. »Du darfst nicht so wild sein. Geduld und Vorsicht sind alles, was du brauchst.«

Ich nickte zum Zeichen, dass ich ihn verstanden hatte, sah aber weiterhin auf meine Hände. Sein Ton war ruhig, sogar freundlich – vielleicht zum ersten Mal überhaupt, seit er das Wort an mich gerichtet hatte –, und doch fühlte es sich an, als hätte er mich erneut geschlagen.

Es blieb kurz still. Dann zog er seufzend einen Stuhl heran und setzte sich neben mich. »Jani, hör mir zu, da ist etwas, was du begreifen musst. Einen Drachen zu bauen ist nicht dasselbe wie einen Tisch oder Stuhl zu bauen. Du kannst nicht einfach alle Schritte so schnell wie möglich abarbeiten, alles zusammensetzen und denken, dass er dann fertig ist. Es ist ein Drachen und er ist fertig, wenn er fertig ist, keinen Moment früher. Du tust alles, was nötig ist, selbst hundertmal, wenn's sein muss. Wie lange es auch dauert, bis er so ist, wie er sein muss.« Er betrachtete die aufgereihten Stöcke, die auf dem Tisch lagen. »Sonst ist es zu guter Letzt nichts weiter als eine Ansammlung Holz, Stoff und Farbe. Verstehst du? Kein Drachen.«

Es waren Worte voller Respekt und Ehrfurcht, die von Alter Drachen hätten stammen können, die ich jedoch niemals von Neuer Drachen erwartet hätte. Endlich traute ich mich, ihn anzusehen. »Ich verstehe.«

»Das hoffe ich aufrichtig, Junge.« Er legte das Messer wieder vor mich auf den Tisch und erhob sich. Einen Augenblick noch blieb er stehen. Ein Schatten huschte über sein Gesicht, als er die Striemen auf meinem Rücken betrachtete. Er schien seinen Mut zusammenzunehmen, bevor er fragte: »Tut es noch sehr weh?«

Ich zog die Schultern hoch und ein stechender Schmerz fuhr durch meinen Rücken. »Nicht so schlimm«, log ich.

Er sah mich schweigend an. Dann entfernte er sich. »Warte kurz.«

Ich blieb sitzen und starrte auf die Tür, hinter der Neuer Drachen verschwunden war. Ein wenig ängstlich fragte ich mich, was mir jetzt bevorstand. Es dauerte nicht lang, bis er mit einem Becher zurückkam, den er vor mich hinstellte. »Hier, Junge. Trink das aus.«

Vorsichtig roch ich daran und zog die Nase hoch. Das roch genauso eklig wie das, was meine Mutter mir zu trinken gegeben hatte.

»Einfach zügig austrinken«, meinte er mitleidig. »Das hilft gegen den Schmerz.«

Ich blieb reglos sitzen. Irgendwie hatte ich erwartet, er würde mich für den begangenen Fehler wieder schlagen. Und jetzt das …

Möglicherweise merkte er, was in meinem Kopf vor sich ging, denn nach einer kurzen Pause seufzte er und drehte sich zur Tür um. »Na dann. Ich werde dich mal wieder allein lassen. Aber merk dir, was ich gesagt habe. Geduld und Vorsicht.«

Ich nickte, obwohl ich glaube, dass er das nicht mehr mitbekam. Als er weg war, stürzte ich den scheußlichen Trank hinunter und atmete ein paar Mal tief durch, während der Schmerz in Rücken und Schultern nachließ. Eine Weile betrachtete ich die fünf kleinen Holzstücke, für die ich Stunden gebraucht hatte, und den großen Holzstapel, der noch vor mir lag, und dachte daran, wie sehr ich von hier fort wollte.

Mit einem tiefen, ergebenen Seufzer nahm ich die fünf Stöcke in die Hand, die schon fertig waren, und fing an, einen nach dem anderen abermals sorgfältig zu untersuchen.

◊

Es war schon fast Abend, als die Drachenlenker zurückkamen und ich mich den letzten fünf Stöcken für heute zuwandte. Alter Drachen zog seine Augenbrauen hoch, als er bemerkte, womit ich beschäftigt war. Neuer Drachen schenkte mir ein leichtes Lächeln.

Es bestürzte mich, auf diesem scharfen, harten, meistens

verbitterten Gesicht Wärme zu entdecken. Mir wurde erst jetzt bewusst, dass ich ihn noch nie zuvor hatte lächeln sehen. Und ausgerechnet jetzt …

Dieses Mal fragte Alter Drachen, ob ich zum Abendessen bleiben wollte, wie ich es bis vor zwei Tagen regelmäßig getan hatte. Ich zögerte nur kurz, bis ich zu meiner eigenen Überraschung Ja sagte.

Gemeinsam stiegen wir zum Balkon hinauf, um im letzten Sonnenlicht zu essen. Alter Drachen wirkte furchtbar müde und atmete schwer, als er oben an der Treppe angekommen war. Ich fragte mich, was sie den ganzen Nachmittag über getan hatten.

Das Essen verlief größtenteils schweigsam. Alter Drachen erkundigte sich, wie weit ich gekommen sei, doch ich wollte nicht viel dazu sagen. Beide waren ganz offenbar in Gedanken versunken, ab und zu sahen sie zu den Drachen hinauf oder spähten nach dem dunklen Waldrand. Es dauerte lange, bis ich mich zu fragen traute: »Mond hat erzählt, dass Ihr gestern mit Baum und Habicht im Wirtshaus wart. Worum ging es da?«

Sie tauschten einen kurzen Blick. »Nichts Besonderes«, meinte Alter Drachen. »Ich habe sie gebeten, ein Auge auf den Wald und alles, was dort geschieht, zu haben. Nach dem Schrei des Phönix wollen wir gerne wissen, was sich da draußen alles abspielt. Ob er noch da ist und ob noch mehr seltsame Dinge passieren.«

Ich umschlang die angezogenen Knie, so saß ich einigermaßen bequem, ohne mich anlehnen zu müssen. »Wirklich? Sind sie noch da? Aber Phönixe sind nicht gefährlich, oder doch?«

Alter Drachen schob sein Essen beiseite und lehnte sich entspannt zurück. »Bitte nur eine Frage auf einmal, Jani. Ja, wir glauben, dass er noch da ist. Die Holzfäller haben erzählt, dass sie ihn noch manchmal rufen hören. Aber er ist weit weg. Und nein, sie sind nicht gefährlich. Wie dem auch sei, selbst wenn es anders wäre, würden sie nicht in unsere Nähe kommen.«

Meine Gedanken eilten bereits weiter. Alter Drachen schien in der Stimmung zu sein, mehr zu erzählen, und ich wollte ihn schon seit Tagen ganz viel fragen. »Phönixe sind doch Vögel, oder? Warum fliegt er nicht weg? Was glaubt Ihr, warum ist er hier?«

Alter Drachen zuckte mit den Schultern. »Wir wissen es nicht, Jani. Er ist allein und hat sich wahrscheinlich verirrt. Wir glauben nicht, dass noch mehr seiner Art hierher kommen. Bis jetzt haben wir nichts gesehen oder gehört, nicht wahr?«

Neuer Drachen bewegte sich unruhig. »Sie wurden seit Jahrhunderten nicht mehr gesehen. Ich frage mich, warum sie jetzt hier sind.«

»Es ist einer«, sagte Alter Drachen, vollkommen gelassen. »Und wir haben die Drachen.«

Neuer Drachen machte den Mund auf, überlegte es sich dann aber anders und verstummte. Er schüttelte den Kopf, stand auf und lehnte sich über das Geländer, sodass er das Dorf überblicken konnte. Auf mich wirkte es, als seien sie über etwas nicht einer Meinung, doch sie sagten beide weiter kein Wort und ich wagte es nicht nachzufragen. Nicht in Anwesenheit von Neuer Drachen.

»Gut.« Alter Drachen erhob sich auch, ein wenig mühsam. »Ich glaube, es ist Zeit für dich, nach Hause zu gehen, Jani.«

Ich folgte seinem Beispiel und wandte mich gerade zur Tür, als eine letzte Frage in mir aufkam. »Die Irre Alte Gerda sagte etwas zu mir. Ich glaube, sie hatte Angst, sie versuchte mich …«

Neuer Drachen drehte sich abrupt um. »Jani! So heißt sie nicht. Nenn sie nicht so.« Seine Augen blitzten, als er mich ansah, das Gesicht verzerrt vor Wut. »Verflucht, es ist schon schlimm genug, dass die anderen Kinder sie die ganze Zeit so nennen! Von dir hatte ich etwas anderes erwartet.«

Unwillkürlich machte ich einen Schritt zurück und murmelte eine Entschuldigung. »Aber sie hat gesagt …«

»Sie sagt alles Mögliche, auf das man nicht achten sollte.« Neuer Drachen wandte sich wieder von mir ab. Mit den Händen hielt er das Geländer fest umklammert, seine Arme zitterten. »Ich glaube wirklich, dass es Zeit für dich ist zu gehen, Jani.«

Ich blieb stehen, unsiche, ob ich mich nochmals entschuldigen sollte. Meine Mutter wurde auch wütend, wenn ich die alte Frau irre nannte, aber diese Reaktion hatte ich nicht erwartet. Nach einer Weile warf er mir einen wütenden Blick über die Schulter zu und ich machte, dass ich verschwand.

Mond tauchte den restlichen Abend über nicht auf und enttäuscht ging ich schließlich ins Bett. Nachts wurden meine Träume von der Irren Alten Gerda gestört, die Dinge schrie, die ich nicht verstand.

9

Als ich aufwachte, hatte ich das Geschrei der Irren Alten Gerda noch in den Ohren und es dauerte einen Moment, bis ich begriff, dass ich das nicht geträumt hatte. Ihre Stimme kam von weit her, doch in der frühmorgendlichen Stille war sie deutlich zu hören. Erst als ich mit dem Frühstück fertig war, hörte das nervenaufreibende Geräusch endlich auf. Das Echo hing noch über dem Platz, als ich mich auf den Weg zum Turm machte.

Sobald ich die Tür aufstieß, drangen Stimmen aus dem Inneren: Neuer Drachen, gedämpft und bedächtig, und die schrille Stimme von –

Ich blieb wie angewurzelt in der Türöffnung stehen, als sich mir die wilden Augen der Irren Alten Gerda ruckartig zuwandten.

Sie saß auf einem niedrigen Stuhl an der Wand und das frühe Morgenlicht glänzte auf ihrem verschwitzten Gesicht. Neuer

Drachen kniete neben ihr, er hielt sie im Arm. Er redete ihr beruhigend zu. »Erschreck dich nicht, das ist bloß Jani. Ich habe dir von ihm erzählt, weißt du noch? Er ist unser Lehrling, er tut dir nichts …«

Alte Gerda ließ mich nicht eine Sekunde aus den Augen. Ich wagte kaum zu atmen. Ganz langsam betrat ich den Turm und machte die Tür hinter mir zu, den Kopf voller Fragen. Sie war hier. Irre Alte Gerda bei den Drachenlenkern. Hatten sie nicht die Wahrheit über sie gesagt? Was wusste sie über die Dinge, die da draußen waren, die kommen würden?

Ich bemerkte, wie Alter Drachen das Paar mit tiefem Mitgefühl betrachtete. »Sie ist … Warum?«

Neuer Drachen wandte sich an mich. »Jani …« Er atmete tief durch. »Darf ich dir meine Mutter vorstellen.«

Bei diesen Worten fing Alte Gerda wieder an, panisch zu reden, hastig und unverständlich. Neuer Drachen nahm sie fester in die Arme und flüsterte beruhigend auf sie ein. Über ihren Kopf hinweg traf mich sein Blick voll unterdrückter Wut, der mich aufzufordern schien, ihn auszulachen.

Bewegungslos blieb ich stehen. Niemals wäre ich auf die Idee gekommen, diese arme, vollkommen verängstigte Frau, die sich an Neuer Drachen klammerte, als sei er das Einzige, was sie aufrecht hielt, auszulachen. Ihr unsteter Blick flitzte zwischen uns hin und her, ihr Körper bebte ununterbrochen.

Ich weiß nicht, was mich mehr erschütterte – die Erscheinung der Alten Gerda, die nicht komisch oder abstoßend, sondern zutiefst mitleiderregend war; die bedingungslose Liebe, die Neuer Drachen ausstrahlte; oder vielleicht das Erkennen der Tatsache, dass Neuer Drachen eine Mutter hatte. Dass er und Alter Drachen gewöhnliche Menschen waren wie ich und alle anderen, die ich kannte. Natürlich hätte ich das wissen müssen. Warum war mir nur nie der Gedanke gekommen?

Es dauerte lang, bis ihr Wortstrom endlich verebbte und Alte Gerda sich wie ein kleines Kind bei Neuer Drachen anlehnte. Sie sah mich an. Nach einer Weile schien sie mich zu erkennen. »Jani. Du bist Jani, nicht wahr?«

Aufgeregt kam ich etwas näher. Sie lächelte. »Wes hat mir von dir erzählt. Meinte, du wärst ein sehr netter Junge.« Sie tätschelte seinen Arm. »Er ist so ein freundlicher Mann! Immer hilfsbereit und nett. Fast genauso freundlich wie mein eigener Junge. Mein Sohn. Der heißt auch Wes, weißt du …«

Was auch immer ich hatte sagen wollen, die Worte blieben mir im Halse stecken. Hilflos wandte ich mich zu Neuer Drachen, der die kleine alte Frau noch fester umarmte. Ihre Augen verloren ihren Glanz und ihr Lächeln erlosch. »Wo ist er? Wes? Ich weiß nicht mehr …«

Neuer Drachen tätschelte beruhigend ihre Schulter. »Er ist nur auf dem Feld«, sagte er sanft. »Er kommt heute Abend zurück.«

»Heute Abend …« Ich dachte, sie würde wieder in ihren panischen Ton verfallen, doch nach einer Weile nickte sie. »Heute Abend«, wiederholte sie flüsternd.

»Ja. Heute Abend.« Neuer Drachen drehte sich zu Alter Drachen um, der sich die ganze Zeit im Hintergrund gehalten hatte. »Ich bringe sie nach Hause.«

»Sie kann auch hier bleiben, wenn du willst«, meine Alter Drachen ruhig. »Das ist kein Problem, das weißt du.«

Neuer Drachen richtete seine Aufmerksamkeit wieder auf die gebeugte Gestalt seiner Mutter und schüttelte den Kopf. »Das ist nicht nötig, es geht ihr wieder gut. Lerche kommt nachher, um ihr Gesellschaft zu leisten.«

Still sah ich zu, wie er der Alten Gerda aufhalf und sie auf ihrem Weg zur Tür stützte. Im Vorbeigehen lächelte sie mir zu, offen und freundlich wie ein Kind. »Alles Gute sei mit dir, Jani.«

Sie war schon an der Tür, als es mir endlich gelang hervorzubringen: »Und mit Euch. Alles Gute.«

Sie drehte sich noch einmal um und fing dann wieder an, auf Neuer Drachen einzureden, in einem normalen, aufgeweckten Ton, der nicht zu ihr zu passen schien. Dann fiel die Tür hinter ihnen ins Schloss.

Es dauerte eine Weile, ehe ich mich gefasst hatte. »Das war ...« Ich schluckte. »Wie furchtbar. Sie weiß nicht mal, wer er ist?«

Alter Drachen wirkte niedergeschlagen. Er kam auf mich zu und setzte sich an den Tisch. »Ihre Gedanken sind verwirrt. Schon sehr lange, aber es wird immer schlimmer. Sie erinnert sich lebhafter an die ferne Vergangenheit als daran, was in den letzten Jahren passiert ist. Manchmal scheint es, als habe sie die nicht erlebt.« Er lächelte traurig. »Ich war überrascht, dass sie dich erkannt hat.«

Ich setzte mich auch, doch ich wusste nicht, was ich sagen sollte. Das Bild der weinenden Alten Gerda in den Armen von Neuer Drachen würde mich nicht so schnell loslassen. »Was stimmt nicht mit ihr? Ist sie ... war das schon immer so?«

Alter Drachen schüttelte den Kopf. »Sie war vor Jahren krank. Wes war damals bloß ein paar Jahre älter als du jetzt. Arme Frau, sie war immer so stark und stolz ... Sie kann nichts dafür, Jani. Sie begreift selbst nicht, was mit ihr passiert ist.« Er seufzte. »Vielleicht ist das auch besser so.«

Auf einmal schämte ich mich zutiefst, dass ich mich nie gefragt hatte, warum die Irre Alte Gerda so war, wie sie war. Die meisten Kinder fürchteten sich ein wenig vor ihr und lachten sie für ihr seltsames Verhalten aus. Es war mir nie in den Sinn gekommen, sie könnte jemals normal gewesen sein.

Die Tür ging auf und Neuer Drachen kam mit langsamen Schritten näher. Alter Drachen sah ihn an. »Und?«

Er ließ sich neben ihn auf einen Stuhl fallen. »Schwalbe ist bei ihr. Sie hat sich beruhigt und ich habe ihr etwas gegeben, damit sie schlafen kann. Ich hoffe, dass sie nach der heutigen Nacht etwas Ruhe findet.«

Es kostete mich enorme Mühe, ihn anzusehen. Doch ich musste etwas loswerden. »Es tut mir leid. Was ich gestern gesagt habe. Jeder nennt sie so …« Ich stockte. »Ich habe mir dabei nichts gedacht. Es tut mir leid.«

Neuer Drachen stand wortlos auf. Ich hatte meine Hände unbemerkt gefaltet und presste sie fest gegeneinander; als er an mir vorbeiging, versuchte ich nicht zusammenzuzucken. Alter Drachen machte eine entschuldigende Geste und folgte ihm daraufhin, ich blieb allein in der Werkstatt zurück.

Ich überlegte, was ich tun sollte. Doch ich hatte keine große Wahl. Mit einem tiefen Seufzer suchte ich meine Sachen zusammen und machte mich wieder an die Arbeit.

◊

Ich bekam Neuer Drachen bis zum Ende des Tages nicht mehr zu Gesicht. Den ganzen Vormittag und Nachmittag hatte ich mit dem scharfen Messer und den Holzstöcken zugebracht, doch abends war der Stapel, den ich noch vor mir hatte, nach wie vor viel größer, als der, den ich schon geschafft hatte. Es würde noch lange dauern, bis ich meine Aufgabe erledigt hatte.

Ich war so konzentriert über einen langen Stock gebeugt,

dass ich heftig erschrak, als sich die Tür öffnete. Neuer Drachen kam näher, bis er mir gegenüberstand.

Er betrachtete meine Arbeit und nahm geistesabwesend einen Stock zur Hand, um ihn zu kontrollieren. Mir kam es so vor, als hätte er ihn gar nicht richtig wahrgenommen, als er ihn wieder hinlegte und sich mir zuwandte.

»Ich bin nicht wütend auf dich, Jani.« Seine Stimme war kaum zu verstehen. »Du warst etwas unbedacht, aber das sind die meisten Kinder. Und wenn man es genau nimmt …«, er ballte die Hand zu Fäusten, bis die Knöchel weiß hervorstanden, »ist sie natürlich verrückt.«

Ich wollte protestieren, doch er schüttelte den Kopf. »Nicht, Jani.« Er zog einen Stuhl zu sich heran und setzte sich hin. »Für mich ist das furchtbar, wenn Menschen sie so sehen. Sie ist seit ein paar Tagen so verwirrt und die meisten Kinder finden das nur schrecklich lustig …«

»Ich nicht«, sagte ich. »Überhaupt nicht.«

»Das hab ich gemerkt. Er fuhr sich übers Gesicht. »Aber du bist einer von wenigen, Jani. Sie muss so viel aushalten, als wäre sie nicht schon verängstigt genug … als würde es Spaß machen, sie weinen zu sehen. Gemeine Ungeheuer …« Er schwieg und schüttelte den Kopf.

Ich dachte an all die Male, die die Irre Alte Gerda von einer Gruppe von Kindern geärgert wurde. Wie sie Alte Gerda auslachten, ihre wirre Art zu sprechen nachahmten, während sie versuchte zu entkommen. Was sie mit mir angestellt hatten, war im Vergleich dazu überhaupt nichts.

Wieder wusste ich nichts zu erwidern. Zu meiner Erleichterung öffnete sich die Tür aufs Neue und Alter Drachen kam herein. Neuer Drachen stand auf. »Und?«

»Nichts Besonderes.« Alter Drachen kam zu uns herüber

und begutachtete mein Tagewerk. »Du kommst gut voran, Jani, nicht wahr?«

Ich wollte ihm nicht erzählen, dass es für mein Gefühl viel zu langsam ging. Ich war mir nicht mehr sicher, ob ich das wirklich dachte. Die Ereignisse des Tages hatten mich zutiefst erschüttert und ich war kaum in der Lage, meine Gefühle zu sortieren. Ich war mir nicht einmal mehr sicher, ob ich Neuer Drachen wirklich hasste.

Dieses Mal war er es, der mich zu meiner Überraschung zum Abendbrot einlud. Das Essen und der restliche Abend verliefen wie gewohnt, Neuer Drachen schwieg die meiste Zeit, während Alter Drachen mit warmer Stimme von den Feuervögeln erzählte. Es war bereits spät, als Neuer Drachen fast beiläufig bemerkte: »Jani könnte natürlich auch hier schlafen. Dann könnte er abends länger arbeiten. Oder weiter lesen üben, dazu hatte er schon viel zu lange keine Gelegenheit mehr.«

Ich erschrak. Alter Drachen bemerkte es und fügte schnell hinzu: »Das ist eine gute Idee, aber das musst du selbst entscheiden, Jani. Es würde einiges einfacher machen, glaube ich. Jedenfalls solang du noch am Drachen arbeitest. Wir haben hier im Turm ein Zimmer, das doch nicht gebraucht wird, für uns wäre das also kein Problem.«

Ich überwand den ersten Schreck und überlegte. Eines zog mich an: die Vorstellung, wieder Lesen und Schreiben üben zu können. So langweilig ich das oft gefunden hatte, ich merkte, dass es mir fehlte. Es war etwas Besonderes, fand ich, etwas, was fast niemand im Dorf konnte. Und man musste kein Drachenlenker sein, um es zu lernen, oder?

Und ich würde nicht mehr jeden Tag den Platz überqueren müssen. Nicht mehr begafft werden, nicht mehr gehänselt von den spielenden Kindern …

Ich blickte von einem zum anderen, unsicher, was ich antworten sollte. »Ich glaube … Vielleicht ist das eine gute Idee«, sagte ich zurückhaltend. »Aber meine Mutter muss einverstanden sein. Ihr müsst sie fragen, glaube ich.«

Ein schwaches Lächeln erschien auf dem Gesicht von Alter Drachen. »Ich werde sie morgen fragen«, sagte er. »Doch ich glaube nicht, dass sie etwas dagegen haben wird, oder?«

Ich schüttelte den Kopf. »Tante Meri schon eher«, sagte ich. »Sie findet es nie gut, wenn ich hier bin.«

Neuer Drachen verzog das Gesicht. »Meri hat kein Recht, dich zurückzuhalten, und das weiß sie auch ganz genau. Sie hat nicht über dich zu bestimmen. In keiner Weise.«

Alter Drachen schüttelte den Kopf. »Das ist egal«, sagte er ruhig. »Ich werde sie morgen fragen, Jani. Vorausgesetzt, dass du das wirklich willst. Bedenke, dass es den Abstand zu deiner Freundin und allen anderen weiter vergrößert.«

Ich zuckte mit den Schultern und betrachtete das Dutzend Kinder auf dem Platz und ihre wilden Spiele, denen ich nachher doch wieder nur aus dem Weg zu gehen versuchen würde. Was machte es schon aus? »Ich treffe sie sowieso nie, wenn ich tagsüber hier bin. Und ich glaube nicht, dass sie mich vermissen.«

»Kinder …« Neuer Drachen schnaubte verächtlich und schaute mich an. »Du nicht, Jani.«

Wir blieben noch eine Weile sitzen, ohne ein Wort zu sagen. Innerlich aufgewühlt verabschiedete ich mich an diesem Abend und machte mich, womöglich zum letzten Mal, auf den Weg nach Hause.

10

Am nächsten Tag berichtete Alter Drachen mir, dass meine Mutter einverstanden war. Sofort schickte er mich nach Hause, um meine Anziehsachen und alles, was ich sonst noch mitnehmen wollte, zu holen. Meine Mutter wirkte ein wenig erschrocken, als ich das Zimmer betrat, wo sie und Tante Meri geschäftig am Spinnen und Weben waren.

Als ich ihnen erzählte, weswegen ich da war, tauschten sie einen langen Blick. Nach einer unerträglichen Pause sagte Tante Meri: »Jetzt ist der Moment also doch gekommen. Du verlässt uns, um zu den beiden zu gehören?«

Ich erstarrte. »Nein.« Die Schärfe meiner Stimme überraschte mich selbst. »Es ist nur so lange, wie es dauert, einen neuen Drachen zu bauen. Das ist einfacher, wenn ich vor Ort bin.«

Tante Meri öffnete den Mund, aber meine Mutter zog warnend die Augenbrauen hoch. Seufzend machte sich meine Tante wieder an die Arbeit. »Ich hoffe nur, dass sie sich gut um dich kümmern, Junge.«

»Natürlich werden sie das«, erwiderte meine Mutter. Ihr machte das Ganze offensichtlich genauso zu schaffen wie Tante Meri, doch sie lächelte tapfer. »Geh nur, Jani. Aber du wirst mir fehlen.«

Ihr trauriger Ton wunderte mich. »Ich bin nicht weit weg. Und ich komme bald zurück. Es ist doch nur für ein paar Wochen.«

Meine Mutter verstummte und wurde immer blasser. Auf einmal beschlich mich ein unheimliches Gefühl, eine vage Erinnerung … Hatte mein Vater dasselbe gesagt, kurz bevor er den Schutz des Dorfes hinter sich ließ?

Ehe ich etwas sagen konnte, fasste sie sich wieder und kam zu mir, um mich zu umarmen. »Das weiß ich. Dann viel Vergnügen dort, Jani. Und komm zurück, wann immer du willst.«

Erst als ich wieder draußen stand, wurde mir bewusst, dass sie wahrscheinlich nach wie vor glaubte, ich würde für immer weggehen. Ich wollte gerade umkehren, als ich von außerhalb des Dorfes Stimmen hörte – Mond und Mink, die sich lachend unterhielten. Sofort nahm ich die Beine in die Hand, direkt über den Platz zum Turm, um ihnen nicht begegnen zu müssen.

Neuer Drachen führte mich in mein Zimmer und überließ mich dort mir selbst. Es war das kleine Schlafzimmer auf der linken Seite vom Treppenabsatz, dort war ein Bett mit frischen Laken bezogen. Ich legte meine Anziehsachen in die kleine Kommode, sonst gab es keine Möbel im Zimmer, und setzte mich auf das weiche Bett.

Das Schlafzimmer war kahl und klein, kaum groß genug für Bett und Kommode, aber noch immer größer als das Zimmer, in dem ich mein ganzes Leben über geschlafen hatte. Auf der anderen Seite des Flurs hatte Neuer Drachen fast genauso ein Zimmer wie dieses. Ich war enttäuscht, dass er hier wohnte und nicht Alter Drachen. Dieser schlief in dem kleinen Haus neben dem Turm. Die Vorstellung, dass sich Neuer Drachen nachts in unmittelbarer Nähe befinden würde, war mehr als beunruhigend.

Ich verscheuchte diesen Gedanken mit Müh und Not und öffnete die Fensterläden, um aus dem breiten Fenster schauen zu können. Die Ostseite des Dorfes lag unter mir und bot mir einen fantastischen Blick auf die hohen blauen Berge im Hintergrund, deren Gipfel im dichten Nebel verborgen waren. Das war das Panorama, das sich mir ab jetzt jeden Morgen darbieten würde.

Ich ließ die Läden weit geöffnet und ging aus dem Zimmer, zurück nach unten, um mich wieder an die Arbeit zu machen.

◊

Es vergingen ein paar Tage, an denen meine Arbeit aus nichts anderem bestand als aus dem Glätten zahlloser Holzstöcke. Ich war dankbar, die Arbeit abends niederlegen und mich dann dem Lesen und Schreiben widmen zu können. Schon nach zwei Tagen wurde mir wiederum klar, warum ich diese Tätigkeit so langweilig und frustrierend gefunden hatte, doch ich hielt ohne zu klagen durch. Keine Sekunde bereute ich meinen Entschluss.

Es dauerte drei Tage, ehe ich Mond wieder begegnete. Den größten Teil der Zeit arbeitete ich zurückgezogen im Turm, und wenn ich hinauskam, dann nur, wenn Alter Drachen mich auf den Abendrundgang mitnahm. Das zweite Mal waren wir fast fertig und wieder auf dem Rückweg, als von jenseits der Balustrade rennende Schritte in unsere Richtung kamen.

Alter Drachen sah auf und grüßte munter: »Hallo, Mond.«

Sie blieb stehen und verneigte sich vor Alter Drachen, eine Geste, die mir auf einmal seltsam vorkam. Fand ich die Drachenlenker inzwischen so normal, dass ich ihnen gegenüber seit Tagen schon in keiner Weise meine Ehrerbietung erwiesen hatte? Das hätte ich mir noch vor ein paar Wochen nicht vorstellen können.

»Alles Gute sei mit Euch, Drachenlenker«, sagte sie höflich. »Jani, ich habe dich schon vermisst!«

Ich zog die Schultern hoch. Über uns schwebte der weiße Drachen geräuschlos wie ein Geist in der Luft. »Du wusstest doch, wo ich war, oder nicht?«

In seiner ruhigen Art mischte Alter Drachen sich ein. »Jani, es ist nicht schlimm, wenn du kurz wegwillst. Wenn du nur zurück bist, bevor es dunkel wird. Du musst deine Arbeit noch zu Ende bringen.«

Ich wusste nicht genau, ob ich dankbar für sein Wohlwollen war, jedenfalls zog Mond mich sofort mit sich. »Komm schon, Jani.«

Ich ließ mich führen. Sie hatte einige Honigkekse mitgenommen, die ich aß, während ich ihrem fröhlichen Geplapper über alle Kleinigkeiten, die sich ereignet hatten, lauschte. Nach einer Weile schwieg sie verlegen. »Wie geht es dir? Bist du noch immer mit dem Drachen beschäftigt?«

Ich musste lachen. Anfangs hatte auch ich gedacht, dass es nur ein paar Tage dauern würde, doch ich hatte nach wie vor das Gefühl, gerade erst angefangen zu haben. »Ich bin noch lange nicht fertig. Es ist viel mehr Arbeit, als ich dachte.«

Ihr Blick glitt nach oben und ich merkte ihr an, dass sie sich fragte, wie lange so etwas dauern konnte. Sie schüttelte den Kopf. »Du Armer. Und jetzt musst du auch noch bei ihnen wohnen? Weißt du, ich habe Mama gefragt, ob du nicht bei uns arbeiten könntest. Du weißt schon, wenn du hiermit fertig bist. Dann …« Sie stockte, als sie meine fassungslose Miene bemerkte. »Was ist? Ich dachte, du würdest es gut finden. In einigen Jahren arbeite ich auch dort und dann können wir zusammen … Was?«

Ich ließ mich auf den dicken Balken sinken, der quer durch die Gasse und zwischen den Häusern hindurch zur Ecke des Platzes lief, wo er unter dem Geländer und den Bohlen verschwand. »Nichts. Lass mal.«

Sie setzte sich zu mir, doch eine Zeit lang sagten wir beide kein Wort. Ich merkte ihr an, dass sie nicht recht wusste, was sie sagen sollte. Und mir ging es genauso. Nach so vielen Jahren der Freundschaft, der unbeschwerten Fröhlichkeit, mit der wir die Tage verbracht hatten, hatte sich etwas verändert. Es schien auf einmal unmöglich, dass die Dinge wieder wurden wie früher.

»Ich wünschte, du wärst wieder zurück auf den Feldern«, sagte Mond leise, als könnte sie meine Gedanken erraten. »Es ist so langweilig ohne dich.«

Ich schüttelte den Kopf, antwortete aber nicht sofort. Tief in meinem Innern fragte ich mich, ob ich je wieder auf den Feldern arbeiten würde. Und ob ich das überhaupt wollte.

Wieder näherten sich langsame Schritte. Ich hob genau in dem Moment den Kopf, als jemand um die Ecke bog. »Mond?« Minks rundes Gesicht leuchtete auf. »Ich habe dich überall gesucht! Wo warst du auf einmal …« Sie blieb abrupt stehen, als sie mich erkannte. »Oh. Hallo, Jani.«

Ich registrierte, wie Mond – trotz ihrer Bräune – knallrot anlief und meinen Blick mied. Auch Mink stand ein wenig verloren herum, als wüsste sie nicht recht, wie sie sich verhalten sollte. Ich erhob mich in der Absicht wegzulaufen, bevor sie mit ihren Hänseleien anfangen konnten. Das war das Letzte, was ich jetzt gebrauchen konnte.

Mink kam zögerlich auf uns zu. »Ich hab gehört ... Mond hat erzählt, dass dich die Drachenlenker geschlagen haben.« Sie sah mich voller Widerwillen, aber auch voller Neugier an. »Und dass sie dich jetzt zwingen, für sie zu arbeiten.«

Verblüfft blieb ich stehen. Daran wurde ich nicht gerne erinnert. »Ich habe etwas falsch gemacht. Neuer Drachen war sehr wütend.«

»Oh, wie furchtbar!«

Ich suchte nach einem spöttischen Unterton, nach etwas, das zeigte, dass sie sich über mich lustig machte, doch zu meiner Überraschung hörte ich nichts dergleichen. Sie meinte es echt. Mink, die nie eine Möglichkeit ungenutzt ließ, mich zu ärgern, die Mond dazu gebracht hatte, mich zu drangsalieren ...

Ich war sprachlos. Mink, die unruhig wurde, konzentrierte sich wieder auf Mond. »Kommst du? Wir müssen rein.«

Mond wirkte unschlüssig und die unangenehme Stimmung hielt an, bis ich beschloss, dass sie lange genug gedauert hatte. Ich wollte hier nicht mehr sein. »Ich glaube, ich muss zurück. Alter Drachen hat gesagt, ich soll nicht zu lange fortbleiben.«

Ein Ausdruck tiefer Dankbarkeit flackerte kurz über Monds Gesicht. Sie sprang auf. »Bis später, Jani.«

Ich murmelte etwas zur Antwort und wandte mich ab. Während ich so schnell wie möglich über die Balustrade zum Turm zurücklief, spürte ich ihre Augen in meinem Rücken brennen.

◊

Es dauerte bestimmt zehn Tage, bis ich endlich alle Hölzer fertig hatte, ich hatte schon gedacht, dieser Moment würde gar nicht mehr kommen. Jetzt überfiel mich eine neue Angst. Ich betrachtete den Haufen langer und kurzer Stöcke, die Skizzen im Buch und überlegte, wie ich sie zusammenbauen sollte.

Alter Drachen beobachtete mich eine Weile, wie ich ratlos vor dem Buch und meiner Holzansammlung saß, schließlich kam er mir zu Hilfe. Seine Hände schienen zu zittern, als er mir vorführte, wie ich mit einer dünnen Nadel Löcher in die Stockenden bohren und die Schnur hindurchfädeln musste, um das Gerüst ineinanderzusetzen. Als ich mich erkundigte, ob etwas nicht stimmte, wischte er meine Sorgen beiseite. »Es ist nichts, Jani. Ich bin einfach müde.«

Er schien mehr als müde, fand ich. Er war viel schweigsamer als sonst und sein Gesicht war düster und sehr blass. An diesem Abend ging er sofort nach dem Essen in sein Haus und ließ mich mit Neuer Drachen im Turm zurück.

Nachdem er eine Geschichte auf meine Tafel geschrieben hatte, verschwand auch Neuer Drachen, woraufhin ich wieder ganz allein war. Ich beschloss, mich zum Lesen auf den Balkon zu setzen.

Direkt vor der Balkontür blieb ich stehen. Seit Langem nahm ich zum ersten Mal die Dachbodentreppe wahr, die nach oben zu der Tür mit all den dahinter liegenden Geheimnissen führte.

Neuer Drachen machte seine Runde, und da er sie ohne Begleitung absolvieren musste, würde er noch lange nicht zurückkehren. Ich war allein und hatte alle Zeit. Möglicherweise würde ich endlich dahinterkommen, ob sie versuchten, etwas vor mir geheim zu halten.

Ich durfte dort nicht hin und hatte das auch seit dem ersten

Mal nicht mehr gewagt. Aber jetzt, wo ich nicht länger Drachenlenker werden wollte, jetzt, wo Neuer Drachen mir Schmerz zugefügt hatte und ich eigentlich sogar Alter Drachen nicht mehr sehen wollte … Machte es mir etwas aus, dass es verboten war?

Das Herz schlug mir bis zum Hals, als ich die knarrenden Treppenstufen so vorsichtig wie möglich hinaufstieg.

Der Dachboden war diesmal weniger unordentlich, als ich in Erinnerung hatte. Noch immer lagen überall Stoffrollen herum, doch ein Großteil war in einer Ecke aufgestapelt. In der Mitte, neben der Treppe zum Dach, lagen einige ausgerollte Leinwände aufeinander.

Langsam trat ich näher. Zuoberst lag die Zeichnung, die ich davor schon entdeckt hatte: das Wesen mit den Flügeln und dem mächtigen Raubvogelkopf und den Klauen, aufrecht auf den Hinterbeinen, die Krallen zum Töten ausgestreckt. Meine Hand zitterte leicht, als ich die Zeichnung anhob, um herauszufinden, was sich darunter befand.

Eine zweite Zeichnung, in denselben Farben, rot und schwarz. Dasselbe Wesen, dieses Mal nicht ein einzelnes, sondern ein ganzes Rudel, das etwas umschwirrte wie ein Schwarm Vögel. Ich sah etwas genauer hin und erkannte eine Menschengruppe, zusammengekauert, voller Todesangst. Über der Szene hing eine kleine Mondsichel und wieder hörte ich die Worte der Alten Gerda im Kopf. *Sie kommen nachts …*

Mein Herz klopfte und meine Hände zitterten, dennoch konnte ich nicht an mich halten und nahm mir schließlich auch die dritte Zeichnung vor.

Noch einmal dieselbe abschreckende Bestie, die nach etwas ausholte. Ein Bär krümmte sich hilflos zusammen, machtlos gegen die riesigen Klauen, die seinen Körper aufrissen …

Heftig zitternd ließ ich die Leinwände wieder fallen, ich musste mich hinsetzen. Eine innere Stimme versuchte mir ohne großen Erfolg gut zuzureden. *Das muss nichts heißen. Das sind einfach Dinge aus den alten Geschichten, es ist nicht seltsam, dass sie Zeichnungen davon haben … das besagt überhaupt nichts …*

Etwas, was neben dem Stapel Leinwände lag, fesselte meine Aufmerksamkeit. Automatisch streckte ich die Hand aus und zog es näher heran. Ein dunkles Stück Stoff, aufgerollt. Ich betastete es und wunderte mich kaum, etwas Hartes zu spüren.

Vorsichtig rollte ich das Stück Stoff aus. Ein länglicher Gegenstand fiel mir in den Schoß, etwas länger als meine Hand und leicht gekrümmt wie eine Sichel oder ein Halbmond. Ich nahm ihn in die Hand und betrachtete ihn von allen Seiten. Schwarz und hart wie Stein, glatt wie polierter Knochen, die Spitze scharf wie ein Messer.

Abrupt sah ich wieder zur ersten Zeichnung. Die ausgestreckten Vorderbeine, wie sie mit ungeheuer langen, gekrümmten Krallen ausholen …

Der Schweiß brach mir aus allen Poren aus, als ich die Klaue neben die Zeichnung hielt und meine schlimmsten Vermutungen bestätigt wurden.

Dieselbe Form. Haargenau dieselbe.

Sie kommen …

Auf einmal wollte ich keine Sekunde länger bleiben. Ich bereute, jemals meinen Fuß hierher gesetzt zu haben. Während ich auf etwas unsicheren Beinen panisch die Treppe hinunterpolterte, fragte ich mich, was ich jetzt tun sollte. Zu den Drachenlenkern traute ich mich kein Wort zu sagen, und wer sonst würde mir glauben?

Ich lief auf den Balkon und hielt nach Neuer Drachen Ausschau, der in der Ferne damit beschäftigt war, einen Drachen auszusteuern. Er und Alter Drachen und Baum, ihre Abende im Wirtshaus …

Meine Gedanken kreisten weiter, ohne einen Schritt vorwärtszukommen, bis ich unter großer Kraftanstrengung beschloss, mich auf meine Arbeit zu konzentrieren. Über die Schreibtafel gebeugt, bemühte ich mich, Neuer Drachens eckige Handschrift zu entziffern, doch ich kam nicht weit an diesem Abend. Das Lachen der Kinder auf dem Platz stieg fröhlich und sorglos in den stillen Abendhimmel auf, während meine Fantasie von immer düstereren Dingen bevölkert wurde.

11

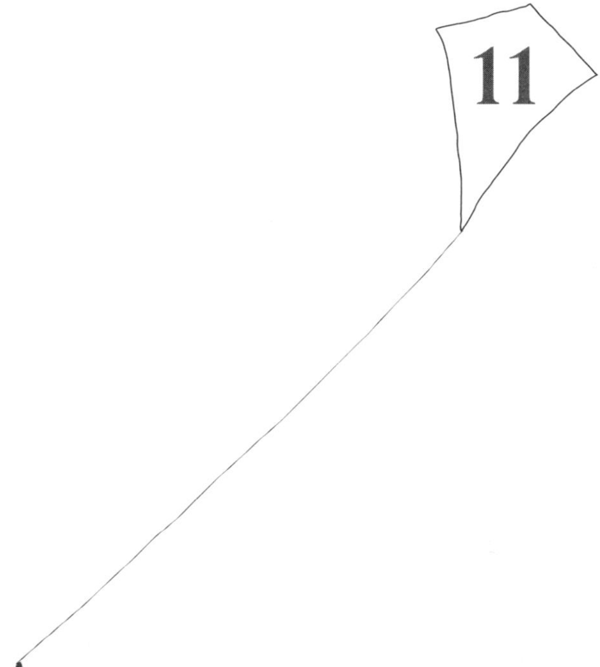

Alter Drachen ließ sich während der nächsten beiden Tage überhaupt nicht sehen. Laut Neuer Drachen war er sehr müde und es wäre besser, ihn nicht zu besuchen, da er sich auszuruhen versuche. Meine Sorge um Alter Drachen verdrängte sogar die grauenhaften Zeichnungen in meinem Kopf.

Am dritten Tag stand er morgens auf einmal wieder in der Werkstatt. Als ich ihn fragte, was los sei, lächelte er, obwohl er noch immer nicht wirklich fröhlich wirkte. »Ich bin alt, Jani. Ich verkrafte nicht mehr so viel wie früher.« Das war alles, was er dazu sagen wollte.

Wohlwollend begutachtete er meine Arbeit, die ich ihm nicht ohne Stolz zeigte. In den vergangenen Tagen hatte ich es unter großen Schmerzen und Anstrengungen geschafft, das Gerüst zusammenzubauen, das jetzt die ganze Wand einnahm. »Welche Farbe soll der Stoff haben?«

Ich war verwirrt. Ich hatte angenommen, dass er grün werden müsste genau wie der Drachen, der durch mein Verschulden verloren gegangen war. »Die darf ich aussuchen?«

»Natürlich, Junge. Hast du das nicht gewusst? Die Form ist festgelegt, aber der Rest ist dir überlassen. Die Farbe, die Bemalung, alles. Nur du weißt, wie die Drachen zu dir sprechen.«

Das waren ganz neue Möglichkeiten, die mich auf einmal verunsicherten. »Woher weiß ich, ob ich die richtige Farbe aussuche? Was passiert, wenn es die falsche ist?«

Neuer Drachen schüttelte ungeduldig den Kopf. »So funktioniert das nicht, Jani. Die richtige Farbe gibt es nicht und du kannst es auch nicht verkehrt machen. Denk darüber nach. Welche Farbe willst du nehmen?«

Ich ließ mir den Gedanken durch den Kopf gehen. Ich dachte, ich müsste Grün benutzen – und wäre es auch nur, weil Alter Drachen den grasgrünen Drachen so sehr geliebt hatte. Doch mir drängte sich eine neue Idee unwiderstehlich auf und nach einem kurzen Zögern gab ich ihr nach. »Rot. Geht das?«

Alter Drachen musterte mich prüfend. »Warum willst du ihn rot machen?«

»Weil ...« Ich fühlte mich auf einmal schrecklich dumm. Ich wusste keine Antwort und hob verlegen die Schultern. »Weil ich glaube, dass das schön aussehen würde.«

Er strahlte. »Na also. So schwierig ist das gar nicht. Dann wird er rot.«

Entgegen ihrer Ankündigung, nicht mit ihrer Hilfe rechnen zu können, sprangen sie mir bei, den prächtigen, leuchtend roten Stoff straff über das Gerüst zu spannen, die Form zu übertragen und ihn zuzuschneiden. »Das muss sorgfältig geschehen, das ist wichtig«, erklärte mir Neuer Drachen, als zwei lange Bahnen roter Stoff auf dem Arbeitstisch lagen. »Der Stoff ist kostbar. Deine Tante hat Wochen dafür gebraucht.«

Ich nickte, dankbar für ihre Unterstützung. Es hatte eine Stunde gedauert und jede helfende Hand war nötig gewesen – nicht auszudenken, wie ich das hätte alleine bewältigen sollen. Alter Drachen war vor Anstrengung rot angelaufen und ließ sich nach einer Weile mühsam auf einen Stuhl nieder. Neuer Drachen war besorgt. »Vielleicht wäre es besser, du legst dich wieder hin, Dan. Ich weiß nicht, ob das so eine gute Idee war …«

»Mir geht's prima«, sagte Alter Drachen, noch immer außer Atem. »Wes, mach dir nicht immer so viele Sorgen.« Doch es dauerte lange, bevor er wieder aufstand und unter Protest von Neuer Drachen mit hinausging.

Der restliche Vormittag und auch der Nachmittag vergingen nur langsam, während ich kaum etwas anderes tat, als auf das Gerüst und den prächtigen roten Stoff zu starren. Ich dachte an den grünen Drachen und an den blauen Schmetterling, den ich von Nahem gesehen hatte, und an die unglaublich zierlichen und komplizierten Muster, mit denen sie bemalt waren. Jetzt musste ich mir überlegen, wie dieser Drachen aussehen sollte. Das grobe, schmutzig weiße Stück Baumwollstoff, das ich benutzen durfte, um Ideen darauf auszuarbeiten, blieb leer. Ich war überzeugt davon, niemals so etwas Schönes erschaffen zu können, und traute mich nicht anzufangen.

Im Laufe des Nachmittags gab ich auf und stieg die Treppe zum Balkon hinauf, wo ich eine Weile zu den Hunderten Drachen schaute, die Alter Drachen und Neuer Drachen und möglicherweise sogar die Drachenlenker davor gebaut hatten. Goldene und silberne Augen, Sterne, Spiralen und verschiedenste komplizierte Formen, für die ich keine Worte hatte, sahen auf mich herab. Ich stellte mir vor, wie mein eigener Drachen dort oben zwischen all den anderen am Himmel stehen würde.

Niedergeschlagen ließ ich meinen Blick vom Himmel auf die Berge sinken, auf die Felder, auf denen sich in der Ferne kleine Gestalten bewegten. Auf die dunklen Schatten des Waldes. Der wilde Wald, mit all seinen Geheimnissen …

Mein Atem stockte, als eine Idee in mir aufkam. Kurz blieb ich noch reglos sitzen, in die Bilder versunken, die sich in meinem Kopf entfalteten. Dann rannte ich hinunter, nahm den Grafitstift zur Hand und fing wie besessen an, das Gesehene zu skizzieren.

◊

Ich arbeitete bis zum Abendessen durch und hätte nicht aufgehört, wenn Alter Drachen und Neuer Drachen mir nicht beide streng befohlen hätten, eine Pause zu machen. Widerwillig legte ich meine Skizzen beiseite, um zu essen, diesmal unten in der Werkstatt anstatt oben auf dem Balkon. Beim Essen erkundigten sie sich nach meiner Arbeit und ein wenig verlegen zeigte ich ihnen meinen letzten Versuch. Der erste, der nach etwas aussah.

Zu meiner Erleichterung waren beide einverstanden, Neuer Drachen deutete sogar ein Lächeln an. »Der Wald«, sagte er fragend. »Warum? Warum hast du dich für ihn entschieden?«

Unbehaglich hob ich die Schultern, als mir bewusst wurde, dass ich keine Ahnung hatte. »Die Idee kam mir einfach so. Ich weiß nicht, warum.«

Neuer Drachen wirkte ungeduldig. »Aber warum ausgerechnet der Wald? Du bist nur ein einziges Mal dort gewesen und das war … nun ja, nicht gerade eine angenehme Erfahrung. Warum musstest du daran denken?«

Ich schwieg und versuchte mich zu erinnern, was ich am Nachmittag gefühlt hatte. Die wilde, unbändige Dunkelheit des Waldes, voller Wesen – die Geister mochten wissen, welchen –, die in den Schatten lauerten.

Wieder betrachtete ich die Zeichnung, an der ich Stunden gearbeitet hatte. Die wuchernden Äste, die sich umeinander schlangen, urwüchsig und bedrohlich. »Ich glaube ... Vielleicht gerade weil mir der Wald so viel Angst eingeflößt hat. Ich träume von ihm, manchmal, von Schatten ...« Ich war plötzlich beschämt. Das hatte ich noch niemandem erzählt. »Und weil die Drachen uns beschützen ... Ich weiß nicht, ich hatte das Gefühl, dass es passt.«

Neuer Drachen machte einen leicht überraschten Eindruck und tauschte einen Blick mit Alter Drachen. Dieses Mal erschien ein aufrichtiges Lachen auf seinem harten Gesicht. »Ich glaube, ich muss dir endlich recht geben, Dan. Er hat wirklich das richtige Gespür.«

Alter Drachen lachte auch. Als er meine Verwirrung bemerkte, erklärte er: »Es ist genau, wie du sagst. Die Drachen schützen vor allem Bösen. Dass das in dir aufkommende Bild dein eigenes Bild von Gefahr ist, bedeutet, dass du das spürst. Wirklich spürst, auf eine Weise, die nicht viele Menschen begreifen. Wie ich schon sagte, die Drachen sprechen zu dir. Nicht jeder kann sie hören. Doch du kannst sie ganz eindeutig hervorragend hören.« Und zu Neuer Drachen gewandt: »Aber das war mir schon lange klar.«

Nun lächelte ich auch, denn es fühlte sich wie ein großes Kompliment an. Doch gleichzeitig war ich durcheinander. Bedeutete das, dass ich wirklich Drachenlenker werden sollte? Aber ...

Der Gedanke wurde von einem anderen verdrängt. Auf einmal fragte ich mich, wer von den beiden den Drachen gebaut hatte, den mit den Augen, die einen von überall anstarrten.

Doch ich traute mich nicht nachzufragen. Ich zog meine eigene Zeichnung zu mir heran, als die Drachenlenker aufstanden, um sich wieder an die Arbeit zu machen.

Kaum hatte ich den Grafitstift auf dem Tuch angesetzt, klopfte es. Ich sprang auf und wandte mich zur Tür. Abermals klopfte es, leise, zögerlich. Auf dem Weg zur Tür fragte ich mich, wer das sein könnte. Mein Herz machte einen Sprung, als ich öffnete. »Mond!«

Sie wirkte schüchtern und – wie ich meinte – ein kleines bisschen ängstlich. »Hast du zu tun?«

Ich nickte und merkte ihr ihre Enttäuschung an. »Eigentlich schon«, sagte ich entschuldigend. »Ich kann nicht mitkommen, ich habe noch so viel zu erledigen.«

Sie schien zu zögern, bevor sie mich fragte: »Darf ich sehen, was du machst?«

Ich war sprachlos, aber ihre Neugier schien aufrichtig. Es war das erste Mal, dass sie wirklich Interesse zeigte für das, was ich hier den ganzen Tag über tat. Ich trat einen Schritt zurück, um sie hereinzulassen. »Natürlich darfst du das. Komm herein, sieh dich um …«

Ein Ausdruck von Verwunderung erschien auf ihrem Gesicht, als sie die Werkstatt betrat und das Gerüst des Drachens wahrnahm. »Hast du das gemacht?«

Ich konnte sie gerade noch zurückhalten, als sie dorthin laufen wollte. »Mond … ich glaube nicht, dass du ihn anfassen darfst.«

Die Röte schoss ihr in die Wangen. »Nein. Natürlich nicht.« Schnell wandte sie sich zum Tisch, wo meine Zeichnung noch immer aufgeschlagen lag. Ihre Augen wurden groß, sie glitten über die sich windenden Linien, die Äste und Stämme formten. »Mensch, Jani!«, flüsterte sie. »Hast du das gezeichnet?«

Ihr Ton berührte mich tief in meinem Innern; in ihrer Stimme lag etwas, das Ähnlichkeit mit dem Respekt hatte, den ich den Drachenlenkern gegenüber empfand. Ich strahlte. »Die Zeichnung kommt ganz groß auf den Drachen«, erklärte ich. Ich ging zum Gerüst und hob die Arme, um es ihr anzudeuten. »Hier in der Mitte ein großer Baum in Gold, und da links und rechts zwei kleinere, und dort laufen die Äste durcheinander. Hier unten kommt ...« Ich zögerte. »Das weiß ich noch nicht«, schloss ich etwas weniger begeistert.

Ich drehte mich wieder um und bemerkte, dass sie mit offenem Mund da stand. »Was?«

Wie sie mich so anstarrte, kam es mir vor, als sähe sie mich zum ersten Mal. Sie schüttelte den Kopf und lächelte ein wenig unsicher. »Mama hatte recht. Verflixt, sie hatte wirklich recht. Ich wollte es nicht glauben, aber ... du gehörst hierher.«

Ich suchte noch nach einer Antwort, als sich die Tür öffnete und Neuer Drachen hereinkam. »Jani, wenn du ...« Er blieb wie angewurzelt stehen, als er Mond erblickte, sein Gesicht verdüsterte sich. Er drehte sich zu mir. »Ich habe Dan nach Hause geschickt. Kannst du kurz mit auf den Rundgang kommen?«

Ich bot Mond an, uns zu begleiten, aber Neuer Drachens abweisende Art ließ sie das Angebot ausschlagen. Ihre Stimme mischte sich alsbald wieder unter die der anderen Kinder, deren Lachen fröhlich vom Platz heraufschallte. Neuer Drachen und ich gingen über die Balustrade und kontrollierten alle Schnüre und Drachen, bis ich mich zu fragen traute: »Was ist mit Alter Drachen los?«

Neuer Drachen seufzte tief und schüttelte den Kopf. »Er ist

krank, Jani. Und sehr alt.« Schweigend führte er seine Tätigkeit zu Ende und richtete sich auf. »Er hat nicht mehr die gleiche Kraft wie früher. Schwalbe und Meri sind jetzt bei ihm, aber ich glaube nicht, dass sie mehr tun können, als ihn ruhen zu lassen. Er hätte heute noch nicht aufstehen sollen.«

Ich ließ mir seine Worte durch den Kopf gehen, während wir unsere Arbeit fortsetzten. »Aber … er macht überhaupt keinen kranken Eindruck.«

Neuer Drachen antwortete nicht. Seine ganze Aufmerksamkeit wurde von dem Drachen in Anspruch genommen, mit dem er beschäftigt war und der – das konnte auch ich inzwischen erkennen – zu nah an einem benachbarten roten Drachen schwebte. Kurze Zeit später winkte er mich näher heran. »Kannst du ihn nach links lenken?«

Ich war ein wenig überrascht, dass er das nicht selbst machte. Neuer Drachen leitete mich an, während ich das blaue Dreieck, ein wenig ungeschickt und nicht ganz fehlerfrei, zur Seite lenkte. »Sehr gut, Jani«, sagte er, als der Drachen dort stand, wo er ihn haben wollte. »Mit ein wenig Übung wird das schon.«

Ich erschrak, als mir bewusst wurde, warum er mich den Drachen lenken ließ. Und warum er mich den Rundgang mitgehen ließ. Ich überlegte, wie ich ihm und Alter Drachen nun endlich beibringen konnte, dass ich die Arbeit eines Drachenlenkers nicht länger machen wollte.

Wir gelangten ohne weitere Probleme zum Turm, wo ich mich wieder an meine Zeichnung setzte. Doch das Feuer, mit dem ich den ganzen Nachmittag bei der Sache gewesen war, hatte mich verlassen. Vor dem leeren Gerüst an der Wand fragte ich mich, was auf meiner Zeichnung noch fehlte.

Ich arbeitete ein wenig an den Ästen der Bäume weiter,

ohne das Gefühl zu haben, wirklich vorwärtszukommen. Nach einer Weile legte ich alles widerwillig zur Seite. In der Werkstatt war kein Laut zu hören, alles war grässlich still und einsam. Kurz überlegte ich, Alter Drachen zu besuchen, aber ich beschloss, es besser nicht zu tun. Er würde sicher schlafen und Neuer Drachen hatte gemeint, er brauchte viel Ruhe.

Missmutig stieg ich, in der Absicht, mich noch ein wenig auf den Balkon zu setzen, ehe es dunkel wurde und ich ins Bett musste, die Treppe hinauf. Als ich den Balkon betrat, stieß ich beinahe mit Neuer Drachen zusammen, der über das Geländer gebeugt das Dorf betrachtete.

Schnell machte ich einen Schritt rückwärts, doch seine Stimme hielt mich zurück. »Du brauchst nicht wegzugehen, Jani. Es ist auch dein Balkon.«

Ich spürte, wie ich rot wurde. Etwas nervös betrat ich den Balkon wieder. So sehr sich das Verhalten von Neuer Drachen auch verändert hatte, jede Sekunde in seiner Gegenwart ließ mein Herz wild schlagen. Zögerlich stellte ich mich neben ihn und folgte seinem Beispiel. Unter mir lag das Dorf ausgebreitet, die Menschen in den Gassen und auf dem Platz, die Drachen hoch oben in der Luft …

»Warum hast du mich heute Abend so erschrocken angesehen?«, fragte mich Neuer Drachen von der Seite. »Als ich meinte, dass du das Gespür eines Drachenlenkers hast. Das war ein Kompliment, Jani. Ich wollte dir nur deutlich machen, dass ich überzeugt bin, dass du ein guter Drachenlenker werden wirst.«

Ich fixierte den dunklen Waldrand. Als ich nach einer Weile noch immer nichts gesagt hatte, fügte er leise hinzu: »Ich dachte, das ist, was du wolltest.«

»Das wollte ich auch«, murmelte ich.

Er erwiderte lange Zeit gar nichts. »Und jetzt nicht mehr«, folgerte er schließlich. »Warum nicht?«

Ich zuckte mit den Schultern. Ich hatte keine Ahnung, wie ich jemals darauf antworten sollte. Die Striemen auf meinem Rücken hatten endlich aufgehört zu brennen, aber die Erinnerung war nicht weniger schlimm geworden. Nach all den Tagen war es noch immer schwer, nicht zurückzuweichen oder zusammenzuzucken, wenn er in meine Nähe kam.

Er war durchaus freundlich zu mir, doch das Einzige, was ich empfand, war, dass er mir Schmerzen zugefügt hatte.

Ich atmete tief durch. Noch bevor ich ein Wort herausbringen konnte, merkte ich, dass er begriff. Gequält wandte er sich ab.

»Das ist es also.« Seine Stimme übertönte kaum das Tosen des Windes. »Darum willst du nicht. Du hasst mich.«

Ich wollte den Kopf schütteln, hielt aber mitten in der Bewegung inne. Ich wusste nicht genau, was ich fühlte, aber ich konnte es nicht so ohne Weiteres abstreiten.

Neuer Drachen schloss kurz die Augen. »Ich hätte auf Dan hören sollen«, sagte er nach einer Weile, kaum vernehmbar, aber schrecklich verbittert. »Er hat immer recht. Verdammt, wenn dieser Mann nicht immer recht hat. Er sagte noch, dass ich es bereuen würde …«

Er brach ab und strich sich mit der Hand übers Gesicht. »Du hast einen Drachen verloren. Ich hatte alles Recht der Welt, dich dafür zu bestrafen …«

Seine letzten Worte klangen auf einmal ganz leise, als müsste er sich zwingen, sie auszusprechen. Zu meiner Bestürzung glänzten seine Augen im Licht der Abendsonne.

»Warum …«, fing ich an, unsicher, wie ich die Frage formulieren sollte.

Er holte tief Luft und betrachtete seine Hände. »Hör zu, Jani«, sagte er. »Ich werde nicht versuchen, es schönzureden, aber ich will, dass du es zumindest verstehst. Ja?« Er wartete meine Antwort nicht ab, sondern fuhr schnell fort, als hätte er Angst, den Mut zu verlieren. »Ich war einige Jahre älter als du, als ich zum ersten Mal zu den Drachenlenkern kam. Und genau wie du hatte ich schnell begriffen, was das bedeutete. Du hast immerhin noch eine Freundin und deine Mutter und deine Tante, aber ich … nun ja, du weißt, wie Kinder sein können. Grässliche, gemeine Geschöpfe. Und zu mir als Drachenlenker und dann noch mit einer Mutter, die … tja, ist, wie sie ist …«

Er hielt das Geländer mit den Händen derart krampfhaft fest, dass ich schon dachte, er würde das Holz durchbrechen. »Letztlich gibt es eine Grenze, was ein Mensch alles aushalten kann. Und ich machte … nun, dasselbe wie du, nur noch schlimmer. Ich sonderte mich ab. Ich hatte Dan und Alte Falkin und die Drachen, die ich so liebte. Das war alles und es war genug. Der Rest der Welt konnte mir gestohlen bleiben, ich wollte damit nichts mehr zu schaffen haben. Natürlich«, sagte er bitter, »machte das alles nur noch schlimmer. Ich weigerte mich, mich den anderen im Dorf gegenüber normal zu verhalten, wodurch sie mich erst recht nicht ausstehen konnten. Was nur bestätigte, was ich schon wusste, nämlich, dass ich allein war und die Welt mich hasste. Aber ich hatte die Drachen. Und solange man mich in Ruhe ließ, war ich glücklich.«

Er räusperte sich und schien seinen Mut zusammenzunehmen, ehe er weitersprach. »Und dann bist du auf einmal bei uns aufgetaucht. Ich wusste nicht, wie ich auf dich reagieren sollte. Natürlich begriff ich, was Dan in dir gesehen hat … mich selbst, vor langer Zeit. Doch du warst auch einer von ihnen. Ein Kind aus dem Dorf, ein Teil der Welt, aus der ich geflüchtet war, die ich hasste. Dan hörte nicht auf zu sagen, dass du zu uns gehörst, dass ich dir eine Chance geben solle … und das habe ich versucht. Nach und nach fing ich an zu glauben, dass er recht haben könnte. Du wirktest nett, hast dich so angestrengt …« Er machte eine kurze Pause, bevor er leise fortfuhr: »Und dann hast du den Fehler gemacht, durch den die Drachenschnur riss. Ein Dreieck, das über sechzig Jahre am Himmel gestanden hatte, für immer verloren. Es kam mir nicht in den Sinn, dass du dich genauso niedergeschlagen gefühlt hast wie wir. Mit einem Schlag hattest du dich wieder in eines der Dorfkinder verwandelt, die mir das Einzige genommen hatten, das mir etwas bedeutete, so wie immer. Ich …« Er schluckte und schüttelte den Kopf. »Ich muss gestehen, dass ein Teil von mir glaubte, dass du es mit Absicht getan hast. Und dieser Gedanke machte mich so wütend.«

Ich konnte kaum glauben, was ich da hörte. »Ich habe es nicht …«

»Natürlich nicht. Das weiß ich wohl, Junge.« Sein Gesicht drückte Mitleid und unermesslichen Kummer aus. »Und ich hätte es in dem Moment auch wissen müssen, aber ich war so wütend, ich dachte nicht nach. Und ich denke auch …« Er krümmte sich zusammen, als fügten ihm seine eigenen Worte Schmerz zu. »In all den Jahren des schweigsamen Duldens und Weglaufens habe ich mir so oft gewünscht, alles mit einem Mal umkehren zu können. Einmal jemandem Furcht einzuflößen, sobald er mir gegenübertritt. Und verdammt, ich habe erreicht, was ich wollte.«

Seine Stimme brach, Tränen liefen ihm über die Wangen. Zögernd kam ich einen Schritt näher, ohne zu wissen, was ich tun oder sagen sollte. Mein Kopf war voll mit allem, was er gerade gesagt hatte, und auch mit dem, was Tante Meri über ihn erzählt hatte. Endlich nahm ich ihn wahr, wie er wirklich war. Ein Mann, der seine Wut und seinen Hass um sich herum trug wie einen dicken Mantel – einen Panzer, um sich selbst gegen die Außenwelt zu schützen. Der liebste Junge, den sie je getroffen hatte, hatte Tante Meri gesagt.

Und endlich konnte ich ihr glauben.

Neuer Drachen seufzte, als ich seinen Arm berührte, und lächelte traurig. »Weißt du, Jani«, sagte er. »Als ich noch jung war, hatte Dan mehr Ähnlichkeit mit mir. Ich weiß nicht, wie es ihm in der Zwischenzeit gelungen ist, wie Alte Falkin zu werden, doch ich hoffe, dass ich irgendwann die Kraft finde, so zu werden wie er.« Sein Lächeln verschwand. »Und bei allen lieben Geistern, was auch immer deine Zukunft bereithalten mag, ich hoffe, du wirst nie wie ich. Vielleicht hast du recht. Möglicherweise hältst du dich tatsächlich besser fern von uns …«

Ich schüttelte den Kopf und wiederholte mit größerer Sicherheit als je zuvor die Worte, die ich vor so langer Zeit an meinem ersten Tag ausgesprochen hatte. »Darüber zerbreche ich mir nicht den Kopf.«

Er legte einen Arm um meine Schulter und drückte mich fest an sich, und in dem Moment spürte ich, dass der letzte Rest meines Hasses auf ihn mit dem unablässigen Wind verflog.

12

Die folgenden Wochen zogen in einem gleichförmigen Einerlei vorüber. In diesen Tagen war ich glücklich wie nie zuvor.

Es kostete mich zahllose Stunden und ein Dutzend Versuche, ehe ich mit den Bäumen so weit zufrieden war, dass ich sie, vorsichtig und mit Neuer Drachens Hilfe, in ganz feinen Grafitlinien auf den roten Stoff übertrug. Als das endlich geschafft war, hielten Neuer und Alter Drachen den Stoff vor dem Drachengerüst hoch. »Und? Sieht es aus, wie du es dir vorgestellt hast?«

Mein Herz vollführte einen kleinen Salto. Genau das hatte ich gesehen, damals, beim ersten Mal, und es war viel besser geworden als erwartet. Trotzdem fehlte noch etwas. Unter den Bäumen war noch Platz und er schien darum zu betteln, ausgefüllt zu werden.

Alter Drachen sagte, ich solle aufhören darüber nachzugrübeln, und half mir stattdessen, mit der Bemalung anzufangen.

Das war Feinarbeit, die mich unglaublich nervös machte. Ich durfte mir keine einzige falsche Bewegung erlauben, jeder noch so feine Pinselstrich musste sitzen. Es dauerte eine Weile, bis meine Hände nicht mehr zitterten und ich den Pinsel tatsächlich auf den Stoff aufsetzen konnte.

In den darauffolgenden Tagen und Wochen wurde das Auftragen der Farbe immer häufiger von anderen Arbeiten unterbrochen, bei denen Neuer Drachen mich benötigte. Alter Drachen zog sich immer mehr zurück, wischte aber alle meine Sorgen beiseite. Als ich schließlich meine Mutter fragte, ob sie wisse, was los sei, wiederholte sie lediglich Neuer Drachens Worte. Alter Drachen sei alt und nicht mehr so kräftig und er brauche Ruhe.

Das beruhigte mich wenig, doch es sollte eine ganze Weile dauern, bis ich begriff, wie sehr mein Vorgefühl stimmte.

Wochenlang war ich mit dem Malen der Bäume beschäftigt. Als sie fertig waren, zeigte ich sie Mond, die abends ab und zu vorbeikam, und ich war außer mir vor Freude, sie wirkte wirklich beeindruckt. Es kam mir so vor, als verstünde sie nicht wirklich, was ich tat oder worum es dabei ging – aber es interessierte sie, weil ich tat, was ich tat. Und das bedeutete alles für mich.

»Was sagt Mink dazu, dass du hier bist?«, fragte ich sie am Ende eines langen Tages, als ich ihr zum ersten Mal den sonnenüberfluteten Balkon zeigte.

Sie zuckte ratlos mit den Schultern. »Sie tut, als würde sie es nicht merken. Wir reden nicht darüber. Und die anderen wissen nichts davon.«

Neuer Drachen, der sich etwas abseits auf dem Balkon aufhielt, sah sie kurz über die Schulter an. »Kinder …«

Das reichte, um Mond zusammenzucken zu lassen. Neuer

Drachen duldete ihre Anwesenheit, mehr aber auch nicht. Sie blickte mich flehend an. »Jani, ich habe wirklich versucht, mit ihr zu reden. Ich habe sie gefragt, ob sie … ob sie nicht mal mit hierher kommen will, damit sie sich selbst ein Bild machen kann …« Sie brach mitten im Satz ab, als sie bemerkte, wie entgeistert ich war. »Aber sie wollte nicht«, fügte sie schnell hinzu.

Neuer Drachen schnaufte und stand auf. Im Vorbeigehen sagte er zu mir: »Ich mache den letzten Kontrollgang. Du musst bald ins Bett, Junge. Und für dich, Mädchen, ist es, glaube ich, auch an der Zeit, nach Hause zu gehen. Es wird schon dunkel.«

Mond schaute ihm nach, bis der Klang seiner Schritte erstorben und nur noch das Heulen des Windes zu hören war. »Ich finde, er ist unheimlich«, sagte sie dann leise. »So anders als Alter Drachen … Oh, ich hab gehört, dass Alter Drachen krank ist, alle sprechen darüber.«

Das überraschte mich, gleichzeitig auch wieder nicht. Im Dorf blieb nicht viel geheim, auch nicht, wenn es um die Drachenlenker ging. »Schon eine Weile«, sagte ich.

Sie nickte. »Mama meinte, es ginge ihm nicht gut.«

Als sie meinen Schreck bemerkte, wurde sie rot. »Ich dachte … du bist jeden Tag bei ihnen. Ich dachte, du wüsstest mehr als ich.«

Nachdenklich sah ich vor mich hin, auf das Dorf unten und auf Neuer Drachen, der mit schnellen Schritten über die Balustrade lief. »Das dachte ich auch.«

Nachdem wir uns verabschiedet hatten, kroch ich unter die Bettdecke, niedergeschlagen wie noch nie. Über was alles belogen mich die Drachenlenker eigentlich?

Den Kopf voller düsterer Gedanken fiel ich bald in Schlaf.

◊

Am nächsten Vormittag nahm ich ein Stück Skizzenstoff und einen Grafitstift mit auf den Balkon und fing an, wild draufloszuzeichnen. Neuer Drachen hatte am Tag zuvor gemeint, der Bemalung des Drachens müsse nichts weiter hinzugefügt werden, und ich wusste, er hatte recht. Er war fertig, wenn er fertig war. Trotzdem ließ mich das Gefühl nicht los, dass etwas fehlte, obwohl ich keinen Schimmer hatte, was.

Ich skizzierte fast unbewusst, und als ich mir nach einer Weile ansah, was ich da gezeichnet hatte, erschrak ich heftig. Ein Tier mit großen Klauen …

Schnell faltete ich das Stück Stoff zusammen und fing von vorne an, aber es fiel mir schwer, mich zu konzentrieren. Monds Worte gingen mir durch den Kopf und ich überlegte, dass ich Alter Drachen bereits seit ein paar Tagen nicht mehr gesehen hatte. Als es fast Mittag war, hatte ich noch immer nichts Brauchbares zustande gebracht und beim Geräusch nahender Schritte war ich froh, aufhören zu können.

Neuer Drachens Gestalt tauchte in der Tür auf. »Ah, da bist du.« Er kam näher und betrachtete mit gerunzelten Augenbrauen die formlosen, zufälligen Linien, die ich gezeichnet hatte. »Klappt es nicht?«

Widerwillig schüttelte ich den Kopf. »Nicht wirklich.«

Er musterte mich eine Weile. Dann hockte er sich hin und fragte: »Ist etwas?«

Mit einem Seufzer legte ich meine Zeichensachen neben mich. »Mond hat gesagt … dass es Alter Drachen nicht gut geht.«

»Oh?« Die Falten auf seiner Stirn wurden tiefer. »Woher hat sie das denn?«

Ich zog die Schultern hoch. »Von ihrer Mutter. Sie ist oft bei ihm.«

Das verschlug Neuer Drachen die Sprache. Langsam, fast zögernd, ließ er sich neben mir auf dem Boden nieder.

»Jani …« Er schien nach Worten zu suchen. »Ich glaube, wir müssen mal reden.«

Sein Ton zog mir den Magen zusammen. Unwillkürlich umschlang ich meine Knie mit den Armen. »Worüber?«

Neuer Drachen räusperte sich. »Jani, du weißt, dass Dan ein alter Mann ist. Der älteste Mann des Dorfes. Und er ist schon seit einiger Zeit krank.«

»Aber … er sieht nicht krank aus. Er wird sicher wieder gesund.« Als Neuer Drachen nicht reagierte, bohrte ich nach. »Nicht wahr?«

Er schüttelte ganz langsam den Kopf. »Dan ist sehr alt, Jani. Sein Körper kämpft erbittert, aber er hat nicht mehr die nötige Kraft. Er wird das nicht mehr lange durchhalten.«

Seine Worte fühlten sich an, als würde ein Eimer kaltes Wasser über mich ausgeleert. Ich war zu entsetzt, um etwas zu sagen. Dann brachte ich hervor: »Was soll das heißen?«

»Jani …« Neuer Drachen holte tief Luft. »Er ist sehr, sehr krank. Er wird nicht mehr lange leben.«

»Nein«, sagte ich, ohne nachzudenken. »Alter Drachen darf nicht sterben. Er kann doch nicht …«

Neuer Drachen kniff die Augen fest zusammen. »Mein lieber Junge«, sagte er freundlich, »wir alle müssen einmal sterben.«

»Das weiß ich! Aber …« Ich suchte nach Worten. Ich konnte mir die Welt ohne Alter Drachen nicht vorstellen. Das war unmöglich. »Er ist Alter Drachen. Er ist der alte Drachenlenker, wir brauchen ihn. Er kann doch nicht einfach so sterben?«

Neuer Drachen schüttelte den Kopf. Er lachte kurz, freudlos. »Nur ein Kind kann so etwas sagen. Unschuldig genug zu glauben, alles würde ewig so weitergehen.« Als ich ihn verständnislos ansah, meinte er: »Du bist noch jung, dein ganzes Leben lang ist alles so gewesen, wie es jetzt ist. Und du glaubst, dass es immer so bleiben wird. Aber so ist die Welt nicht, Jani. Nichts bleibt, wie es ist. Alles verändert sich und schließlich sterben alle.«

»Aber ...« Verzweifelt suchte ich nach einem Ausweg, nach etwas, an dem ich mich festhalten konnte. »Ich will nicht, dass er stirbt.«

»Ich auch nicht, Junge.« Neuer Drachen legte mir einen Arm um die Schulter und ich lehnte mich hilflos an ihn. »Es tut mir leid. Er wollte nicht, dass ich dir etwas sage. Er wollte nicht, dass du dir Sorgen machst.« Lange Zeit sagte keiner ein Wort. »Geht es, Jani?«

Ich wischte mir über die Augen. Zu meiner Bestürzung bemerkte ich, dass ich weinte. »Ja. Glaube schon.«

Er hielt mich fest an sich gedrückt. »Es ist nicht so schlimm, weißt du«, sagte er. »Er ist nicht wirklich weg. Bald wird er zu einem der guten Geister und er wird immer hier sein, in unserer Nähe. Um über uns zu wachen. Und was glaubst du, wie gut er uns beschützen wird!«

Ich nickte, obwohl ich das nicht als sonderlich großen Trost empfand. »Das ist nicht das Gleiche.«

»Ich weiß, Junge.« Ich spürte das Zittern seines Arms, so gut er es auch zu verbergen suchte. »Ich werde ihn auch schrecklich vermissen. Das Leben ohne ihn wird nicht dasselbe sein und ich weiß nicht, ob ich es überhaupt jemals so gut machen kann wie er. Was fangen wir nur ohne seine Geduld, seine Weisheit, all sein Wissen und seinen Rat an? Aber, Jani, denk an eins: Ich war nicht so viel älter als du jetzt, als Falkin starb, meine eigene alte weise Meisterin. Damals hatte ich auch das Gefühl, die Welt um mich herum würde untergehen. Und ja, so viele Jahre später gibt es uns immer noch.« Sein Arm schloss sich fester um mich. »Wir stehen das hier durch, Junge.«

Ich hörte seiner Stimme an, dass er mit aller Macht nach etwas suchte, um mich zu beruhigen, und dass er sich, trotz seiner aufmunternden Worte, nicht besser fühlte als ich. Ich wollte seinen Worten gerne Glauben schenken, aber es gelang mir nicht. Ich konnte mir nicht vorstellen, dass die Welt ohne Alter Drachen einfach weitergehen würde. Als wäre er überhaupt nicht wichtig. Es kostete mich alle Kraft zu fragen: »Wie lange … bleibt ihm noch?«

»Ich weiß es nicht«, antwortete er leise. »Noch eine Weile. Er ist schon eine Zeit lang krank und wird wohl noch etwas durchhalten.« Er lächelte. »Ich glaube, er wird noch lange genug bei uns sein, um zu erleben, wie dein Drachen in den Himmel steigt.«

Ich versuchte auch zu lächeln, ohne großen Erfolg. Er bemühte sich, mir etwas zu geben, ein klein wenig Hoffnung, und dafür war ich ihm zutiefst dankbar. Aber die Erschütterung war zu groß. Ich konnte den Gedanken nicht ertragen, dass das alles sein sollte, auf das wir hoffen konnten.

Wir blieben eine Weile sitzen. Ich fasste mir ein Herz und sagte: »Ich will zu ihm.«

Er klopfte mir freundschaftlich auf die Schulter. »Das ist keine gute Idee.« Als ich den Mund aufmachte, um zu widersprechen, schüttelte er streng den Kopf. »Nein, Jani. Nicht jetzt. Es geht ihm heute gerade etwas besser. Ich glaube, er ist morgen oder übermorgen wieder auf den Beinen, dann kannst du ihn besuchen.«

Ich spürte Wut in mir aufsteigen. »Bitte.« Auf einmal erschien es mir furchtbar wichtig, als würde er für immer verschwinden können, wenn ich ihn nicht auf der Stelle zu Gesicht bekäme. »Ich will zu ihm. Jetzt sofort.«

Er musterte mich und ich merkte ihm an, dass er es verstand.

»Heute Nachmittag«, sagte er. »Ich hole dich, sobald er wach ist. Früher geht es wirklich nicht. Einverstanden?«

Mit einem Gefühl zwischen Erleichterung und Mutlosigkeit nickte ich. »Einverstanden.«

◊

Im Haus des alten Drachenlenkers war es unheimlich still, als Neuer Drachen mir voraus zur Tür hinten im Wohnzimmer ging. Der Nachmittag war viel zu zäh vorbeigegangen, doch jetzt, wo ich einmal hier war, war ich mir gar nicht mehr sicher, ob ich überhaupt da sein wollte.

Als Neuer Drachen die Tür öffnete, blieb ich stehen. Er drehte sich um und kam auf mich zu. Freundlich legte er mir eine Hand auf die Schulter. »Geh ruhig rein«, sagte er, während er mich sanft vorwärtsschob. »Es gibt nichts, wovor man sich fürchten müsste.«

Trotz seiner beruhigenden Worte zögerte ich einen Moment, als ich auf der Schwelle stand. Schließlich hob ich den Kopf und spähte in das kleine Zimmer hinein.

Das Schlafzimmer war ein wenig größer als meines. In der Mitte befand sich ein niedriges Bett, in dem Alter Drachen auf ein paar Kissen ruhte. Sein faltiges Gesicht war blass und eingefallen, aber er lächelte mich an, warm wie immer. Seine schwache Stimme schwankte. »Komm nur herein, Jani.«

Zögernd kam ich näher. Ein widerwärtiger, bitterer Geruch hing im Zimmer, der von dem Wind, der durchs offene Fenster hereinströmte, nicht ganz vertrieben wurde. Trotz der sommerlichen Wärme bemerkte ich, wie Alter Drachen ab und zu zitterte.

Neuer Drachen ließ mich los, als ich neben dem Bett stand. »Willst du, dass ich gehe?«

Ich schüttelte den Kopf. »Bleib hier. Bitte.«

Alter Drachens Augen wanderten zu Neuer Drachen, bevor sie zu mir zurückkehrten. Er strahlte jetzt regelrecht. »Den lieben Geistern sei Dank. Wie gut, dass ihr euch endlich gefunden habt! Wenigstens darüber kann ich beruhigt sein. Ihr werdet einander in den kommenden Jahren noch sehr brauchen.«

Er sprach in geradezu unerträglich ruhigem Ton. Als wäre das alles nicht schlimm. Ich machte noch einen Schritt nach vorn und schleuderte ihm entgegen: »Warum hast du nie erzählt, dass du so krank bist?«

Schlagartig verschwand sein Lächeln und es hatte den Anschein, als würde er noch tiefer in seinen Kissen versinken. Ich wollte mich schon entschuldigen, als er zu mir sagte: »Setz dich, Jani.«

Mir war etwas unbehaglich zumute, als ich mich auf den Bettrand setzte. Alter Drachen sah mich so wach und durchdringend an wie immer. »Bist du böse auf mich, Junge?«

Sofort verneinte ich, doch seine hellen Augen ließen mich nicht los. Ich hob die Schultern. »Ein bisschen«, gab ich zu.

»Nun, ich nehme an, das habe ich verdient«, erwiderte er traurig. »Immerhin bin ich froh, dass du nicht versuchst, auf mich loszugehen wie Wes, als ich es ihm endlich erzählt habe.«

Bestürzt sah ich zu Neuer Drachen. »Es ist noch keine zwei Wochen her«, sagte er. Ich hörte Wut in seiner Stimme. »Nach

Monaten. Was hast du denn gedacht, wie ich reagieren würde? Wie konntest du das nur verheimlichen?«

Alter Drachen behielt seinen bedächtigen Ton bei. »Genauso wie du zustimmen konntest, Jani vorläufig nichts zu erzählen. Erinnerst du dich? Es würde ihm nur wehtun. Außerdem gäbe es nichts, was du oder irgendjemand anderes tun könnte. Es wäre nicht nötig, dass er sich jetzt schon Sorgen machen würde ...«

»Ich weiß.« Neuer Drachens Stimme klang hart. »Ich hätte nicht auf dich hören sollen. Er hatte das Recht, die Wahrheit zu erfahren.«

Alter Drachen rieb sich mit seinen zittrigen Händen die Augen. »Stimmt schon«, sagte er kaum hörbar. »Es tut mir leid, Jani. Du hast recht. Ihr habt beide recht. Ich hätte es früher sagen sollen.«

Ich musste mich zwingen, etwas zu sagen. Auf einmal wirkte er so furchtbar alt und zerbrechlich, dass ich mich wahnsinnig schuldig fühlte, so wütend auf ihn gewesen zu sein. »Warum hast du es dann nicht getan?«

Er seufzte, wodurch sein ganzer Körper erbebte. »Ich wollte dir keine Angst machen, Jani. Du hattest so viele andere Sorgen. Viel zu viele für dein Alter. Die Hänseleien, der Streit mit deiner Freundin. Die Sorgen über eine schwierige Zukunft, von der du nicht sicher wusstest, ob du dich für sie entscheiden solltest. Das ... mühsame Verhältnis zwischen dir und Wes, mit dem du allein zurückbleiben würdest.« Er lächelte gequält. »Und dann lief alles besser, du hast schließlich wieder glücklich ausgesehen. Ich hatte nicht den Mut, dir das wegzunehmen. Vielleicht war es grundfalsch von mir, aber ich finde es furchtbar, wenn du traurig bist ...«

Neuer Drachen legte einen Arm um mich, als mich die Erkenntnis, dass ich diesen Mann für immer würde entbehren müssen, mit voller Wucht traf und ich endlich, nach so langer Zeit, richtig anfing zu weinen. Neuer Drachen versuchte mir aufzuhelfen und mich mit sich zu ziehen, doch ich wehrte mich so lange, bis er es aufgab, und sank auf den Knien neben das Bett, das Gesicht in die warme Wolldecke vergraben.

Alter Drachen strich mir mit einer knochigen, zerbrechlichen Hand übers Haar und Neuer Drachen hielt mich weiterhin im Arm, während ich weinte, bis ich keine Tränen mehr übrig hatte.

◊

Am späten Nachmittag, als ich die Werkstatt allein betrat, fühlte ich mich vollkommen leer und ausgelaugt. Neuer Drachen hatte angeboten, meine Mutter zu holen oder mich zu ihr zu bringen, doch ich hatte abgelehnt. Ich wollte allein sein.

Reglos betrachtete ich das Drachengerüst, das die ganze Wand einnahm. Alter Drachen würde möglicherweise noch genügend Zeit bleiben, um den Drachen aufsteigen zu sehen, in diesem Augenblick allerdings erschien es mir unvorstellbar, dass ich ihn jemals fertig bekommen würde. Ich betrachtete den bemalten Stoff. Wenn mir nicht schnell eine Idee käme, was zwischen die Stämme und unter die Bäume sollte, was da noch fehlte …

Mir verschlug es den Atem, als ich mit einem Mal die Antwort fand. Eine Antwort, die ich bis zu diesem Tag vielleicht auch gar nicht hätte finden können.

Ich musste an die Worte von Neuer Drachen vor langer Zeit denken. *Er ist fertig, wenn er fertig ist, keinen Moment früher.* Lange hatte es gedauert, doch endlich verstand ich, was er meinte.

In der Gewissheit, was ich morgen zu tun hatte, kehrte ich der Werkstatt den Rücken zu und stieg die Treppe nach oben. Der Nachmittag war noch nicht um, doch ich hatte mich noch nie so müde gefühlt. Kaum lag ich ausgestreckt auf dem Bett, fiel ich auch schon in einen tiefen, erschöpften Schlaf.

13

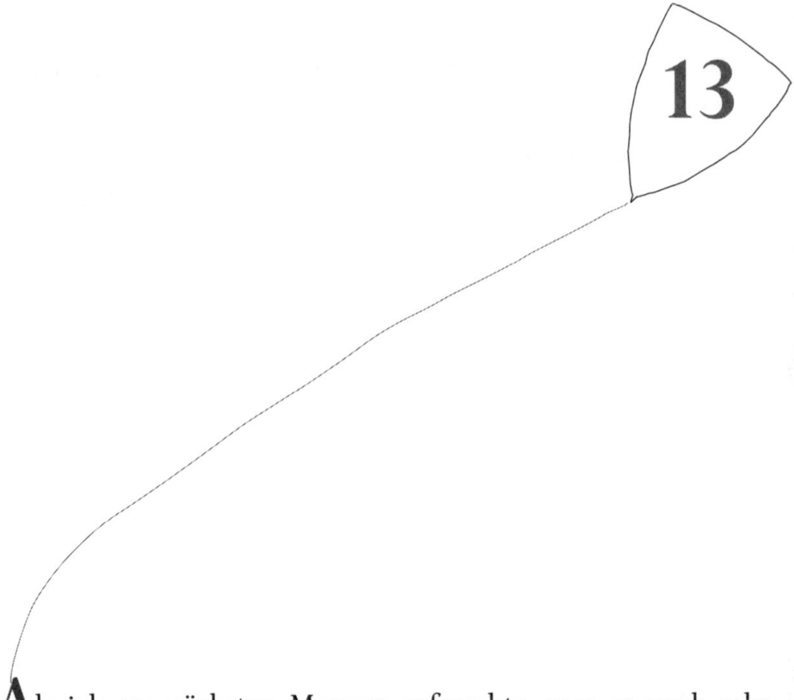

Als ich am nächsten Morgen aufwachte, war es noch sehr früh. Schnell frühstückte ich etwas und holte Pinsel und Farbe hervor. Alter Drachen hatte mir vor einer ganzen Weile etwas über die Hintergrundzeichnungen erzählt – die feinen, komplexen Linien, die den ganzen Drachen bedeckten und nur von Nahem zu erkennen waren. Er hatte mir erklärt, ich müsste mich von meinen Händen leiten lassen, ohne darüber nachzudenken, was ich zu tun versuchte. Mit klopfendem Herzen breitete ich eines der beiden Stoffstücke aus und fing einfach in einer Ecke an.

Ich war schon eine Weile zugange, als sich die Tür öffnete und – zu meiner riesengroßen Freude – beide Drachenlenker hereinkamen. Alter Drachen wirkte noch immer sehr alt und schwach, als könnte ihn der starke Wind jederzeit mit sich nehmen, doch sein Gesicht leuchtete auf, als er mich bei der Arbeit sah. »Schon so weit, Jani?«

Neuer Drachen stellte sich mir gegenüber und musterte den Stoff, der auf dem Tisch ausgebreitet war. »Du hast nichts mehr hinzugefügt? Er war doch fertig, so wie er war?«

Ich schluckte mühsam. Die Erinnerung an die plötzliche Angst des gestrigen Tages war noch in greifbarer Nähe. »Er war nicht fertig. Jetzt schon.«

Er kräuselte die Stirn und betrachtete nochmals den Stoff. Sein Blick ging von mir zu Alter Drachen, der sich neben mich gestellt hatte. »Ah. Sehr gut, Jani«, sagte er leise.

Alter Drachen schien zu begreifen, dass es sich um etwas zwischen uns beiden handelte, und fragte nicht weiter. Er betrachtete das kleine Stück, das ich in den letzten Stunden gemalt hatte – kaum größer als meine Handfläche – und schien zufrieden. »Nicht schlecht, Jani. Versuch deinen Händen etwas mehr freies Spiel zu lassen, lass sie einfach machen. Sie wissen schon, was sie tun müssen, verlass dich darauf.«

Ich bekam kein Wort heraus. Erst gestern hatte ich erfahren, dass er nicht mehr lange zu leben hätte, und wieder wurde mir bewusst, wie sehr er mir fehlen würde.

Den Rest des Tages versuchte ich, seinem Rat zu folgen und meinen Händen freien Lauf zu lassen. Ich hatte das Gefühl, gerade erst angefangen zu haben, als die Drachenlenker zurückkehrten und mich zum Essen riefen. Erstaunt betrachtete ich den Drachenstoff, auf dem ich, ohne es zu merken, ein fast zwei Fuß breites Stück bemalt hatte. Ich war noch erstaunter, als ich feststellte, dass ich mich an einen Teil der Zeichnung überhaupt nicht erinnern konnte.

Alter Drachen schmunzelte, als ich ihm das erzählte. »Die Geister führen dich. Deine Hände müssen nur folgen. Verstehst du jetzt, was ich meinte?«

Eine seltsame Erfahrung war das, als wenn ich keine Kontrolle mehr über meine eigenen Hände, meinen eigenen Körper hätte. Merkwürdig, aber nicht beängstigend. Die Geister umgaben uns von allen Seiten und es erfüllte mich mit tiefer Ehrfurcht, dass sie meine Hände wirklich geleitet hatten.

Nur widerwillig hörte ich auf zu arbeiten und folgte den Drachenlenkern nach oben, auf den Balkon, auf dem wir schon so lange nicht mehr gemeinsam gegessen hatten. Es schien Alter Drachen tatsächlich besser zu gehen, obgleich er auf der Treppe anhalten musste, um Atem zu schöpfen.

Auf dem Balkon war es heute stiller als sonst, möglicherweise kam es mir auch nur so vor, da mir der Kopf nur so schwirrte vor lauter Gedanken. Doch ehe ich die Gelegenheit bekam, ein Wort zu sagen, wurde die Stille brutal zerrissen.

Ein lang gezogener Schrei stieg aus dem Wald auf, rollte über die Felder und peitschte durchs Dorf.

Nach einer kurzen Pause erklang das Geheul ein zweites Mal, weiter entfernt zwar, aber nicht weniger durchdringend. Die Welt schien den Atem anzuhalten, während der Wind das Geräusch davontrug.

Ich bemerkte, wie sich die Blicke von Alter Drachen und Neuer Drachen kreuzten. Neuer Drachen war sichtlich erschrocken, doch Alter Drachen wirkte so unerschütterlich wie immer.

»Das war nicht nur einer«, sagte ich zu allem Überfluss. Etwas anderes fiel mir nicht ein. »Das waren mehr als …«

Alter Drachen wandte sich mir zu. »Keine Angst, Jani«, sagte er gefasst. »Wir haben schon eine ganze Weile vermutet, dass der erste noch immer da ist. Jetzt sind es zwei, das ist alles.«

»Dan …«, sagte Neuer Drachen eindringlich, schwieg aber,

als Alter Drachen ihn scharf ansah. Ich konzentrierte mich wieder auf den dunklen Waldrand. Die Bäume auf meinem Drachen, die Bäume, die Gefahr bedeuteten …

Ungeheuer mit furchteinflößenden Klauen. Die Worte der Alten Gerda kamen mir in den Sinn, wie sie zu Tode verängstigt versuchte mich zu warnen. *Sie kommen nachts …*

»Jani?« Alter Drachen berührte mich leicht. »Keine Sorge, Junge. Phönixe sind keine bösartigen Wesen.«

»Sie hat gesagt …« Ich richtete mich an Neuer Drachen. »Alte Gerda. Einige Tage nachdem wir das … zum ersten Mal gehört hatten. Damals sagte sie etwas zu mir über … Dinge, die nachts kommen. Ich glaube, sie wollte mich warnen. Sie wirkte sehr verängstigt.«

Ein Schatten von Wut glitt über Neuer Drachens Gesicht. Es wirkte, als würde er durch mich hindurchsehen. »Hat sie das gesagt?«

Ich nickte und spürte, wie sich mein Magen zusammenzog, als hätte ich einen Brocken Eis hinuntergeschluckt. In Neuer Drachen brodelte es, die Anspannung ließ mir die Haare zu Berge stehen. Schließlich holte er tief Luft.

»Kinder sind … so gemeine Wesen«, sagte er. »Zum Glück geht es ihr jetzt wieder besser, aber sie war eine ganze Zeit lang wegen dir so verwirrt. Das ist nicht deine Schuld«, fügte er schnell hinzu. »Es ist die Situation. Sie weckt Erinnerungen bei ihr. Erinnerungen, die nie ganz weit weg sind. Gemeine …« Er brach ab. Alter Drachen legte ihm die Hand auf den Arm, doch er schüttelte sie von sich ab.

»Als ich ganz frisch bei den Drachenlenkern war, machten sich die anderen Kinder einen Riesenspaß daraus, mich zu ärgern. Jeden Tag dachten sie sich etwas Neues aus, um mich zu quälen. Eines Tages hatte jemand die Idee, dass es doch lustig wäre, sich bei uns einzuschleichen, mitten in der Nacht. Sie wollten mich erschrecken …«

Er presste die Kiefer aufeinander, seine Wut war nun nicht mehr zu überhören. »Meine Mutter war in jener Nacht krank geworden, sie hatte hohes Fieber und träumte. Sie verstand nichts von all dem, was geschah. Die Nacht war ein einziges Grauen. Sie war derart in Panik, dass sie das ganze Dorf zusammenschrie. Es dauerte bis zum nächsten Tag, ehe wir es schafften, sie zu beruhigen. Danach wurde sie noch kränker, und als es ihr endlich besser ging, war sie verändert. War sie … so wie sie jetzt ist. Irr. Irre Gerda«, sagte er verbittert.

Betroffen starrte ich ihn an. Ich hatte meine Stimme kaum unter Kontrolle, als ich fragte: »Ist sie so, weil … sind sie daran schuld?«

»Natürlich nicht«, sagte Neuer Drachen laut. »Wie soll das gehen? Nein, das war die Krankheit, das Fieber. Das hat etwas mit ihr gemacht und sie wird sich nie wieder davon erholen. Aber ich habe das geglaubt, verstehst du? Was Dan und alle anderen mir auch erzählten, ich glaubte sehr lange, dass sie schuld wären. Vor allem, weil sie immer wieder von der Nacht anfing, in der sie die Panikattacke hatte. Sogar jetzt noch.«

Ich schnappte nach Luft, als ich endlich begriff. »Sie kommen nachts …«, flüsterte ich.

Er flocht die Hände ineinander und nickte kurz. Neuer Drachen wirkte gefasst, doch es war ihm anzumerken, dass er nach all den Jahren noch immer wütend war. »Genau, Junge. Den lieben Geistern sei Dank, dass es ihr jetzt etwas besser geht, aber in den letzten Wochen war sie so furchtbar in Panik. Seit dem Geschrei aus dem Wald und seit ich ihr von dir erzählt habe. Sie durchlebt die Zeit, als ich gerade Lehrling war, aufs

Neue. Ich glaube, sie weiß noch immer nicht, was in der Nacht damals eigentlich passiert ist. Das Einzige, was sie weiß, ist, dass sie Angst hatte und dass etwas versuchte, mich zu packen. Etwas, was nachts kommt.«

Ich betrachtete meine eigenen Hände, die sich von mir unbemerkt zu Fäusten geballt hatten. »Und ich dachte … ich dachte, sie würde versuchen, mich zu warnen.«

»Das hat sie auch«, sagte er. »Sie hat versucht dir zu erzählen, dass du in Gefahr bist. So wie ich damals. Das glaubt sie zumindest. Und es macht ihr Angst.«

»Liebe gute Geister«, flüsterte ich. Ich wusste nicht, was ich sagen sollte, es war alles zu abscheulich. Ich hatte mich früher gewundert, warum Neuer Drachen das ganze Dorf hasste, jetzt fand ich es nicht mehr schwer zu verstehen. »Und ich dachte, sie spräche von … Ungeheuern da draußen.« In gewisser Weise war das noch viel schlimmer.

Neuer Drachen schob sein Abendessen beiseite und erhob sich. »Vielleicht meint sie das auch. Oft weiß ich nicht, was in ihr vorgeht. Meiner Meinung nach sind alle Kinder Ungeheuer.« Er verzog das Gesicht und schaute dann zu mir. »Oh, verdammt. Tut mir leid, Jani. Du hast wahrscheinlich langsam genug von mir. Aber trotzdem, du hast auf jeden Fall das Glück, eine gute Freundin zu haben. Mich haben sie nie gemocht.«

»Aber …« Mich schauderte. »Aber Tante Meri hat gesagt, alle mochten dich. Als Kind.«

»Was?« Er drehte sich ruckartig zu mir um. »Hat sie das gesagt? Nun, das haben sie ja gut hingekriegt, wenn ich nie etwas davon gemerkt habe. Sie muss ganz andere Kinder erlebt haben als ich. Wie kann sie so etwas nur behaupten?« Sein Blick durchbohrte mich, bis ich mich verlegen abwandte. »Was hat sie dir noch alles erzählt?«

Ich errötete. »Sie hat gesagt … du wärst der liebste Junge gewesen, den sie je getroffen hat.«

Neuer Drachen gab ein ungläubiges Lachen von sich. Als ich mich endlich traute, ihn anzusehen, lag ein schmerzhafter Ausdruck auf seinem Gesicht. »Meri …«, flüsterte er. »Oh, bei allen lieben Geistern. Das verfluchte Kind!«

»Wes?« Alter Drachen erhob sich mühsam und ging zu ihm. »Alles in Ordnung?«

Neuer Drachen schüttelte kurz den Kopf, ehe er meinen fragenden Blick bemerkte. »Wir waren gute Freunde, Meri und ich. Im selben Alter, miteinander aufgewachsen. Unzertrennlich.« Er wandte sich ab. »Mehr als Freunde. Mehr als gute Freunde. Unsere Eltern hatten sogar schon über unsere gemeinsame Zukunft gesprochen. Verstehst du?«

Ich nickte, sprachlos. »Natürlich wurde nichts daraus. Nicht, nachdem es sie völlig aus der Fassung brachte, was ich werden wollte. Und schon gar nicht nach meiner Entscheidung, sie nicht mehr zu treffen, und dem Streit danach. Und nach allem, was sie in dieser Nacht ausgeheckt hatten, sie und …« Er sah zu dem Haus auf der anderen Seite des Platzes – meinem Haus. »Es überrascht mich, dass sie … Nun ja, ich hätte nicht gedacht, dass sie noch ein gutes Wort über mich verlieren würde.«

Ich hielt die Luft an, als ich auf einmal begriff, warum Tante Meri nicht verheiratet war. Warum sie allein war und bei uns wohnte. Und warum die Menschen im Dorf manchmal sagten, sie könne keinen Mann lieben, sie könne mit niemandem je glücklich werden.

Sie hatte jemanden geliebt, vor langer Zeit. Ich konnte mir das kaum vorstellen – meine strenge, unterkühlte Tante Meri verliebt.

Fast genauso unvorstellbar wie der Gedanke, dass Neuer Drachen sie geliebt hatte.

Als ich kurz darauf zu Bett ging, drehte sich mein Kopf von den ganzen Enthüllungen des Abends. Erst viel später bemerkte ich, dass ich dadurch den Ruf der beiden Phönixe vollkommen vergessen hatte.

14

In den darauffolgenden Tagen bekam ich Neuer Drachen selten zu Gesicht und er verriet mit keinem Sterbenswörtchen, wo er den ganzen Tag über steckte. Sogar Alter Drachen, der zum Glück wieder vollends auf den Beinen war und zusammen mit mir die Rundgänge machte, wollte sich nicht dazu äußern.

»Du wirst alles schnell genug erfahren«, sagte er, als wir die letzten Kontrollen vor Einbruch der Nacht vornahmen. »Junge, alles zu seiner Zeit. Es gibt Dinge, über die du dir noch nicht den Kopf zerbrechen musst.«

Damit versuchte ich mich selbst zu beruhigen, doch es gelang mir nicht besonders gut. Das grässliche Geheul war in den vergangenen Tagen immer häufiger zu hören gewesen und ich bekam es nicht aus dem Kopf. Ich brannte darauf, jemanden dazu genauer zu befragen – jemandem von meiner Angst zu erzählen, mich von jemandem beruhigen zu lassen – doch ich traute mich nicht. Schließlich konnte ich ihnen nicht erzählen, dass ich auf dem Dachboden gewesen war.

Ich tat, als hätte ich Mink und Linnie nicht gehört, die unter lautem Gelächter nach uns riefen, während wir – wie so häufig – über die Balustrade gingen. Alter Drachen sah mich besorgt an, aber ich zuckte mit den Schultern. Ich hatte in der Zwischenzeit beschlossen, dass es mir nichts ausmachte. Es war mir egal, was sie von mir hielten.

»Der Wind hat aufgefrischt«, sagte Alter Drachen nach einer Weile. »Spürst du es?«

Ich folgte seinem Blick nach oben, doch dass die Drachen ihre Position geändert hatten, bemerkte ich erst, nachdem er mich darauf hingewiesen hatte. »Was bedeutet das? Schlägt das Wetter um?« Die Stürme waren gefürchtet. Es geschah mehrmals im Jahr, dass alle Drachen hereingeholt werden mussten, was immer zu Panik im Dorf führte.

Alter Drachen schüttelte den Kopf. »Wahrscheinlich nicht. Solange der Himmel hell bleibt und der Wind von Norden kommt, zieht kein Sturm auf. Trotzdem sollten wir auf die Drachen achtgeben, da nicht alle auf dieselbe Art und Weise auf Wetterumschwünge reagieren. Schau nur …«

Ich verstand, was er meinte – die größten Drachen hatten im Unterschied zu den anderen ihre Position verändert. Mit seiner Hilfe gelang es mir, sie wieder zur Seite zu lenken. Dabei spürte ich, wie ihre Zugkraft die Balken der Balustrade erzittern ließ.

»Warte mal.« Alter Drachen steckte den Kopf zwischen den Balken hindurch und blickte nach unten. Ich tat es ihm gleich. Unter seiner Anleitung befühlte ich die kräftigen Taue, die den riesigen Drachenbalken an der Balustrade und an einer Reihe dicker Pfähle verankerten, die wenig außerhalb des Dorfes in den Boden geschlagen waren. Sie zitterten stark und standen unter derart großer Spannung, dass sie sich nicht bewegen ließen. Es wunderte mich, dass es sie noch nicht zerrissen hatte.

»Ich werde Wes sagen, dass er sie verstärken soll«, sagte Alter Drachen, während er den Kopf wieder vorsichtig einzog. »Wir hatten zu lange schönes Wetter.«

Neuer Drachen kam zurück, noch ehe wir den Rundgang beendet hatten. Ich beobachtete ihn, wie er gemeinsam mit Baum und Habicht über die Felder auf das Dorf zulief.

An diesem Abend blieben er und Alter Drachen unter sich. Einsam und niedergeschlagen ging ich zu Bett, aber selbst aus meinem kleinen Schlafzimmer im Turm konnte ich die wütende Stimme von Neuer Drachen aus dem Haus nebenan hören.

◊

Am nächsten Tag schien es, als wäre nichts passiert. Und als ich mich endlich durchgerungen hatte nachzufragen, antworteten sie nicht. Alles ging wieder seinen gewohnten Gang: Die Drachenlenker gingen ihrer Arbeit nach, ich wandte mich dem Bemalen des Drachenstoffes zu. Obwohl mir die Tätigkeit immer leichter von der Hand ging, kam ich nur langsam voran. Das Einzige, was mich störte, war, dass Mond mich immer seltener besuchte.

Ich habe keine Ahnung mehr, wie viel Zeit es mich kostete – Wochen, glaube ich –, aber schließlich hatte ich auch den Hintergrund geschafft und zahllose dünne Linien gemalt. Zufrieden und mit dem Gefühl plötzlicher Leere ließ ich mich auf einen Hocker fallen und betrachtete den Stoff, der jetzt wirklich fertig war.

Meine Tage waren so lange ausschließlich von der Arbeit an dem Drachen und nichts anderem bestimmt gewesen, dass ich das Gefühl hatte, mein ganzes Leben damit zugebracht zu haben. Es kam mir ganz unwirklich vor, dass das jetzt ein Ende haben sollte. Widerstrebend fing ich an, den Stoff am Rahmen zu befestigen, bis auch das eines Nachmittags erledigt war.

Mit einem unwirklichen Gefühl trat ich zurück. Da stand er, an der Wand – riesig, rot und golden und silbern und vollkommen fertig. Langsam trat ich wieder näher heran, in der plötzlichen Überzeugung, etwas vergessen zu haben, auf der Suche nach etwas, was ich noch machen könnte. Aber da war nichts mehr.

Ich glaube, ich hatte angenommen, ein so wichtiger Augenblick könnte nicht einfach unbemerkt von der Welt kommen und vorbeigehen. Doch durch die Wände drangen die vertrauten Geräusche des Dorfes, von Menschen, die ihre tägliche Arbeit verrichteten wie an anderen Tagen auch. Ich war noch immer in den Anblick des Drachens versunken, als Alter Drachen und Neuer Drachen am frühen Abend zurückkehrten.

Sie blieben in der Tür stehen. Alter Drachen war der Erste, der die Situation erfasste und zu mir kam. Er ging noch gebeugter als sonst, seine Beine bewegten sich nur schwerfällig. Aber er strahlte regelrecht, als er neben mir stand und den Drachen eingehend musterte. »Wenn das nicht großartig ist! Der Moment, auf den wir alle gewartet haben. Glückwunsch, Jani! Ich habe immer gewusst, dass du das fantastisch machen würdest.«

Neuer Drachen trat nun auch näher, als hinter ihm auf einmal Mond im Türrahmen auftauchte. »Jani?« Sie sprang an Neuer Drachen vorbei, blieb jedoch wie angewurzelt stehen, als sie den Drachen sah. »Er ist fertig?«, flüsterte sie, die Stimme auf einmal ganz ehrfürchtig. »Oh, Jani …«

Neuer Drachen übersah sie einfach und lief an ihr vorbei. Er legte mir einen Arm um die Schulter. Als er mich anlächelte, waren sämtliche scharfen, harten Gesichtszüge verschwunden. »Willkommen, Jani«, sagte er ganz leise.

Ich erwiderte sein Lächeln und musste mit einem Mal schwer gegen den Kloß im Hals anschlucken. Nie hatte ich ihn und Alter Drachen mehr geliebt als jetzt. Seine Worte gaben mir ein überwältigendes Gefühl, das ich so noch nicht gekannt hatte; das Gefühl, irgendwo zu Hause zu sein.

Er sah über meinen Kopf hinweg zu Alter Drachen. »Vollziehen wir heute Abend die Zeremonie?«

Alter Drachen nickte und schmunzelte, als ich ihn fragend ansah. »Es ist höchste Zeit, denke ich.«

Mond hatte sich nicht gerührt und wirkte ein wenig verloren. So viel Respekt sie auch für die Drachenlenker empfand, diesen Moment konnte sie nicht mit uns teilen. Sie gehörte nicht hierher und das spürte sie. Womöglich verstand sie endlich, was ich jeden Tag durchmachte – wie es war, ausgeschlossen zu sein und zu wissen, dass man niemals richtig dazugehören würde. Ich nahm eine Mischung aus Verlegenheit, Abneigung und Mitleid an ihr wahr, wie sie da tapfer neben uns stand. Kurz darauf ließ sie uns ohne ein weiteres Wort allein.

Neuer Drachen hörte auf, mich zu umarmen. »Gut, ich denke, ich werde alles vorbereiten. Jani … meinen Glückwunsch, Junge! Ich glaube, wir können ihn morgen früh steigen lassen.«

Bei diesem Gedanken stockte mir der Atem. Ab morgen würde mein Drachen am Himmel stehen, zwischen all den anderen. Es kam mir vor, als träumte ich, es war zu unwirklich.

Neuer Drachen schenkte mir ein letztes Lächeln, ehe er nach oben verschwand. Alter Drachen und ich blieben zurück, um meinen wundervollen, riesigen roten Drachen noch einmal zu überprüfen.

◊

Es war schon fast Abend, als uns Neuer Drachen abholte.

Ich hatte Herzrasen, wie ich hinter ihm die Treppe hinaufstieg und meine Füße anschließend auf die Dachbodentreppe setzte, die ich bisher noch nicht hatte betreten dürfen. Auf dem schmalen Absatz zum Dachboden hielt er mich zurück und ließ Alten Drachen vorgehen. Nachdem die Tür hinter ihm dumpf ins Schloss gefallen war, blieben wir im Halbdunkel zurück.

Vom Warten waren meine Nerven aufs Äußerste gespannt. Ich machte fast einen Sprung, als mir Neuer Drachen die Hand auf die Schulter legte. »Hast du Angst, Junge?«

Trotz der Dunkelheit spürte ich seinen fragenden Blick. »Ein bisschen«, gab ich zu.

»Dazu gibt es keinen Grund«, sagte er freundlich. »Dies ist ein Moment, den du nie vergessen wirst. Ich glaube an dich, Jani.«

Gerade als ich ihn fragen wollte, was mich drinnen erwartete – auch wenn ich wusste, dass er mir nichts verraten würde –, öffnete sich die Tür. Alter Drachen erschien, vom warmen flackernden Licht der Kerzen umspielt. »Komm herein, Jani.«

Ich hatte ganz weiche Knie, als ich ihm in die Dachkammer folgte. Dort war es warm und sehr dunkel. Der Raum hatte keine Fenster und die Dachluke war geschlossen. Das einzige Licht ging von einem Ring aus Kerzen aus, zu dem mich Alter Drachen führte. Hinter mir betrat Neuer Drachen den Raum und schloss die Tür.

Das Chaos aus Stoffbergen und Rollen und seltsamen Gegenständen, das beim letzten Mal geherrscht hatte, war verschwunden. Jetzt war der Raum leer, bis auf einige Becher und den Kerzenkreis, der vielleicht zwei Schritte im Durchmesser maß und in dem mich Alter Drachen anhalten hieß. Er nahm den vordersten Becher vom Boden und hielt ihn mir hin. Ein voller, süßer Duft stieg mir in die Nase. »Trink aus, Junge«, sagte er beinahe flüsternd – als würde der Raum keine lauteren Geräusche vertragen.

Ohne zu zögern, gehorchte ich. Das Getränk hatte einen starken, süßsäuerlichen Geschmack und war zugleich ein wenig bitter. Er sah mich lange an, als er mir den Becher wieder abnahm, als würde er etwas von mir erwarten. Ich blieb stehen, unsicher, was ich nun tun sollte.

»Gut. Setz dich.« Er und Neuer Drachen hockten sich hin, während ich mich mitten im Kreis auf ein Kissen kniete. Eine tiefe Wärme breitete sich langsam in meinem Körper aus – eigentümlich, aber nicht unangenehm. Die Welt kam mir ein wenig unwirklich vor, als ich wieder zu Alter Drachen aufblickte.

»Hör mir gut zu, Jani.« Seine Stimme war nur ein Raunen. »Das ist der höchste, dem Himmel am nächsten gelegene Ort im Dorf. Dies ist der Ort, an dem die Geister oft zusammenkommen, und heute Abend haben wir ihre Anwesenheit erbeten. Spürst du sie?«

Das also war das merkwürdige Gefühl – eine heilige Stille, die ich nicht mit meiner Stimme durchbrechen durfte. Ich nickte, atemlos.

»Gut.« Er lächelte beruhigend, als würde mir der Gedanke an die Geister Angst einjagen. »Sie werden anwesend sein und über die Zeremonie, die wir vollziehen, wachen, denn letztlich sind sie es, die dich akzeptieren müssen. Wenn du dich nachher aus dieser Haltung erhebst, wirst du ein Drachenlenker sein und du wirst sämtliche heiligen Aufgaben vollbringen können. Was du hier im Beisein der Geister, die dich beschützen, ablegst, Jani, ist ein heiliger Eid, den du nicht mehr lösen kannst. Wenn du nicht wirklich sicher bist, dass du das willst, dann musst du es jetzt sagen. Niemand wird es dir übel nehmen.«

Beide Drachenlenker beobachteten mich in gespannter Erwartung. Noch nie war ich mir einer Sache so sicher gewesen. »Das ist, was ich will.«

Neuer Drachen konnte einen Seufzer der Erleichterung nicht unterdrücken, doch Alter Drachen lächelte nur. »Sehr gut. Dann machen wir weiter. Schließ die Augen, Jani. Du darfst sie erst wieder öffnen, wenn ich es sage. Verstanden?«

Ich gehorchte. Mir wurde ein zweiter Becher an die Lippen gesetzt, dieses Mal mit etwas, das scharf und bitter schmeckte und mir in der Kehle brannte. Es kostete mich einige Mühe, meinen rebellierenden Magen im Zaum zu halten, außerdem musste ich husten. Alter Drachen fasste mich vorsichtig am Arm, während die Hände von Neuer Drachen den anderen fest umschlossen. Sogleich wurde mir klar, warum.

Leichter Schwindel erfasste mich. Mein Herz und mein Kopf hämmerten und der Boden schien mir unter den Füßen wegzurutschen. Die Dunkelheit verschwand und machte einem Wirbelsturm aus Linien, Farben, Bildern Platz …

»Jani?« Alter Drachens Stimme, von ganz weit weg. »Erzähl mir, was du siehst.«

Meine eigene Stimme klang wie im Traum; ich war mir kaum bewusst, was ich sagte. »Sterne. Drehende Sterne, der Himmel … Farben, goldene Linien. Und …«

Mir stockte der Atem, als ein überwältigend weißes Licht

erschien, das alles andere verblassen ließ und ein Gefühl einer übermenschlichen *Präsenz* über mir ergoss. Die Welt verschwand; ich spürte die Bewegung meiner Lippen, doch ich hatte keine Ahnung, welche Worte aus meinem Mund kamen.

Ein neuer Becher mit etwas Kühlem und Klarem darin wurde mir an die Lippen gesetzt. Ich trank gierig – der Schweiß brach mir aus und auf einmal hatte ich schrecklichen Durst. Die Bilder verschwanden und schlagartig spürte ich wieder festen Boden unter meinen Knien. Ich atmete ein paar Mal langsam und tief durch, bis das Zittern meines Körpers ein wenig abnahm. Doch das Gefühl einer fremden Anwesenheit blieb, das Gefühl, dass ich im Mittelpunkt aller Aufmerksamkeit stünde und sich mein Innerstes nach außen kehrte. Ich glaube nicht, dass ich in diesem Moment hätte lügen können, selbst wenn mein Leben davon abgehangen hätte.

Die Drachenlenker legten mir ihre Hand auf die Schulter und zwangen mich mit leichtem Druck nach vorn, bis meine Stirn den Boden berührte und meine Arme flach ausgestreckt waren. Ihre Hände umschlossen meine, die noch immer zuckten, und hielten sie fest.

Die Stimme von Alter Drachen, wie von ferne, kaum wahrnehmbar: »Bist du bereit, dein Gelübde abzulegen, Jani?«

Ich nickte, wobei meine Stirn über die Holzdielen rieb. Sie waren nass von den Tränen, die mir über die Wangen liefen.

Sie sagten mir die Worte vor, die ich wiederholen sollte, und warteten, bis ich sie mit unsicherer Stimme nachgesprochen hatte. Nachdem die letzten Worte verklungen waren, war kein Laut zu hören, während ich noch immer zitternd auf dem Boden lag, wartend auf das, was kommen würde.

Sie ließen mich los und Alter Drachen sagte endlich: »Du kannst deine Augen öffnen, Jani.«

Mit ihrer Hilfe richtete ich mich etwas auf. Ich wischte mir über das tränennasse Gesicht, während Alter Drachen und Neuer Drachen langsam, fast andächtig, aufstanden, bis sie weit über mich hinausragten.

Alter Drachen grinste von einem Ohr zum anderen. »Steh auf, Jani.«

Bei diesen einfachen Worten kamen mir erneut die Tränen. Ich holte tief Luft und erhob mich wackelig.

Vorsichtig blickte ich zu Alter Drachen. Er strahlte, als er vor mich trat. Sanft umfasste er mein Gesicht und gab mir einen Kuss auf die Stirn. »Sei willkommen, Jani«, flüsterte er. »Es ist gut, dich bei uns zu haben.«

Ich schluckte schwer gegen den Kloß in meinem Hals an und erwiderte sein Lächeln, doch mir fehlten die Worte. Ich wandte mich zu Neuer Drachen, der mir auf dieselbe Art und Weise die Stirn küsste und mich in die Arme schloss. Ich hielt mich an ihm fest, als ich zu weinen anfing, ohne zu wissen, warum. Ich fühlte mich glücklich, glücklicher als jemals zuvor. Und doch dauerte es eine ganze Weile, bis es mir gelang, meine Tränen zu unterdrücken.

Schließlich ließ mich Neuer Drachen los und ich trocknete schnell meine Wangen. Alter Drachen hatte die Kerzen gelöscht und zur Seite gestellt. Die Dachluke war jetzt weit geöffnet, wodurch ein kalter Windzug hereinströmte und das Licht der untergehenden Sonne hereinfiel. Die seltsame, unwirkliche Atmosphäre war verschwunden und ich wusste, dass die Geister uns verlassen hatten.

Wir gingen hinunter zum Balkon, wo drei Becher bereitstanden, um meine Aufnahme zu feiern. Die Drachenlenker – es würde noch eine Weile dauern, bis ich mich wirklich als einer von ihnen betrachten würde – tranken Branntwein. Ich war froh, dass sie für mich süßen Apfelmost hatten, der normalerweise nur an heiligen Feiertagen getrunken wurde. Sie gratulierten mir und tranken auf meine Zukunft. Zu meiner großen Enttäuschung zog Alter Drachen sich gleich danach zurück.

»Die Zeremonie hat ihn angestrengt, Junge«, sagte Neuer Drachen. »Gönn ihm die Ruhe, er braucht sie dringend.« Er lächelte. »Dan muss auf beiden Beinen stehen, wenn wir morgen deinen Drachen steigen lassen.«

Ergeben ließ ich mich zu Boden gleiten, den Rücken an der von der Sonne noch warmen Wand. Meine Hände zitterten nach wie vor, als er mir den Becher nachfüllte. »Ich hoffe, wir haben dir keine Angst gemacht, Jani,« meinte er entschuldigend.

Ich schüttelte den Kopf. »Nein. Es war einfach …« Ich suchte nach den richtigen Worten, um auszudrücken, was ich empfand, aber er kam mir zuvor.

»Eine überwältigende Erfahrung, die Zeremonie. Sogar wenn es einem keine Angst macht, dass die Geister auf einmal zu einem sprechen. Zugelassen werden, seinen Platz finden … ich weiß, wie das ist, Junge.«

Ich schloss die Augen und versuchte mir erfolglos das gerade Erlebte vorzustellen. »Waren das die Geister, die ich gesehen habe?« Er nickte. »Ich erinnere mich nicht daran, was sie gesagt haben.«

»Das ist normal. Die Worte sind für die Zeremonie bestimmt, Jani. Ich weiß, was du gesagt hast, aber ich kann es dir nicht erzählen.« Er wirkte amüsiert, als er mein Erschrecken bemerkte. »Sei ganz beruhigt, es war nur Gutes. Andernfalls hätten wir dich natürlich nicht aufnehmen können.«

Ich merkte, dass es sinnlos war, weiter nachzuhaken, und gab mich damit zufrieden. »Was passiert jetzt weiter?«

Er folgte meinem Blick nach oben, zum Himmel, der sich langsam dunkelblau färbte. »Morgen sorgen wir erst einmal dafür, dass die Drachen da oben am Himmel wieder vollzählig sind. Danach … glaube ich, sollten wir dich dem Dorf als neuen Drachenlenker vorstellen. Die Neuigkeit wird ohnehin schnell genug die Runde machen, auch wenn wir nichts sagen, aber so gehört es sich nun mal.« Er seufzte. »Ich werde es Schwalbe erzählen, dann kann sie das Dorf zusammenrufen.«

Ich antwortete nicht. Damit hatte ich nicht gerechnet. Neuer Drachen musterte mich von der Seite. »Ist dir das unangenehm?«

Ich zuckte mit den Achseln. »Macht das einen Unterschied? Es wissen doch sowieso alle, dass ich hier bin.« Doch ich stellte mir vor, wie es sein würde, vor einem vollen Wirtshaus zu stehen, im Zentrum der Aufmerksamkeit. Das hatte ich noch nie gemocht. Und ich fragte mich, wie Mond das finden würde. »Ich freue mich nicht unbedingt darauf«, gab ich zu.

»Ich auch nicht«, antwortete er. »Ich würde gerne wissen, wie Dan das macht … jeden Winter aufs Neue, vor den Augen aller im Dorf. Wohl wissend, was hinter seinem Rücken geredet wird …« Er brach ab, fast ein wenig schuldbewusst. »Aber gut. Mach dir vor allem keine Sorgen, Jani, du musst dich da nicht lange zeigen. Überlass uns das Wort, lass dir gratulieren von denen, die das wollen, und dann mach, dass du wegkommst.«

Ich musste über seinen gequälten Ton lachen. Als ich seine Entrüstung bemerkte, zuckte ich wieder mit den Achseln. »Es ist nur … Mond würde es wunderbar finden. Sie an meiner Stelle.« Ich bewegte ungläubig den Kopf hin und her. »Je mehr Menschen sie ansehen, desto glücklicher ist sie. Wie kann man das nur mögen?«

Neuer Drachen drehte den Becher zwischen seinen Händen hin und her, ehe er ihn austrank und eine Grimasse zog. »Sie mag das, weil sie keine Angst davor hat, was Menschen sehen, wenn sie sie anschauen.«

Das verschlug mir kurz die Sprache. »Ich habe keine Angst vor dem, was sie über mich denken«, sagte ich schließlich.

»Schön.« Neuer Drachen stand seufzend auf. »Dann brauchst du dir auch keine Sorgen zu machen. Na los, Junge, es ist höchste Zeit, dass du ins Bett kommst. Morgen ist ein großer Tag.«

Als ich mühsam aufstand und in mein Schlafzimmer stolperte, wurde mir bewusst, dass das hier jetzt zum ersten Mal wirklich mein Zuhause war. Wehmütig dachte ich an meine Mutter und Tante Meri, die doch recht behalten hatten.

Mein Umzug in den Turm war nicht zeitlich begrenzt gewesen. Und sie hatten es viel früher gewusst als ich.

15

Als wir uns am nächsten Morgen auf den Weg zu der Stelle machten, wo der Drachen hinaufgelassen werden sollte, wartete bereits eine Gruppe Schaulustiger auf dem Platz.

Beide Drachenlenker ignorierten die Dorfbewohner völlig, doch ich konnte es nicht lassen, einen Blick zu riskieren. Ich entdeckte Schwalbe und Dern zusammen mit Lerche, die im Wirtshaus oft beim Kochen aushalf. Und – mein Herz machte einen Sprung – meine Mutter und Tante Meri. Ich winkte ihnen zu, meine Mutter winkte fröhlich zurück.

Wir machten halt und ich bekam die Anweisung, auf die Balustrade zu klettern – die Dorfbewohner verfolgten alles genau. Mit der stabilen Holzspule in einer Hand arbeitete ich mich so schnell nach oben vor, wie ich konnte, bis ich schließlich hoch über ihren Köpfen stand. Dann zog ich den Drachen so weit herauf, dass ich die Verstärkung aus Holz an der Spitze zu fassen bekam.

»Hast du ihn?«, rief Neuer Drachen von unten. »Halt ihn gut fest und wirf die Spule runter. Nicht loslassen, bevor wir es sagen, Jani.«

Mich schauderte vor Anspannung und plötzlicher Angst. Die Erinnerung an das letzte Mal spukte mir immer wieder durch den Kopf, als ich den Drachen losgelassen hatte. Jetzt erst wurde mir der Verlust richtig bewusst. Die Vorstellung, dass so etwas mit meinem Drachen geschehen könnte – mit dem Drachen, in den ich so viel Zeit und Mühe gesteckt hatte –, krampfte mir das Herz zusammen.

All die Energie und Leidenschaft, mit der ich an den Zeichnungen gearbeitet hatte, am Motiv, an der Ausführung! Und die zahlreichen Stunden, in denen ich wusste, dass ich keine Fehler machte, dass alles gut lief. Ich konnte mir nicht vorstellen, das alles von Neuem zu beginnen. Der Drachen war kostbar, wertvoll, und wenn ich ihn jetzt verlöre …

Ich verdrängte den Gedanken, als Alter Drachen und Neuer Drachen rückwärts liefen, bereit, um ihn in den Himmel zu schicken. Ich hielt den Atem an, während ich ihnen zusah. Sie schienen endlos miteinander zu reden, ihre Worte verflogen im Tosen des Windes, der mich gegen die Balustrade drückte. Dann sahen sie endlich zu mir herüber und Neuer Drachen hob die Hand.

Mein Herz klopfte, als ich mich bereit machte und mit beiden Händen den verstärkten mittleren Stock festhielt.

Als ich den Drachen anhob, spürte ich, wie sich die Schnur spannte und die riesige Oberfläche gegen mich andrückte. Ich schlug den rechten Arm um einen Balken der Balustrade und versuchte mich so wenig zu rühren wie möglich. Den Drachen nun wieder mit beiden Händen umklammernd, wartete ich auf das erlösende Signal von Neuer Drachen. »Jetzt, Jani!«

Ich glaube, ich schrie, als ich den Drachen losließ und die gewaltige Fläche aus dünnem Stoff mit einem knatternden Geräusch von mir wegschoss. Durch den plötzlichen Luftzug aus dem Gleichgewicht gebracht, musste ich mich mit beiden Armen am Balken festhalten, um nicht nach unten zu fallen. Dann legte ich den Kopf in den Nacken und wurde Zeuge, wie der allererste Drachen meines Lebens in den Himmel emporstieg.

»Jani!« Scharf schnitt Neuer Drachens Stimme durch mein Staunen und brachte mich schnell wieder zur Besinnung. Sofort schaute ich zu den benachbarten Drachen und kletterte seitlich in Richtung der Drachenschnur eines kleinen blauen Diamanten, um ihn nach rechts zu lenken, außer Reichweite meines roten Dreiecks.

Kurz fürchtete ich, dass ich es nicht schaffen würde, da meine Hände vor Anspannung zitterten. Aber beim dritten Versuch schob sich der blaue, mit goldenen und silbernen Augen übersäte Diamant in einer fließenden Bewegung zur Seite und blieb ein Stück entfernt stehen.

Ich beeilte mich, nach unten zu klettern, wo ich hin und her lief, um die andern Drachen links und rechts zur Seite zu lenken. Inzwischen stieg mein eigener Drachen in den geübten Händen der Drachenlenker mühelos höher und höher. Als ich mich zu ihnen umdrehte, sah ich sie Schritt für Schritt näher kommen, wobei Alter Drachens Füße kaum vom Boden kamen. Nach einer Weile winkte mich Neuer Drachen herbei. »Jani, übernimm von Alter Drachen.«

»Wes …«, sagte Alter Drachen, doch der unterbrach ihn.

»Es reicht, Dan. Wir schaffen das jetzt allein.« Er wandte sich zu meiner Mutter und Tante Meri um, die zögernd näher gekommen waren. »Kann ihn eine von euch nach Hause bringen?«

Tante Meri kam sofort auf uns zu, während Alter Drachen mir mit deutlichem Widerwillen seinen Platz überließ. Er wankte, als er den Handgriff losließ, und wurde genau im richtigen Moment von Tante Meri aufgefangen.

Ich sah ihm besorgt nach, bis Neuer Drachen mich sanft mit dem Ellenbogen in die Seite stieß. »Aufgepasst, Jani. Wir sind noch nicht fertig.«

Meine Sorgen waren schnell vergessen, ich brauchte meine ganze Konzentration, um den Drachen auf die richtige Höhe zu bringen. Erst als die Drachenschnur vollständig abgerollt war und wir das letzte Ende noch etwas besser am Balken befestigt hatten, wagte ich wieder durchzuatmen. Auf einmal bemerkte ich meine Mutter neben mir.

Neuer Drachen hatte sich schützend neben mich gestellt, bereit, mich zu verteidigen, sollte sie etwas Negatives sagen. Doch auch in dem Fall, dass sie betrübt oder enttäuscht gewesen sein sollte, ließ sie sich nichts davon anmerken. Sie schenkte mir ein strahlendes Lächeln. »Ich wollte dir nur als Erste gratulieren, Jani. Zum Steigenlassen deines ersten Drachens.« Sie sah zur Seite, durch die Gasse zum Platz. Ich bemerkte, dass sich eine beachtliche Menschenmenge versammelt hatte. »Und zu deiner Aufnahme. Ich freue mich sehr für dich, Jani.«

Neuer Drachen legte mir eine Hand auf die Schulter und sagte entschieden: »Du kannst stolz auf ihn sein, Kari.«

Seine Stimme war viel härter, als ich gehofft hatte, aber die Freude wich nicht von ihrem Gesicht. »Das bin ich. Wir sind beide furchtbar stolz, Jani. Mein Sohn, bestimmt für die heiligste Aufgabe, die es gibt!« Ihre Arme schlossen sich um mich. »Du bist etwas Besonderes, Jani. Lass dir von niemandem etwas anderes einreden. Du bist genauso, wie du sein musst.«

Als sie mich wieder losließ, meinte neuer Drachen: »Du

begreifst es also endlich. Jetzt, wo dein eigener Sohn derjenige ist, um den es geht. Das ist schon mal etwas, finde ich.«

Dieses Mal zuckte sie bei seinen Worten zusammen. Sie lächelte mir noch einmal zu und bewegte sich rückwärts. »Nur Mut, Junge. Und alles Gute für dich. Und für Euch, Drachenlenker.«

Neuer Drachen sah ihr nach, wie sie schnell zwischen den Häusern hindurch zum Platz zurücklief, wo sich nun das ganze Dorf versammelt zu haben schien. Dann seufzte er tief und blickte mich schuldbewusst an, doch ich konnte ihm nicht böse sein. Wie gerne hätte er diese Worte wohl selbst gehört, als er so alt war wie ich?

»Komm, Junge.« Er schob mich sanft in Richtung Dorfplatz. »Bringen wir es so schnell wie möglich hinter uns.«

◊

Obwohl ich mich vor der Bekanntmachung gefürchtet hatte, war alles nicht so schlimm wie gedacht. Fast das ganze Dorf war im Wirtshaus anwesend, über hundert Männer und Frauen und Kinder, und einen kurzen Moment wurde mir von dem Gefühl so vieler auf mir ruhender Blicke schwindelig. Doch Neuer Drachens Arm lag fest auf meiner Schulter und komischerweise fühlte ich mich dadurch besser, dass er sich ganz offensichtlich ebenso unwohl fühlte wie ich.

In der uns umringenden Gruppe suchte ich nach Menschen, die mir lieb waren. Meine Mutter und Tante Meri waren zu meiner großen Enttäuschung nirgends zu entdecken. Mond stand neben ihren Eltern und lächelte mir zunächst zu, um mir dann aber im Folgenden auszuweichen. Neben ihr standen Mink und Eshi, sie stießen sich ab und zu an und tuschelten offenbar über etwas Lustiges. Monds Eltern wirkten als Einzige unverhohlen stolz. Die anderen verzogen keine Miene, ihr Gesichtsausdruck war ungerührt und respektvoll, während Neuer Drachen das Wort führte, und alle klatschten höflich, nachdem er zu Ende gesprochen hatte.

Zur Feier des Tages wurde ein Getränk herumgereicht und ich war unglaublich erleichtert, dass ich nichts sagen musste, als auf mein Wohl getrunken wurde. Danach verlor sich die Menge rasch. Von rechts und links kamen die Leute, um mich zu beglückwünschen – Monds Eltern als Erste, gefolgt von Mond, die mich umarmte, als wollte sie mich nie wieder loslassen. Danach waren Mink und Eshi an der Reihe, beide übertrieben fröhlich und ehrerbietig, sie machten sich schnell aus dem Staub, als Neuer Drachen Anstalten machte dazwischenzugehen.

Der scheinbar unendliche Strom von Glückwünschen wurde dadurch unterbrochen, dass jemand über den Platz angerannt kam. Neuer Drachen packte mich unsanft und zog mich ohne Umschweife zur Tür, wo Tante Meri außer Atem stehen geblieben war.

Neuer Drachen sah sie an und sie nickte kurz. Mit einem unterdrückten Fluch zerrte er noch fester an mir, während Tante Meri uns über den Platz vorauseilte. »Komm mit, Jani.«

Ich wagte nicht zu fragen, was los war. Ich war mir sicher, die Antwort bereits zu kennen. Wir rannten über den Platz und danach zum Haus, in dem Alter Drachen wohnte. In der Türöffnung blieb Neuer Drachen stehen, atmete ein paar Mal tief durch und trat ein.

Auf Beinen, schwer wie Sandsäcke, folgte ich ihm. Alter Drachen lag mit geschlossenen Augen im Bett. Meine Mutter saß neben ihm und hielt ihm einen Becher an die Lippen, aus dem er unter größter Anstrengung trank. Nach einer gefühlten Ewigkeit ließ sie den Becher wieder sinken.

Neuer Drachens fragender Blick traf den ihren. Sie verbeugte sich und stand auf, um ihm Platz zu machen. Er kniete sich neben das Bett.

Genau in dem Moment, in dem Tante Meri einen Arm um mich legte, öffnete Alter Drachen die Augen. Mir stockte der Atem, als er mir zulächelte. »Jani?«

Tante Meri schob mich sanft nach vorn. Ich kniete mich neben das Bett. Er machte einen äußerst geschwächten und zerbrechlichen Eindruck, seine Augen aber waren so wach wie immer. »Jani, mein lieber Junge, es tut mir leid. Es tut mir leid, dass uns nicht mehr Zeit bleibt …« Er hielt inne, um Atem zu schöpfen, und drückte unerwartet kräftig meine Hand. »Aber ich bin so dankbar, dass ich die Chance bekommen habe, dich kennenzulernen. Und dass ich deinen Drachen am Himmel gesehen habe. Ich bin wahnsinnig stolz auf dich, Junge.«

Ich hielt seine Hand fest und kämpfte gegen die Gewissheit, die mich überkam. »Alter Drachen … Dan …«

Freundlich sagte er: »Nicht weinen, mein lieber Junge. Ich werde über dich wachen. Solange du mich brauchst. Und wenn du mich nicht mehr brauchst, begegnen wir uns wieder.«

Ich nickte, nicht in der Lage, ein Wort hervorzubringen. Er drückte meine Hand ein letztes Mal und wandte sich an Neuer Drachen, dessen Wangen vor Tränen glänzten.

Der Arm meiner Mutter schloss sich um mich. »Komm, Jani.«

Sie versuchte mich sanft hochzuziehen, doch ich sträubte mich, bis sie es aufgab und Neuer Drachen über das Bett hinweg einen hilflosen Blick zuwarf. »Lass ihn ruhig dableiben,« sagte er schließlich.

Meine Mutter protestierte noch einmal leise, aber Tante Meri schüttelte den Kopf und zog sie mit sich, um uns allein zu lassen. Während ich die Hand von Alter Drachen noch immer festhielt, betrachtete ich das Zimmer. Auf dem Schrank neben der Tür und auf dem Tisch neben dem Bett stand eine ganze Ansammlung leerer Fläschchen. Mein Herz zog sich zusammen, als ich den scheußlichen, bitteren Geruch wiedererkannte, der im Schlafzimmer in der Luft hing, und mir schlagartig klar wurde, wie schwer Alter Drachen die ganzen letzten Wochen gekämpft hatte, um nicht zu zeigen, welche Schmerzen er litt.

Neuer Drachen hatte seine andere Hand genommen. Neue Tränen liefen über seine Wangen, als er Alter Drachen auf die Stirn küsste. »Es war eine große Ehre, mit dir arbeiten zu dürfen, Dan«, flüsterte er.

Alter Drachen lächelte. »Die Ehre war ganz meinerseits. Wes … kümmere dich gut um den Jungen!«

Neuer Drachen beugte den Kopf. »Das werde ich. Versprochen.«

»Und, Wes …« Alter Drachen drückte die Hand von Neuer Drachen fest. »Kümmere dich gut um dich selbst. Bitte.«

Neuer Drachen öffnete den Mund, um etwas zu erwidern, brachte aber letztlich nur eine Kopfbewegung zustande. Alter Drachen lächelte ein letztes Mal und drückte noch einmal leicht meine Hand. Danach erschlaffte sein Händedruck und in dem kleinen Zimmer breitete sich vollkommene Stille aus.

Lange rührte sich nichts, bis Neuer Drachen schließlich tief und bebend Luft holte. Ganz langsam erhob er sich und legte Alter Drachen vorsichtig die Hand auf die Brust. Ich bemerkte meine Mutter im Türrahmen, als er um das Bett herum zu mir kam und sich neben mich hockte.

»Jani.« Seine Stimme war kaum mehr als ein Flüstern. »Du kannst ihn loslassen, Junge.«

Ich merkte, dass ich die Hand von Alter Drachen noch immer fest umklammert hielt. Meine Hand zitterte, ich musste mich selbst zwingen loszulassen. Neuer Drachen faltete beide Hände von Alter Drachen auf dessen Brust. Anschließend half er mir vorsichtig auf und umarmte mich.

»Jani …« Meine Mutter betrat das Zimmer, ganz blass und voller Sorge. »Geht es einigermaßen, mein Junge?«

Ich lehnte an Neuer Drachen. Ich verstand nicht, warum ich nicht weinte. Es war vorbei, Alter Drachen war für immer fort. Das war der Augenblick, den ich mehr gefürchtet hatte als sämtliche Ungeheuer der ganzen Welt, und jetzt weinte ich nicht einmal.

Tante Meri kam zögernd herein, als Neuer Drachen vor mir in die Hocke ging, als wäre ich ein kleines Kind. Er legte seine Hände auf meine. »Geht es wirklich, Jani?«

Ich nickte, noch immer grässlich leer. Hinter ihm standen meine Mutter und meine Tante, die mich die ganze Zeit über besorgt beobachteten. Ihre Aufmerksamkeit galt keinen Moment dem reglosen Körper im Bett, dem alten Drachenlenker, um den es eigentlich ging.

Die Erkenntnis traf mich schlagartig. Alter Drachen – der gütigste Mensch, dem ich jemals begegnet war – war tot, und nur Neuer Drachen und mich kümmerte das. Über sechzig Jahre seines Lebens hatte er dafür gegeben, das Dorf zu beschützen, und lediglich zwei Menschen auf der ganzen Welt liebten ihn. Würden ihn vermissen.

Als ich mich in die Arme von Neuer Drachen fallen ließ, wusste ich nicht, wer von uns beiden mehr weinte.

16

Die darauffolgenden Tage kamen und gingen, ohne dass ich viel von ihnen mitbekam. Das Dorf versammelte sich, um Alter Drachen zu beerdigen. Die meisten Menschen hatten genügend Anstand und Mitgefühl, um zu begreifen, wie bedeutend er gewesen und wie groß sein Verlust war, nicht nur für Neuer Drachen und mich, sondern für das ganze Dorf.

Die tröstenden Worte, die ich entgegennehmen musste, waren eine Qual. Jedes Mal, wenn jemand versuchte, mir das Gefühl zu geben, Alter Drachens Tod bedeute nicht das Ende der Welt, war wie eine Beleidigung. Doch ich wusste, dass sie es gut meinten, und gab mein Bestes, um nicht wütend zu werden. Nur die Abende waren erträglich. Nicht weil sie etwa fröhlicher gewesen wären, aber Neuer Drachen und ich teilten dasselbe Leid und immerhin ließ er seine Versuche, mich mit leeren Worthülsen zu trösten, schnell bleiben. Er leistete mir Gesellschaft und das war alles, was ich brauchte.

Sein Name stimmte nicht mehr, überlegte ich nach einigen Tagen, als wir gemeinsam einen Sonnenuntergang betrachteten. Er war jetzt der älteste der zwei verbliebenen Drachenlenker.

Jetzt war ich der Neue Drachen.

Ich betrachtete das harte Gesicht, das in den vergangenen Tagen eine neue Verbissenheit bekommen hatte, von der Seite. »Ich weiß nicht mehr, was ich zu dir sagen soll«, meinte ich. »Ich kann dich nicht mehr Neuer Drachen nennen.«

Er zog seine Augenbrauen hoch: »Nein?« Er lächelte schmerzlich. »Du könntest natürlich Wes zu mir sagen. So heiße ich, weißt du.«

Ich wurde so rot wie die untergehende Sonne. »Natürlich. Das tut mir leid, ich dachte nicht, dass …«

»Macht nichts, Junge«, sagte er. »Alles ist mit einem Mal anders. Es ist schwer für dich, alles zu begreifen. Hab ein wenig Geduld, du wirst deinen Platz schon finden, der Rest kommt von selbst.« Er klang besorgt. »Kann ich etwas für dich tun? Brauchst du Zeit für dich selbst oder willst du lieber, dass ich dir viel Arbeit gebe?«

Ich war zu verblüfft, um zu antworten – verblüfft darüber, dass er von mir eine Antwort darauf erwartete. Die Vorstellung, dass die Welt sich einfach weiterdrehte, war mir noch immer unerträglich. Aber es würde eine Erleichterung sein, etwas zur Ablenkung zu haben. »Ich glaube, ich würde gerne wieder arbeiten.«

»Gut.« Er stand auf und half mir hoch. »Dann machen wir uns morgen wieder an die Arbeit. Und Jani, ich glaube, du solltest deine Mutter und deine Tante besuchen. Sie machen sich Sorgen um dich.«

Das wunderte mich nicht. Seit der Beerdigung hatte ich die

Dorfbewohner nach Möglichkeit gemieden und mich selten außerhalb des Turms blicken lassen. Sie mussten inzwischen richtig beunruhigt sein.

Ergeben folgte ich ihm nach drinnen, als ein entsetzlich hohes Geheul die Abendstimmung zerstörte – lauter und näher als je zuvor.

Ich blieb stehen und sah zu Neuer Drachen – Wes, verbesserte ich mich selbst –, der kurz innehielt. »Sie sind noch immer da. Hartnäckige Tiere.« Seine Worte klangen unbeschwert, doch ich merkte, dass er sich dazu zwingen musste.

Bevor ich etwas sagen konnte, erhob sich die hohe Stimme der Alten Gerda über das Dorf, laut und klagend. Wes fluchte leise. »Ich muss los. Gute Nacht, Junge.«

Ich glaube nicht, dass er meine Antwort noch hörte, als er aus dem Turm stürmte.

◊

Meine Mutter sprang auf, um mich zu umarmen, als ich am nächsten Morgen mein altes Zuhause betrat. »Jani! Bin ich froh, dass du wieder einmal vorbeikommst, Junge.« Sie ließ mich erst nach geraumer Zeit wieder los. Während sie mich auf einen Stuhl drückte, betrachtete sie mich von oben bis unten. »Wie geht es dir?«

Ich gab ausweichend Antwort. Selbstverständlich vermisste ich Alter Drachen sehr, aber ich hatte nur wenig Lust, darüber zu sprechen.

Tante Meri kam hinter ihrem Webstuhl hervor und ließ sich auf dem Stuhl gegenüber nieder. »Du siehst gar nicht schlecht aus«, sagte sie, nachdem sie mich lange gemustert hatte. »Kümmert er sich gut um dich?«

Die Frage überraschte mich. »Natürlich.«

Tante Meri und meine Mutter wirkten beide erleichtert. »So selbstverständlich ist das nicht. Dieser Mann hat dich geschlagen, Jani. Hast du das vergessen? Was auch immer du getan hast, das werde ich ihm nie verzeihen. Dabei war er auch so schon ein grässlicher Mann. Ohne Alter Drachen, um ihn zu zügeln … Ich hatte Angst, dich mit ihm allein zu lassen, wenn ich ehrlich bin.« Ich wollte ihr wütend ins Wort fallen, doch sie ließ sich nicht unterbrechen. »Bis ich beobachtete, wie er dich getröstet hat. Und so herzzerreißend weinte. Da hatte er wieder Ähnlichkeit mit dem Jungen, der er früher war.« Nach einer Weile fuhr sie fort: »Bis zu diesem Augenblick hätte ich nie geglaubt, dass dieser Mann in der Lage ist, jemanden zu lieben.«

Ich war überrascht. »Ihr habt euch geliebt«, sagte ich. »Vor langer Zeit. Oder nicht?«

Ihr Gesicht verzog sich widerwillig. »Das hat er dir erzählt?«

Ich nickte.

Tante Meri seufzte. »Ich liebte den Jungen, der er war. Ein bisschen sonderbar, aber so freundlich und gutherzig … Manchmal erinnerst du mich an ihn, Jani. Aber ich habe selbst gesehen, wie er sich veränderte, und ich empfinde keinerlei Liebe für den Mann, der er geworden ist.«

Ich dachte daran zurück, wie Neuer Drachen – Wes – sich anfangs mir gegenüber verhalten hatte, daran, wie sehr ich mich vor ihm gefürchtet hatte. Kaum vorstellbar. »Vielleicht ist er noch immer derselbe«, sagte ich vorsichtig.

Sie schnaubte laut, aber der Widerwille verschwand langsam aus ihren Zügen. Wir unterhielten uns noch eine Weile und ich ließ mich von meiner Mutter überreden, zum Abendessen zu kommen – ein komisches Gefühl, in sein eigenes Zuhause eingeladen zu werden. Der Nachmittag war schon halb vorbei, als ich mich endlich verabschiedete und über den Platz zurücklief.

»Jani!«

Mond stand in der Eingangstür des Wirtshauses und winkte mir zu. Ich begrüßte sie zurückhaltend, da ich Mink hinter ihr auftauchen sah, dennoch ging ich zu ihr.

»Jani …« Sie wurde schlagartig verlegen. »Ich hatte noch keine Gelegenheit, es dir zu sagen, aber … es tut mir sehr leid. Das mit Alter Drachen. Ich weiß, wie viel er dir bedeutet hat.«

Darauf war wenig zu erwidern. Hinter Mond kam Mink näher und zog sie am Ärmel. »Mond, komm, wir müssen wieder an die Arbeit. Sonst wird deine Mutter noch böse …«

Mein Herz klopfte noch lauter, als hinter ihnen Lon und Eshi hervortraten. Ich lächelte Mond kurz zu und machte mich auf den Weg. »Wir sehen uns später, Mond. Ich muss auch wieder an die Arbeit.«

»Oh, er muss an die Arbeit!« Eshi sprang nach vorn. »Natürlich muss er das. Komm schon, Mond, wir sollten ihn nicht von seiner ach so wichtigen Arbeit abhalten. Nachher vergisst er noch etwas und dann kommen die Ungeheuer!«

Mink und Lon lachten, mein Magen krampfte sich zusammen, als ich auch Mond grinsen sah. Ich spürte auf einmal eine unglaubliche Wut in mir aufkommen. Die Kralle, die Zeichnungen, die die Drachenlenker geheim hielten, sogar vor mir … die unheimlichen Schreie, die Wes solche Angst einjagten, obgleich er sich die größte Mühe gab, das zu verbergen. Sie hatten keinen blassen Schimmer, wovon sie redeten.

»Sie halten sie auf Abstand«, sagte ich laut. »Hört ihr das denn nicht? Das Gejaule und Geschrei, das immer näher kommt? Und Amsel, die …«

Sie lachten noch lauter und meine Wut wuchs. Wie konnten sie das nur lustig finden? »Versteht ihr wirklich nicht … Sie kommen …«

»O nein, Jani!« Mink tat so, als schauderte sie. »Kommen sie? Nachts?«

Mein Gesicht lief rot an, aus Scham und Ärger. Ich flehte Mond an. »Bitte, erzähl ihnen … was ich dir erzählt habe, was ich gesehen habe.«

Alle Augen richteten sich auf sie, doch sie wehrte ab. »Jani, bitte.« Sie klang noch flehentlicher als ich. »Du lässt die Fantasie immer mit dir durchgehen. Da ist nichts, das weißt du doch ganz genau.«

»Aber …« Ich hielt den Mund, als Mink und Eshi scheußliche Grimassen zogen und auf mich zurannten. Ich hatte die Nase voll, sie hörten mir doch nicht zu. »Lasst mal«, sagte ich und machte kehrt.

Schwalbes scharfe Stimme übertönte ihr Gelächter, als ich über den Platz zum Turm zurückrannte.

◊

Ihr Gejohle und Monds verschämte Reaktion auf meine Worte verfolgten mich den restlichen Nachmittag. Wes bemerkte, dass ich in Gedanken ganz woanders war, und fragte mich ein paar Mal, ob etwas nicht in Ordnung sei. Doch als ich nicht darüber reden wollte, ließ er mich in Ruhe.

Als ich am Abend aufbrechen wollte, schien er enttäuscht zu sein, dass ich ihn alleine ließ, wenngleich er keinen Versuch unternahm, mich von meinem Vorhaben abzubringen. Ein wenig verlegen schlug ich ihm vor mitzukommen.

Erschrocken starrte er mich an. »Nein«, erwiderte er entschieden. »Das ist deine Familie, Jani. Was habe ich dort verloren?«

Ich zuckte mit den Schultern. »Ich glaube … Vielleicht würde Tante Meri sich über deinen Besuch freuen.«

Er schnaubte, fast genauso wie sie. »Das ist nicht dein Ernst. Jani, wir haben zwanzig Jahre lang kein Wort miteinander gesprochen. Du glaubst doch nicht wirklich, dass sie mich sehen will?« Er schüttelte den Kopf. »Geh ruhig, Junge. Und sei pünktlich zur Abendrunde wieder da.«

Nur ungern ließ ich ihn zurück, um zu meiner Mutter und Tante aufzubrechen. Sie hatten ein paar Stühle nach draußen gestellt, damit wir in der goldenen Abendsonne essen konnten.

Kaum waren wir fertig mit dem Essen, bog plötzlich die lange Gestalt von Wes um die Ecke. Tante Meri erstarrte. Wes schien sich große Mühe zu geben, sie nicht anzusehen, während sie und meine Mutter sich verneigten, um ihn höflich zu begrüßen. »Jani, es tut mir wirklich leid, dich zu stören, aber ich brauche dich. Wir müssen einen Drachen reinholen.«

Ich entschuldigte mich bei meiner Mutter und stand auf, um ihm zu folgen. Als er sich umdrehte, erklang Tante Meris Stimme. »Wes …«

Er blieb stehen und ich bemerkte, wie sich seine Hände verkrampften. Es dauerte schier endlos, ehe er sich zu ihr umdrehte. »Ja?«

Tante Meri sah mich an. Sofort stand meine Mutter auf und führte mich am Haus vorbei zur Balustrade. Während wir warteten, konnten wir ihre Stimmen hören, verstehen konnten wir nichts. Doch es dauerte nicht lang, bis sie verstummten und Wes mit verbissener Miene wieder um die Ecke bog. Mit großen Schritten stürmte er an uns vorbei und gab mir ein Zeichen, ihm zu folgen.

Ohne ein Wort zu wechseln, holten wir gemeinsam den kleinen grünen Schmetterling herunter und verbrachten den Rest des Abends damit, einen kleinen Schaden zu beheben. Seine düstere Stimmung hellte sich nur sehr langsam auf. Als ich mich endlich zu fragen traute, was denn vorgefallen sei, machte er eine abwehrende Gebärde. Mir war klar, dass ich nichts aus ihm herausbekommen würde.

Es war bereits stockdunkel, als ich zu Bett ging, dabei hatte ich die Stimmen von Mink, Eshi und Mond noch immer im Ohr. Alle meine Bemühungen, sie zu vergessen, sie beiseitezudrängen und schlafen zu gehen, scheiterten. Die Erinnerung an ihr verächtliches Lachen machte mich erneut wütend.

Wütend und ängstlich. Ich wusste mit Sicherheit, dass mehr vor sich ging, als Wes mir erzählen wollte. Das geheimnisvolle Verhalten der Drachenlenker, ihre Treffen mit Baum und seinen Söhnen, die Art und Weise, wie Wes auf das Geschrei aus dem Wald reagierte – das alles zusammen jagte mir auf einmal fürchterliche Angst ein.

Ich fragte mich, was Wes sagen würde, wenn ich ihn darauf anspräche, ob er mir erzählen würde, was wirklich los war. Ich wollte nichts lieber glauben, als dass alles in Ordnung sei, aber ich wusste es besser. Wahrscheinlich würde er sich lediglich fragen, warum ich so überzeugt war, dass etwas nicht stimmte ...

Die Idee, ihm zu beichten, was ich gesehen hatte, verwarf ich auf der Stelle, darüber brauchte ich nicht nachzudenken. Ich konnte die Vorstellung nicht ertragen, dass er wütend auf mich würde.

Ich wälzte mich unruhig im Bett herum. Im Laufe des Abends hörte ich Wes zu Bett gehen, danach lauschte ich den langsam verebbenden Geräuschen aus dem Dorf, bis nur noch der Wind durch die Ritzen pfiff, tief und ebenso unheimlich wie die Schreie aus dem Wald. Die Nacht kroch im Schneckentempo vorbei.

Mit einem Ruck setzte ich mich auf. Natürlich gab es einen Weg, sie zu überzeugen. Mink, Eshi und Mond, die noch immer dachte, dass ich mich wie ein kleines Kind aufführte. Dann würden sie ganz schnell ihren Mund halten und womöglich wieder etwas mehr Respekt vor den Drachenlenkern und ihrer Bedeutung haben …

Mich schauderte und ich schlang die Arme um meinen Körper, wobei ich eine ganze Zeit lang einzig und allein darüber nachgrübelte, ob ich den Mumm dazu hätte. Mond würde keine Sekunde zögern, das wusste ich mit Sicherheit. Und Mink, ihre größte Rivalin in Sachen Unfugtreiben, auch nicht. Manchmal dachte ich, dass alles so viel leichter wäre, wenn ich so wäre wie sie.

Die Nacht zog sich endlos dahin, bis ich mich schließlich dazu durchrang, die Füße neben das Bett zu stellen. Die Dielen knarrten unter meinem Gewicht – viel zu laut in der nächtlichen Stille –, als ich zur Tür schlich, sie öffnete und auf den Gang trat. Ich blieb mit angehaltenem Atem stehen. Was, wenn Wes auch noch wach war? Was, wenn er …

Während ich lauschte, schien eine Ewigkeit zu vergehen, doch es war kein einziges Geräusch zu vernehmen. Er schlief. Ich holte tief Luft und bewegte mich über den Gang zur Dachbodentreppe, die ich Schritt für Schritt hochstieg.

Die Stufen machten fürchterlich viel Lärm und bei jedem knarrenden Schritt krümmte ich mich zusammen und lauschte erneut. Aber ansonsten regte sich nichts im Turm. Endlich erreichte ich mein Ziel und stieß die Tür zur Dachkammer auf.

Ich lachte leise über meine eigene Dummheit. Der Dachboden hatte keine Fenster und war in vollkommene Dunkelheit gehüllt. Selbst wenn es etwas zu finden gäbe, so würde das nie klappen.

Unschlüssig blieb ich stehen, ich kämpfte gegen den Drang, unverrichteter Dinge zurück ins Bett zu schlüpfen. Tagsüber würde sich mir die Gelegenheit niemals bieten. Wes ließ mich in den letzten Tagen selten allein, und wenn es doch geschah, verschwand er selbst auf den Dachboden. Das hier war die einzige Möglichkeit, die ich hatte.

Ganz langsam, mit ausgestreckten Armen, tastete ich mich halb stolpernd vorwärts, bis meine Hände die Leiter zum Dach fanden. Ich zitterte am ganzen Leib und mein Herz schlug wild, als ich nach oben kletterte.

Nach einiger Fummelei gelang es mir mit bebenden Fingern, die Luke zu öffnen. Ich brauchte all meine Kraft, um sie aufzudrücken, bis sie mit einem viel zu lauten Krachen auffiel.

Ich schnappte nach Luft und blieb stocksteif stehen, die Hände krampfhaft um die Leiter geklammert. Ich hatte keine Ahnung, wie viel Zeit verging, ehe ich es wagte, mich wieder zu bewegen. So lautlos wie möglich kletterte ich von der Leiter und schlich zur Tür, um zu lauschen.

Kein Geräusch, keine Bewegung. Der Turm war noch immer still.

Das Licht des fast vollen Mondes fiel nun herein und machte die Ansammlung der Gegenstände und Stoffrollen, die ich hier das erste Mal vorgefunden hatte, sichtbar. Ich atmete einige Male tief durch und fing an, in dem Durcheinander zu suchen. Weiße aufgerollte Leinwände, einige Zeichnungen, die ich nicht wiedererkannte, etwas Kleines, Hartes, an dem ich mir schmerzhaft die Zehen stieß …

Ich hielt den Atem an, als ich es sah. Mein Herz machte einen Sprung und ich beugte mich nach vorn, um die Kralle aufzuheben. Meine Augen suchten die Umgebung nach der Zeichnung ab, auf der das Geschöpf mit dem Vogelkopf und den schreckenerregenden Krallen abgebildet war …

Ein Geräusch, unten. Ich hielt mitten in der Bewegung inne und lauschte.

Zehn Herzschläge. Dann hörte ich es aufs Neue. Knarren.

Knarren auf den Stufen der Dachbodentreppe.

Panikartig suchte ich einen Platz, um mich zu verstecken. Doch ich fand keinen. Die knarrenden Schritte kamen näher und ich wich zurück, bis mein Rücken die Leiter berührte.

Die Leiter!

Ich drehte mich um. Und mit einer Geschwindigkeit, die ich nicht für möglich gehalten hatte, kletterte ich nach oben. Auf dem Dach angekommen, hielt ich wieder inne. Er würde wissen, wohin ich mich davongemacht hatte, meine Situation war ausweglos …

Die Schritte erreichten den Dachboden. Ich eilte zum Dachrand und spähte hinunter.

Der Balkon lag abenteuerlich tief unter mir, doch das würde ich schon schaffen. In Nullkommanichts stopfte ich mein Hemd in die Hose und steckte die Kralle darunter, damit ich die Hände frei hatte. Ich ließ mich über den Rand gleiten und hörte die Leiter in dem Augenblick knarren, in dem ich losließ und in halsbrecherischer Fahrt hinunterfiel.

Ein glühender Schmerz durchfuhr meine nackten Füße beim Aufkommen. Um den Fall abzufangen, ließ ich mich hintenüberfallen. Die Bretter scheuerten unter meinen Händen, als ich mich hochdrückte. In Windeseile suchte ich die Tür und schlüpfte nach drinnen.

Im Gang hielt ich inne und lauschte den Geräuschen von

oben. Wütende Schritte polterten über das Dach. Lautlos glitt ich über den Gang zurück in mein Zimmer, schloss die Tür hinter mir und warf mir die Decke über, während ich ins Bett sprang.

Zitternd und mit klopfendem Herzen blieb ich liegen, erstarrt vor Angst. Nach einer Weile hörte ich Schritte über meinem Kopf, die gleich darauf die Treppe herunterkamen. Dann wurde meine Tür behutsam geöffnet.

Ich zwang mich, gleichmäßig zu atmen, so zu tun, als schliefe ich, während Wes ins Zimmer hieinspähte. Nach einer gefühlten Ewigkeit schloss sich die Tür und es wurde ganz still.

Langsam bewegten sich meine Hände endlich zu dem Gegenstand, den ich in meinem Hemd versteckt hatte. Mein Herz raste noch immer, als ich mich verzweifelt fragte, was ich mir da selbst eingebrockt hatte.

17

In dieser Nacht fand ich keinen Schlaf und es dauerte lange, bis ich mich am nächsten Morgen angezogen hatte und hinunter wagte.

Eine ganze Zeit überlegte ich, wohin mit der Kralle. Am sichersten war es wohl, sie irgendwo in meinem Zimmer zwischen meinen Anziehsachen zu verstecken, allerdings würde ich sie dann nicht so leicht hervorholen können, wenn ich Mond oder einem der anderen begegnete. Schließlich beschloss ich, sie mir mit einem Gürtel um den Bauch zu binden, von Hemd und Hose bedeckt. Bevor ich endlich mein Schlafzimmer verließ, vergewisserte ich mich bestimmt zehn Mal, ob die Kralle tatsächlich gut verborgen war.

Wes war schon beim Frühstücken, als ich herunterkam. Er zog die Augenbrauen hoch. »Du bist spät dran, Junge.«

Ich murmelte eine Entschuldigung und setzte mich auf den Platz ihm gegenüber, aber ich hatte überhaupt keinen Hunger.

Nur mit Mühe bekam ich ein wenig Brot herunter, während ich überlegte, was ich sagen könnte, etwas, was normal klänge. Wes musterte mich eine Weile, dann stand er auf, um aus dem Fenster die Drachen zu betrachten.

»Jemand hat heute Nacht versucht einzubrechen«, sagte er über die Schulter zu mir. »Auf dem Dachboden.«

Ich bekam Panik, gab mir aber Mühe, erschrocken auszusehen. »Was? Aber … wie …«

Er kehrte zum Tisch zurück. »Das frage ich mich auch«, erwiderte er. »Wie konnte jemand hier hereinkommen? Die Tür ist jedenfalls immer abgeschlossen. Und warum?«

Ich brauchte mich nicht groß anzustrengen, um ängstlich zu wirken. »Ist … haben sie etwas mitgehen lassen?«

Er nickte und ließ seinen Blick nicht von mir, bis ich mich furchtbar unwohl fühlte. Ich kam mir nackt vor, als wüsste er ganz genau, was ich versteckte.

»Ja?«, brachte ich hervor. »Was denn?«

Er verschränkte seine Arme und stützte sich auf die Ellenbogen. Seine Augen ließen noch immer nicht von mir ab. Nach einer langen Pause sagte er sehr bedächtig: »Du hast genau eine Chance, mir die Wahrheit zu sagen, Jani.«

Ich öffnete den Mund, ohne die geringste Ahnung, was ich sagen wollte. Ich konnte es leugnen, tun, als wüsste ich von nichts, als wäre ich empört allein schon wegen der Unterstellung, ich könnte so etwas tun … sein durchdringender Blick jedoch verriet mir, dass es zum Lügen bereits viel zu spät war. Ich hatte das nie gut gekonnt und er würde es mir keinen Moment lang abnehmen. Es war zwecklos.

Mit hochrotem Kopf holte ich die grauenhafte Kralle langsam hervor. Ich traute mich nicht, Wes anzusehen, als ich das Ding zwischen uns auf den Tisch legte.

Es blieb einen kurzen Moment vollkommen still. Aus dem Augenwinkel verfolgte ich, wie sich seine Hand nach dem schaurigen, halbmondförmigen Gegenstand ausstreckte und ihn langsam aufhob. Dann stand er auf und kam auf mich zu.

Unwillkürlich krümmte ich mich zusammen. Er packte mich mit einer Hand und stieß mich schmerzhaft gegen die Stuhllehne. Seine Stimme war nach wie vor bedrohlich ruhig, als er sagte: »Schau mich an, Jani.«

Die andere Hand klopfte ungeduldig mit der Kralle auf den Tisch, während ich gehorchte. Seine Augen blitzten vor Zorn, seine Finger krallten sich in meinen Arm und er schüttelte mich grob hin und her. »Verdammt, Junge, was ist nur in dich gefahren? Wie kommst du nur auf die Idee? Du weißt, verflucht noch mal, ganz genau, dass du da nichts zu suchen hast, und dann machst du so etwas ... Dafür! Was willst du damit?« Er knallte die Kralle mit einem Schlag auf den Tisch. »Wie kommst du nur darauf, so etwas zu tun?«

Ich war zu erschrocken, um auch nur ein Wort hervorzubringen. Schließlich ließ er mich los, zog einen Stuhl heran und setzte sich neben mich. Eine Weile fixierte er den scharfen, pechschwarzen Gegenstand, den er in Händen hielt.

»Ich verstehe es nicht«, sagte er, leiser jetzt. »Verflucht, Jani. Du bist so ein lieber Junge. Was ist nur in dich gefahren?«

Ich fing an zu stottern, als ich ihm von Mond und Mink und Eshi erzählte, die mich für meine Angst ausgelacht hatten. Davon, wie wütend und beschämt ich war und wie gerne ich ihnen beweisen wollte, dass ich dieses Mal recht hatte. Er sagte kein Wort, bis ich mit meiner Erzählung fertig war.

Dann betrachtete er wieder die Kralle. »Woher wusstest du, dass sie auf dem Dachboden war? Wie konntest du das wissen?«

Ich wurde noch röter, als ich zugab, früher schon einmal dort gewesen zu sein. Er wirkte verwundert, erneut packte ihn der Zorn. Dann stand er auf, lief ein paar Mal hin und her und stellte sich vor mich hin.

»Ich bin zutiefst enttäuscht von dir, Jani«, sagte er mit einer Stimme, die so hart wie Stein war. »Ich dachte, ich könnte dir vertrauen, mich auf dich verlassen. Aber offenbar ist das nicht der Fall.«

»Es tut mir leid«, flüsterte ich.

Er schnaubte. »Nun. Das ist ein Anfang, aber nicht genug. Es ist mir egal, wie du es anstellst, aber du wirst das Nötige unternehmen, um mich davon zu überzeugen, dass ich dir wieder vertrauen kann.« Er verschränkte die Arme und wartete. Als ich nicht reagierte, sagte er scharf: »Ist das klar?«

Ich nickte, traute mich aber immer noch nicht, den Kopf zu heben. »Wie soll ich das anstellen?«

Er wandte sich zum Gehen. »Das ist mir gleich. Lass dir was einfallen. Du bist derjenige, der mein Vertrauen missbraucht hat, Jani. Also überleg dir, wie du es wiedergutmachen kannst.«

Er drehte sich nicht mehr um, während er mit wütenden Schritten zur Treppe ging. Es polterte über meinem Kopf, als er zum Dachboden hochstieg und mich allein ließ.

◊

Der Rest des Tages war eine Tortur. Wes hatte mir am Tag zuvor das Buch von Nari gegeben, um es in den Arbeitspausen zu studieren. Nun war es das Einzige, was er mir heute zu tun gab. Die Rundgänge machte er alleine. Auch der Drachen, den wir am Vortag repariert hatten, blieb liegen – er brauchte meine Hilfe und die lehnte er ab.

Ich hatte mir mit meinem Stuhl einen Platz in der Ecke gesucht, möglichst außer Sichtweite, und versuchte, das Buch zu lesen. Nach der Hälfte des Nachmittags war ich über die ersten zwei Seiten nicht hinausgekommen. Immer wieder musste ich an die Kralle denken, daran, was da draußen war, daran, wie wütend Wes auf mich war …

Die Stunden schienen vorbeizukriechen, bis ich es nicht länger aushielt. Widerwillig, aber entschlossen stieg ich die Treppe zum Balkon hinauf.

Wes hielt Ausschau über das Dorf und beachtete mich nicht, als ich mich zu ihm stellte. Ich hielt mich am Geländer fest und nahm all meinen Mut zusammen. »Es tut mir leid«, sagte ich. Ich hörte das Zittern meiner eigenen Stimme. »Ich weiß nicht, was ich sonst noch sagen soll. Ich werde so etwas nie wieder machen.«

Wut oder Abneigung zeichneten sich auf seinem Gesicht ab, das ließ sich nicht mit Sicherheit sagen. Er sagte jedoch kein Wort und sah ungerührt vor sich hin.

Ich folgte seinem Blick zum Waldrand. »Du hast mich angelogen«, sagte ich. »Du hast gesagt, dass es nur ein Phönix ist.«

Seine Hände umklammerten das Geländer. Dann ließ er den Kopf mit einem unterdrückten Fluch hängen, richtete sich auf und wandte sich endlich mir zu. »Verdammt, Jani«, sagte er. »Was für Idioten sind wir doch, du und ich. Alle beide.«

Ich starrte ihn sprachlos an. »Du hast vollkommen recht. Verdammt, vollkommen recht, und eigentlich darf ich dir nicht mal böse sein. Ich hätte damit rechnen müssen … aber ich hatte überhaupt keine Ahnung, dass du so eine Angst hast, Junge.«

Mir fehlten die Worte. Endlich würde ich mit ihm reden

können. Was für eine abgrundtiefe Erleichterung, nach dieser ganzen Zeit mit jemandem meine Angst teilen zu können.

Er zog die dunkle, gebogene Kralle, die ich in der Nacht gestohlen hatte, aus seiner Hosentasche und drehte sie einige Male in den Händen hin und her. »Du weißt, was das ist?«

Ich schüttelte den Kopf.

Er seufzte. »Aber du glaubst zu wissen, was es ist.«

Mein Blick glitt über den dunklen Waldrand. »Etwas, was sich dort befindet.«

»Und das hat dir Angst gemacht.« Er umklammerte die Kralle und wandte sich mir zu. »Und niemand wollte dir zuhören. Und du hast dich nicht getraut, mit mir darüber zu reden, weil … du dachtest, dass ich dich anlügen würde. Dass ich bloß behaupten würde, alles wäre in Ordnung. Und dass ich dich genauso wenig ernst nehmen würde wie all die anderen.« Ich nickte. Er lachte verbittert. »Und ich besitze die Unverschämtheit, dir zu sagen, dass du mein Vertrauen missbraucht hast.« Wes legte einen Arm um mich und führte mich sanft, aber entschieden zur Balkontür. »Komm bitte mit mir, Jani. Da ist etwas, was ich dir zeigen muss.«

◊

Das Sonnenlicht flutete durch die geöffnete Luke, als wir uns auf dem Dachboden, eine Menge Gegenstände zwischen uns, gegenübersaßen.

Wes tickte mit dem Finger gegen die gefährliche Kralle. »Die haben Baum und Dan gefunden, weit hinter der Waldgrenze«, fing er an. »Vor einer ganzen Weile. An dem Tag, als er in den Wald ging, dem Tag, als Amsel dort getötet wurde.« Er legte die Kralle hin und entrollte bedächtig eine der Leinwände, die ich früher schon gesehen hatte. »Und nicht nur das, sondern auch einen Teil, der von dem Tier übrig geblieben war. Das war nicht wahnsinnig viel. Es hat eine ganze Weile gedauert, bis wir dahinterkamen, was es war.«

Die abschreckende Zeichnung entrollte sich zum dritten Mal vor meinen Augen. Ich schnappte nach Luft. »Was ist das?«

Er zeigte auf einige kleine Wörter am oberen Rand, die mir vollkommen entgangen waren. »Das ist die Kralle eines Greifs. Was Baum da gefunden und Dan gezeigt hatte, war ein Greif.«

Greif. Das Wort kam mir aus den Geschichten, die ich so oft gehört hatte, entsetzlich bekannt vor. Der Körper eines Löwen, Flügel und Krallen eines Adlers, wild und furchterregend … »Das also ist es?«, flüsterte ich entsetzt. »Was immer dieses Geräusch macht?«

Wes sah mich mitfühlend an und legte die Zeichnung beiseite. »Nein, Jani.« Er griff wieder zur Kralle und drehte sie in den Händen. »Es war ein Greif. Von dem, als ich ihn endlich fand, nur noch ein klitzekleiner Rest übrig war. Er wurde zermalmt, zerrissen.« Er legte die Kralle hin. »Was dort herumläuft, ist ein Wesen, das so etwas mit einem Greif anstellen kann.«

»Was?« Ich war von dem fürchterlichen, messerscharfen Gegenstand und der Zeichnung wie gebannt und versuchte mir vorzustellen, wie groß das Tier in Wirklichkeit sein musste. »Aber … was kann das sein? Und warum haben wir es bisher nicht gesehen?«

Wes lächelte und zeigte nach oben. Ich war zutiefst beschämt, als ich durch die Luke hindurch die Drachen entdeckte. »Natürlich«, murmelte ich. »Aber … was ist es? Kein Phönix, das kann nicht sein …« Ein anderer, noch entsetzlicherer Gedanke überfiel mich. »Alte Amsel …?«

Sein Lächeln verschwand und er wiegte langsam den Kopf hin und her. »Möglicherweise treiben sich Phönixe im Wald herum … wer weiß … aber das ist das Werk eines anderen Wesens.« Ein Schatten legte sich auf sein Gesicht. »Und Amsel … Ich glaube, du weißt schon längst, wie sich alles zugetragen hat. Nein, es war kein Unfall. Armer Baum, der die Schuld dafür auf sich nehmen musste …« Sein Blick fiel wieder auf den Stapel Zeichnungen. »Es war etwas ganz anderes, etwas, was niemand zurückhalten konnte. Es packte sie, als sie zu tief in den Wald hineingegangen war. Baum und Habicht hörten sie schreien; als sie sie endlich fanden, war es bereits zu spät. Sie holten Dan dazu, der den Wald absuchte. Er fand nur den Greif, aber der war schon seit Tagen tot. Vielleicht auch schon Wochen.«

Mir grauste. Wes bemerkte es und bekam auf einmal einen verbissenen Ausdruck. »Jani, wenn es dir irgendwie hilft – er hat sogar mich angelogen. Erst als ich auf eigene Faust Nachforschungen im Wald anstellte, als er zu schwach wurde, um so weit zu laufen, wurde mir klar, wie alles zusammenhing.«

Ich konnte es kaum glauben. »Aber … gibt es sonst niemanden, der die Wahrheit kennt? Niemanden, der weiß, was wirklich mit Amsel passiert ist, was dort jetzt … Nur du?«

»Nur ich. Und Baum und Habicht.« Er zeigte auf mich. »Und jetzt du. Die Wirtsleute vermuten natürlich etwas, aber sie halten den Mund und vertrauen darauf, dass wir unsere Arbeit machen. Das restliche Dorf ist ahnungslos.«

Er konnte mir die Angst ansehen und seufzte. »Hör zu, Jani. Ich glaube, ich hätte dir schon viel eher die Wahrheit sagen sollen, und ich kann gut verstehen, dass du deswegen sauer bist. Aber in einer Sache hatte Dan vielleicht recht. Welchen Sinn macht es, ihnen zu erzählen, was dort im Wald haust? Wir wissen nicht einmal, was es ist, und es gibt niemanden, der etwas dagegen ausrichten kann. Was haben wir davon, wenn Panik ausbricht?« Reglos sah er vor sich hin. »Das Einzige, was wir tun können, ist, die Drachen in der Luft zu halten.«

Ungläubig starrte ich ihn an. »Aber ... du lügst sie einfach an. Du tust so, als wäre alles in Ordnung, während sie ... während Amsel ... wie kannst du das geheim halten?«

»Ich weiß.« Er fuhr sich übers Gesicht. »Ich weiß, Jani. Ich war genauso wütend darüber wie du, glaub mir. Und ehrlich gesagt ... Ich weiß nicht, ob es richtig ist, mit der Wahrheit hinterm Berg zu halten.« Er lachte traurig. »Auf die Art und Weise hat Dan das immer gemacht. Vielleicht weil er schon so lange Drachenlenker war, weil er es gewohnt war, dass die Sicherheit so vieler Menschen von ihm abhing. Er versuchte, alle zu beschützen, indem er die Last ganz alleine auf seinen Schultern trug. Sogar uns hat er nicht die Wahrheit erzählt.« Er seufzte wieder. »Und hatte er nicht recht damit? Warum sollte man Menschen noch mehr verängstigen, als sie es ohnehin schon sind?«

Ich sah ihn nur an, bis er den Blick senkte. »Jani, ich weiß«, sagte er. »Ich glaube nicht, dass das meine Art ist. Und sei es nur, weil es überhaupt nicht geholfen hat. Dir hat es jedenfalls bloß das Gefühl gegeben, dass du mir nicht vertrauen kannst. Also.« Er legte alles beiseite. »Was hältst du davon: keine Geheimnisse mehr. Nicht von deiner und nicht von meiner Seite. Klingt das gut?«

Er meinte es ernst. Dankbar nickte ich. »Einverstanden.«

»Also gut«, sagte er mit einem Lächeln. »Ich werde alle deine Fragen beantworten, soweit ich kann. Was willst du wissen?«

Darüber musste ich nicht nachdenken. »Was ist es? Was das Geräusch macht und was den Greif getötet hat?«

Seine Miene verdüsterte sich sofort. »Die Frage war zu erwarten, klar. Junge, das wissen wir nicht.« Er suchte in dem Haufen Rollen herum und zog eine hervor. »Was auch immer es ist, wir haben es noch nie zu Gesicht bekommen. Zum Glück, glaube ich. Aber Baum und sein ältester Sohn Nial haben im Wald Spuren gefunden, obwohl wir nicht sicher wissen, ob die von dem Greif stammen oder von etwas anderem.«

Mir stockte der Atem, als er die Leinwand entrollte und mir ein neues grauenhaftes Tier zeigte – ein lang gestrecktes, schlangenartiges Wesen mit großen Flügeln. »Ein Drache?«

Er versuchte mich zu besänftigen, als er meine Angst bemerkte. »Das ist nur eine Möglichkeit, Jani. Und vielleicht auch nicht, wir haben bis jetzt noch nichts entdeckt. Es ist nicht sehr wahrscheinlich, dass sich Drachen im Wald aufhalten, sonst hätten wir sie schon längst bemerkt. Immerhin fliegen sie.«

Ich konzentrierte mich wieder auf die erste Zeichnung. »Greife haben auch Flügel.«

Er stimmte widerwillig zu. »Ja, aber das war nur ein einzelner. Es kann sein, dass wir ihn übersehen haben. Das hier … was es auch sein mag, ist jetzt schon seit Wochen hier und es ist mehr als eins. Der Wald ist so dicht, dass sie da nicht landen können, also wie sind sie dann hierhergekommen?«

Das war wenig beruhigend. »Selbst wenn es keine Drachen sind … es muss trotzdem etwas sehr Großes und Gefährliches sein. Wenn es einen Greif zerreißen kann …« Er nickte düster. »Ja. Du hast recht, Junge.« Schnell rollte er die Leinwände wieder auf. »Aber vorerst wissen wir nichts. Baum und seine Söhne gehen nicht weit in den Wald hinein, nicht nach dem, was mit Amsel passiert ist. Es tut mir leid, ich kann dir keine Antwort geben.«

Er sah mich erwartungsvoll an, während ich all meinen Mut für die nächste Frage zusammennahm. »Sind sie gefährlich? Sind wir sicher?«

»Natürlich sind wir sicher«, sagte er sofort, doch sein Versuch, mich zu beruhigen, wollte nicht so recht gelingen. Er strich sich müde über die Augen. »Keine Geheimnisse«, sagte er gequält. »Nun, das hat ja nicht lange gedauert. Ich glaube, ich verstehe Dans Entscheidungen auf einmal etwas besser. Verdammt, ein Kind deines Alters sollten solche Sorgen nicht belasten.« Er holte tief Luft und blickte mich wieder an. »Gut, Jani. Die Wahrheit. Ich glaube nicht, dass du Angst haben musst. Immerhin ist das der Grund, warum wir die Drachen haben, wofür wir unsere Arbeit machen. Um uns gegen all das Böse zu beschützen, gegen alle Gefahren von außerhalb.«

Er verstummte, doch damit gab ich mich nicht zufrieden: »Warum machst du dir dann Sorgen?«

Er zuckte etwas zu unbekümmert mit den Achseln. »Weil wir seit Menschengedenken nichts Gefährliches mehr in der Nähe hatten. Weil das, was auch immer da draußen herumläuft, uns über hundert Jahre in Ruhe gelassen hat. Und jetzt auf einmal nicht mehr.«

Eine jähe Angst überfiel mich. »Du glaubst doch nicht, dass die Drachen ihre Aufgabe nicht mehr erfüllen?«

»Nein.« Er antwortete, ohne zu zögern. »Nein, natürlich glaube ich das nicht. Die letzten Male ist ja auch nichts Schlimmes passiert. Sie können nicht hierherkommen. Doch es bleibt … merkwürdig.« Sein Mund kräuselte sich zu einem kleinen Lächeln. »Dan sagte immer, dass ich mir viel zu leicht Angst einjagen ließe. Viel zu viel Fantasie habe für einen einzigen Menschen. Genau wie du, glaube ich. Wahrscheinlich ist da gar nichts, vor dem wir uns fürchten müssen, Jani.«

Dieses Mal glaubte ich ihm und war endlich ein wenig beruhigt. Er stand auf und fing an, alles wegzuräumen. »Oder wolltest du noch mehr fragen?«

Ich zögerte kurz, überlegte aber, dass ich nicht so schnell wieder die Möglichkeit haben würde, so viele Antworten aus ihm herauszubekommen. Die Gelegenheit war günstig und ich ergriff sie. »Was hat Tante Meri gestern zu dir gesagt?«

Seine Hände stockten mitten in der Bewegung. Ich rechnete nicht mit einer Antwort, bis er tief Luft holte. Seine Gesichtszüge schienen verändert, die scharfen Linien waren verschwunden. »Sie hat mich gefragt … ob ich sie vermisst habe.«

Mehr sagte er nicht, er schien meilenweit entfernt. Vorsichtig fragte ich nach: »Und?«

Seine Augen schienen zu glänzen, als er mich endlich ansah. »Jani …« Er schüttelte langsam den Kopf. »Manchmal ist es besser, man lässt die Vergangenheit ruhen. Seitdem ist viel zu viel geschehen. Es kann nie wieder so werden, wie es mal gewesen ist.« Endlich hatte er die letzten Sachen aufgeräumt und gab mir einen kleinen Schubs in Richtung Tür. »Komm schon, wir müssen wieder an die Arbeit. Ich brauche deine Hilfe beim Rundgang.«

Wir waren fast unten, als mir klar wurde, dass er meine letzte Frage nicht beantwortet hatte. Aber noch bevor ich Gelegenheit bekam, etwas zu sagen, ertönte ein lautes Klopfen an der Tür.

Ich erschrak, als sich die Tür öffnete und Baum in die Werkstatt stürzte, seinen ältesten Sohn im Schlepptau.

18

Was …« Wes blieb wie angenagelt stehen, alle Farbe wich aus seinem Gesicht. Kurz dachte ich schon, er würde zurück nach oben laufen. Dann fasste er sich und ging mit großen Schritten auf Nial zu, der sich kaum auf den Beinen halten konnte und auf seinen Vater stützte. Seine Hose war zerrissen und sein Hemd hing in Fetzen an ihm herunter, die Kleidung sowie der rechte Arm waren voller Blut. Während Wes zu ihnen ging, rief er mir über die Schulter zu: »Jani, hol Lerche. Oder Schwalbe.« Er machte heftige Handbewegungen, als ich bestürzt stehen blieb. »Sofort, Junge!«

Ich rannte aus der Werkstatt, über den Platz zum Wirtshaus. Als ich sowohl von Schwalbe als auch von Lerche dicht gefolgt zurückkam, hatten sie den Jungen mit dem Rücken zur Wand auf einen Stuhl gesetzt. Vorsichtig versuchte Wes Nials Hemd – oder das, was davon übrig war – auszuziehen. »Was ist passiert?«, fragte er Baum.

»Wir haben es gesehen.« Baum, dieser riesige, breitschultrige Holzfäller, zitterte am ganzen Körper. »Besser: Er hat es gesehen und wurde von ihm angefallen. Aber es ist geflohen, als ich darauf zurannte. Ich konnte nichts richtig erkennen.«

Nial versuchte etwas zu sagen, doch Wes hielt ihn zurück. »Immer mit der Ruhe, Junge. Das kann warten.« Er machte Platz für Lerche, die beste Heilerin des Dorfes, und brachte Baum dazu, sich ebenfalls hinzusetzen. »Alles halb so schlimm. Das wird schon wieder.«

Baum schaute an ihm vorbei zu Lerche, die sich bereits mit Schwalbe zusammen an die Arbeit gemacht hatte. »Er hat recht, Baum«, sagte sie kurz, während sie Nials Arm und Oberkörper untersuchte. »Aber bei allen lieben Geistern, wer oder was hat das getan?«

Ich konnte den Blick nicht von Nial wenden. Sein Arm, Hals und Oberkörper waren übersät mit tiefen Kratzern und Schnitten, als hätte ein Paar riesengroßer Krallen ihn aufgerissen. Geschwächt lehnte er sich zurück, schwer atmend, mit fest geschlossenen Augen, während Lerche versuchte, die Blutungen zu stillen.

»Drachenlenker …« Baum packte Wes am Arm. Erschrocken von der plötzlichen Bewegung machte Wes einen Schritt zurück. »Er hatte Spuren auf dem Boden gesehen. Lass uns machen, dass wir hier wegkommen, rief ich ihm zu, doch er folgte ihnen. Er lachte, als ich versuchte, ihn zurückzuhalten.«

Nial öffnete die Augen. »Werden beschützt …«, murmelte er.

»Verdammt, Junge!« Baum sprang zornig auf und lief zu seinem Sohn. Er überragte ihn wie ein wütender Riese. »Im Dorf sind wir beschützt! Der Wald ist noch immer furchtbar gefährlich, wie oft habe ich dir das nicht gesagt? Warum hörst du nicht auf mich? Oh, verdammt, warum habe ich dir nur nicht erzählt …«

Nial krümmte sich weiter in sich zusammen. Mit einem tiefen Seufzer zog Wes Baum zurück auf den Stuhl. »Er dachte, er wäre in Sicherheit«, sagte er beruhigend. »Es ist noch nie etwas passiert. Er dachte, das bedeutet, dass nichts passieren kann.«

Nial bewegte leicht den Kopf. »Es tut mir leid, Vater …«

»Oh, liebe Geister …« Baum schlug die Hände vors Gesicht. Wes zog einen Stuhl heran und setzte sich neben ihn. »Und dann?«, fragte er nach. »Was passierte dann?«

Baum schüttelte den Kopf und ließ die Hände kraftlos sinken. »Ich rief nach ihm, er solle kommen, doch er ging weiter. Und dann … hörte ich ihn schreien …« Der Holzfäller machte eine kurze Pause, ehe er fortfuhr. »Als ich zu ihm rannte, hockte etwas auf ihm. Ich schrie und schwang mein Beil und es verschwand zwischen den Bäumen. Als ich ihn erreichte, war es bereits fort.« Er sah Wes fast flehentlich an. »Drachenlenker, wir waren nur am Rand des Waldes. Wir gehen wirklich nicht mehr weit hinein, seit Amsel … Und jetzt hat es ihn …«

»Es wird alles gut«, sagte Wes, dem es deutlich schwerfiel, die Fassung zu wahren. »Beschreib es mir. Wie groß war es?«

»Groß.« Baum erschauderte, ehe er fortfuhr. »So groß wie ich. Wie ein Hirsch vielleicht, aber mit dem Körper eines Bären oder eines –«

»Wolfs.« Nials schwache Stimme brachte ihn zum Schweigen. »Riesige Zähne. Rote Augen …«

Wes starrte den Jungen an. Dann stand er auf und trat zu Nial. Er schien die furchtbaren Wunden nach etwas abzusuchen, eindringlich sagte er: »Lerche, kannst du erkennen, ob er gebissen wurde?«

Verdutzt schaute sie ihn an. »Nein, Drachenlenker«, antwortete sie schließlich. »Das Tier hat die Haut mit den Krallen aufgerissen, aber es hat ihn nicht gebissen.«

Wes rang die Hände und holte tief Luft. »Gut«, sagte er leise. »Baum? Was waren das für Spuren, die ihr gefunden habt?«

Ich hörte an seiner Stimme, dass er eine Vermutung hatte. Zögernd kam ich näher, nicht in der Lage, an mich zu halten. »Wes? Was ist es?«

Ungeduldig wehrte er ab. »Nicht jetzt, Jani. Baum, die Spuren?«

»Groß.« Baum breitete die Arme aus – fast einen Fuß lang. »Ich dachte zuerst, es wären Fußspuren von Menschen, bis ich sie genauer untersuchte. Die Spuren hätten auch von Wölfen stammen können. Doch sie waren größer. Riesig ...«

Sogar Baum zuckte zusammen, als Wes laut und aus tiefster Seele fluchte. Der Baumfäller wirkte bestürzt. »Drachenlenker ...«, flüsterte er.

Wes' Miene verdüsterte sich, er ließ sich langsam auf einen Stuhl nieder. »Mögen die Geister uns bewahren.« Seine Stimme hatte ihre ganze Kraft verloren. Niemand sagte ein Wort. »Jani, hol mir bitte etwas zu trinken.« Müde fuhr er sich mit einer Hand übers Gesicht. »Etwas Starkes.«

◊

Eine ganze Weile später saßen wir zu sechst um einen der Tische herum. Nial schien sich schon ein klein wenig erholt zu haben, auch wenn er noch immer von Baum und Schwalbe gestützt werden musste. Letztere hatte versucht, mich wegzuschicken, doch Wes hatte mich verteidigt, als ich sagte, dass ich bleiben wollte. Sein besorgter Blick verriet mir, dass er mich auch viel lieber außer Reichweite gehabt hätte, aber er hielt sich an sein Versprechen. Keine Geheimnisse.

Die Anspannung war zum Greifen, als Wes eine der Leinwände ausrollte, die er vom Dachboden geholt hatte. Nial wurde noch blasser, als er erkannte, was auf der Zeichnung abgebildet war.

»Das ist es«, flüsterte er. Er klang, als würde er gleich ohnmächtig werden.

Ich war zwar erschüttert, doch weniger verängstigt als erwartet. Tatsächlich glich die Zeichnung einem Wolf – so wie ich mir das Wesen immer vorgestellt hatte, wenn ich den unheimlichen Geschichten von Alter Drachen zuhörte. Wild, schwarz wie die Nacht, mit blutroten Augen und Zähnen, die funkelten wie Messer. »Was ist das?«, fragte ich atemlos.

Wes schlug die Arme übereinander und stützte sich auf den Tisch. Er schien sich unter den bohrenden Blicken der Anwesenden unwohl zu fühlen. »Alte Rote Augen«, sagte er, seine Worte klangen unnatürlich laut.

»Alte …?« Lerche unterbrach sich argwöhnisch. »Ist das nicht … Oh, bei allen lieben Geistern, bewahre uns.«

»Genau.« Wes fuhr fort. »Die Wölfe, die Nari und ihr Volk anfielen. Der furchtbare Angriff, der dazu führte, dass sie die Drachen bauen mussten.« Er holte einige Male tief Luft und sprach ruhig und bedächtig weiter, es klang, als versuchte er, Alter Drachens Tonfall nachzuahmen. »Man erzählt sich, dass zunächst eines dieser Wesen kam. Es versuchte, die Kinder auf den Feldern in die Fänge zu bekommen, wurde dabei aber von den Dorfbewohnern gejagt und getötet. In manchen Geschichten heißt es, dass das Wesen die Gestalt eines Mannes angenommen hatte, um sich zu nähern, und sich erst in einen Wolf verwandelte, als es zu flüchten versuchte.« Er blickte Baum vielsagend an, doch dieser schien nichts zu merken. Er war noch blasser als Nial. Verängstigt starrte er auf die vor ihm liegende Zeichnung.

»Man erzählt sich, dass es sich wieder in einen Mann verwandelte, als sie es töteten«, flüsterte Nial schwach.

Wes nickte. »Das stimmt. Ob es sich um Menschen oder Wölfe handelt ... wir wissen es nicht und es macht auch keinen Unterschied. Es sind Ungeheuer. Das eine wurde also getötet und die Menschen wähnten sich in Sicherheit ... bis zum ersten Angriff. Sie schafften es aufs Neue, die Wölfe zu verjagen, doch sie kehrten zurück, bis die Geister uns endlich zu Hilfe kamen.« Er schien zu zögern, ehe er fortfuhr. »Man sagt, dass sie sich für ihren Artgenossen rächen wollen. Dass sie nicht eher ruhen, bis sie ein Opfer gefunden haben, das ihn ersetzt. Wenn du von einem von ihnen gebissen wirst ...«

Baum schlug einen Arm um Nial, der kreidebleich wurde und auf seinem Stuhl hin und her schwankte. »Liebe gute Geister«, flüsterte er. »Aber ... er wurde nicht gebissen, nicht wahr? Da bist du dir sicher?«

Lerche nickte, die Augen unverwandt auf die schauderhafte Zeichnung gerichtet. »Ich konnte keine Bissspuren erkennen.«

»Wenn er gebissen worden wäre, hätten wir das inzwischen gemerkt«, sagte Wes. Mit zitternden Händen schenkte er sich und den anderen noch einen Becher Branntwein nach. »Er ist in Sicherheit, ihr habt unglaublich viel Glück gehabt. Tagsüber sind sie nicht stark. Wenn es nach Sonnenuntergang gewesen wäre ...« Er beendete den Satz nicht. »Ihr müsst euch vom Wald fernhalten. Das ist viel zu gefährlich.«

»Das wissen wir doch«, sagte Baum mit einem verzweifelten Ausdruck. »Oh, verflucht, und ob wir das wissen.«

Wes schien in Gedanken weit weg zu sein. Nach einer Weile

fragte er mich über den Tisch hinweg: »Alles in Ordnung, Jani?«

Ich bejahte, auch wenn ich nicht ganz überzeugt war. »Hier im Dorf sind wir doch sicher? Sie können doch nicht hierherkommen?«

Er lächelte aufmunternd. »Natürlich nicht, Junge, die Geister beschützen uns. Solange wir im Dorf bleiben, wird alles gut.«

»Drachenlenker …«, warf Schwalbe angstvoll ein. »Sind die Felder beschützt?«

Ein Schock fuhr durch die versammelte Gesellschaft und ich erkannte an Wes' Reaktion, dass auch er nicht daran gedacht hatte. Er öffnete und schloss den Mund, ohne etwas zu sagen.

»Um Himmels willen, Ihr …« Sie atmete tief durch. »Es tut mir leid, Drachenlenker. Aber meine Tochter ist da draußen! Wisst Ihr sicher, dass sie dort nicht in Gefahr ist? Könnt Ihr das versprechen?«

Lerche schlug sich mit der Hand vor den Mund. »Mink …«, flüsterte sie.

Wes blieb ganz ruhig sitzen, den Blick auf den Tisch gerichtet. »Ich weiß es nicht«, sagte er nach einer unerträglich langen Pause. »Ich wünschte, ich wüsste es, Schwalbe. Die Drachen beschützen das Dorf, ob sie jedoch auch die Felder beschirmen … ich wage es nicht mehr mit Sicherheit zu sagen.«

Schwalbes gebräuntes Gesicht wurde kreideweiß und sie sprang auf. »Ich muss sie holen«, sagte sie. Sie zog Lerche von ihrem Stuhl. »Jetzt, sofort.«

Wes nickte nur, während die beiden Frauen aus der Werkstatt stürmten, gefolgt von Baum und Nial, um das restliche Dorf zu warnen.

◊

Ich fühlte mich erleichtert und eigentlich ziemlich vergnügt, als alle Kinder von den Feldern zurückgerufen wurden und auf dem Platz zusammenströmten. Mond wurde von ihrer Mutter sofort nach drinnen gebracht, sodass ich nicht die Chance hatte, mit ihr zu reden. Doch ihr Blick sowie der von Mink und allen anderen sagte mehr als genug.

Ich hatte recht gehabt und sie wussten es. Endlich wussten sie es. Es war ein befriedigendes Gefühl, das sich im völligen Widerstreit mit der Angst befand, die von mir Besitz ergriffen hatte. Zur gleichen Zeit war ich sauer – wütend sogar. Nial hatte von nichts gewusst und wäre beinah von den Alten Roten Augen gefasst worden. Und Mond und alle anderen, die jeden Tag einfach wieder aufs Feld geschickt worden waren, wochenlang ... Was hätte da nicht alles passieren können?

Meine Mutter und Tante Meri wichen mir nicht von der Seite, während wir uns im Wirtshaus ganz nach vorne setzten. Wes nahm den Platz ein, auf dem Alter Drachen so oft gesessen hatte, der Stuhl, auf dem er von Greifen, Drachen und anderen ungeheuerlichen Wesen erzählt hatte, die in der Welt da draußen umherstreiften. Geschichten, die die meisten Menschen nicht wirklich geglaubt hatten – bis jetzt.

Während Wes den Dorfbewohnern erzählte, was ich schon wusste, herrschte eine tiefe Stille im Wirtshaus, die nur ab und zu von einem Seufzen oder leisen Gemurmel unterbrochen wurde. Ich konnte heraushören, wie niedergeschlagen er war. Nicht nur, weil er es fürchterlich fand, dort zu sitzen und von allen angeglotzt zu werden, sondern auch wegen der fast greifbaren Wut seiner Zuhörer.

Dern war der Erste, der zum Ausdruck brachte, was alle

dachten. »Drachenlenker, Ihr sagtet, dass es sich um einen Phönix handelt. Einen verirrten Feuervogel. Nichts Gefährliches.«

Wes sah mich kurz an, bevor er Dern antwortete. »Das ist, was wir glaubten. Ich muss mich aufrichtig entschuldigen, Wirt. Bei euch allen.«

Sogar jetzt log er sie an. Doch ich begriff, warum. Wenn er in diesem Moment die Wahrheit gesagt hätte, würde ihm niemand mehr auch nur ein Wort glauben.

Ihr Gemurmel ging in Stimmengewirr über, als Neuer Drachen meinte, am besten wäre es, wenn alle den Feldern fernblieben. Auf einmal kamen von überallher Stimmen.

»Was? Aber die Pflanzen müssen …«

»… wie kommen wir an Essen …«

»… geht doch nicht, wir werden beschützt …«

Die Aufregung wollte sich nicht legen, bis Dern aufstand und sich mit erhobenen Händen neben Wes stellte. »Leute! Jetzt hört mir doch mal alle zu!«

Die Stimmen erstarben langsam, alle Köpfe wandten sich wieder Wes zu, der unglücklicher dreinschaute als je zuvor. Dern beugte sich zu ihm. »Also. Drachenlenker. Was wolltet Ihr sagen?«

Wes räusperte sich und sah in die Runde. »Ich weiß nicht, wie sicher wir sind, wenn wir das Dorf verlassen. Wir sind so lange in Ruhe gelassen worden, wir hatten so lange keinen Schutz mehr nötig. Hier, innerhalb der Dorfgrenzen, sind wir auf jeden Fall geschützt. Im Wald nicht, wie sich heute gezeigt hat. Über die Felder kann ich nichts mit Bestimmtheit sagen.«

Dann durchbrach Monds Stimme schüchtern das anhaltende Schweigen. »Was sollen wir tun, Drachenlenker?«

Wes wandte sich zu ihr und ich sah tatsächlich Sympathie in seinen Augen aufscheinen. »Wir halten die Drachen in der

Luft«, sagte er freundlich. »Solange wir das machen, sind wir in Sicherheit. Und wir warten ab, bis sie merken, dass sie nicht hierherkommen können.«

Ihr erleichtertes Seufzen ging in den Stimmen unter, die ihn mit neuen Fragen überhäuften.

◊

Wes wirkte erschöpft, als wir am Ende eines schier endlosen Tages über den menschenleeren Platz zum Turm zurückgingen. Alle Kinder waren ins Bett geschickt worden, im Wirtshaus hinter uns ging es jedoch weiterhin hoch her.

In der Werkstatt betrachtete Wes den Drachen, den wir noch immer nicht hatten steigen lassen, schüttelte den Kopf und griff nach der Flasche Apfelbranntwein, die noch auf dem Tisch stand. »Das wird bis morgen früh warten müssen. Brauchst du etwas zu trinken, Jani?«

Es war mir noch immer ein Rätsel, wie ihm das Zeug schmecken konnte, trotzdem nickte ich. Mein Kopf schwirrte von Gedanken, Bildern, allem, was gesagt worden war. Ich war todmüde, wusste aber genau, dass ich vorläufig nicht würde schlafen können.

Wes sah mich verständnisvoll an und bat mich, die Becher mit auf den Balkon zu nehmen. Dort, in dem goldenen Licht der untergehenden Sonne, ließ er sich auf den Boden fallen, als habe ihn alle Kraft verlassen.

»Ich wünschte, Dan wäre hier«, sagte er kaum hörbar, während er mit zittrigen Fingern den Stöpsel aus der Flasche zog. »Verflucht. Dieser Tag war grauenhaft. Er hätte gewusst, was er sagen müsste.«

Vorsichtig roch ich am Becher, im Gegensatz zu Wes, der

seinen sofort an die Lippen setzte und den Inhalt hinunterstürzte. Mit geschlossenen Augen lehnte er an der Wand und holte ein paar Mal tief Luft. Er lächelte schuldbewusst. »Ich bin einfach müde, Junge. Das ist alles.«

Ich dachte an all die wütenden Stimmen, die Dern wieder und wieder hatte zur Ordnung rufen müssen, damit Wes zu Wort kam. Nach ewigen Diskussionen hatten sie beschlossen, dass das Dorf die nächsten Tage nur im äußersten Notfall verlassen werden durfte. »Aber du hast das doch gut gemacht, oder nicht? Sie haben dir zugehört.«

Er lachte verächtlich. »Den guten Geistern sei Dank. Das wäre ja noch schöner, wenn sie mir nicht mal zuhören würden.« Seine Miene verdüsterte sich, während er sich noch einmal nachschenkte. Ich hatte noch nicht einen Tropfen getrunken. »Oh, verflucht. Du hast recht, Jani. Letztlich ist es gut gegangen. Das ist das Wichtigste.«

Ich probierte einen winzigen Schluck. Der Branntwein schmeckte genauso widerlich, wie ich ihn in Erinnerung hatte. Er brannte in der Kehle. Doch ich erinnerte mich auch, dass ich mich danach das letzte Mal, vor langer Zeit, besser gefühlt hatte. Ich bemerkte, dass Wes mich beobachtete, und riss mich zusammen. In einem Zug trank ich den Becher leer. Er lachte, als ich anfing zu husten und dunkelrot anlief, und klopfte mir freundlich auf die Schulter. »Geht's?«

Ich grinste dämlich zurück. Zum ersten Mal seit Tagen lachte Wes aufrichtig – etwas, was selten passierte. »Ja. Glaube schon.«

Ich stellte den Becher wieder hin. »Einer ist mehr als genug für dich. Du bist eigentlich noch viel zu jung zum Trinken.«

Ich zog die Schultern hoch und schlang meine Arme um die Knie. Vor uns in der Ferne lag der Wald, wo die Alten Roten

Augen umherschweiften. »Wes … wusstest du, dass sie im Wald in Gefahr waren?«

Er schwieg. Als ich den Kopf hob, sagte er ernst: »Du glaubst, dass ich alle einfach machen ließ, als läge nichts im Argen, obwohl ich wusste, wie gefährlich es war?« Er klang gekränkt. »Glaubst du wirklich, dass ich so etwas tun würde? Nein, ich wusste es nicht. Wir hatten Baum davor gewarnt, zu tief in den Wald hineinzugehen, aber im Grunde verließ ich mich genau wie er auf den Schutz der Drachen. Das war eines der Dinge, worüber Dan und ich uns stritten … Er war überzeugt davon, dass alle auf den Feldern beschützt wären. Schließlich wusste er so viel mehr als ich.«

Seine Worte jagten mir einen eiskalten Schauer den Rücken hinunter. »Sind wir im Dorf wirklich sicher?«, fragte ich.

»Natürlich«, sagte er scharf, doch als er mich ansah, wurden seine scharfen Züge sofort milder. Er unterdrückte einen Fluch. »Es tut mir leid, Jani. Natürlich kann uns hier nichts passieren. Die Drachen haben uns jahrhundertelang beschützt, und das werden sie auch die nächsten Jahrhunderte über tun. Nichts Böses kann zu uns gelangen. Glaubst du nicht, dass sie uns andernfalls schon längst angegriffen hätten? Worauf sollten sie warten?«

Ich zuckte mit den Achseln. »Darauf, dass sie zahlreich genug sind, um uns alle gleichzeitig anzugreifen?«

Kurz schien Wes über meine Antwort erschrocken zu sein, doch dann machte er eine wegwerfende Handbewegung. »Unsinn, Junge. Sie sind bereits seit Monaten da! Wenn sie gekonnt hätten, hätten sie schon längst versucht, uns anzugreifen.«

»Das haben sie auch«, sagte ich. »Sie haben Baum in Ruhe gelassen, bis heute –«

»Jani.« Mit einer strengen Geste brachte er mich zum

Schweigen. »Verdammt noch mal, Junge. Du bist doch auch ein Drachenlenker. Was glaubst du, wozu wir das machen?«

Diese Worte trafen mich hart. Zutiefst beschämt starrte ich in den dunkler werdenden Himmel hinauf zu den Aberhunderten Drachen, die wir jeden Tag aussteuerten.

»Jani …« Wes stieß einen tiefen, müden Seufzer aus und rückte etwas näher, sodass er einen Arm um mich legen konnte. »Du hast Ähnlichkeit mit mir, Junge. Viel zu viel Fantasie, deine Gedanken und Träume immer von verschiedenen Ungeheuern bevölkert. Vielleicht ist es das, was uns zu den Drachen gerufen hat, dem Einzigen, was die Macht hat, uns zu schützen.« Er drückte leicht meine Schulter. »Und das tun sie. Das weißt du doch? Hier kann uns nichts geschehen.«

Ich gab meinen Widerstand auf und lehnte mich an ihn. Langsam fühlte ich, wie sich meine Hände, Arme und Schultern entspannten und die Angst, die mich den ganzen Tag in ihren Fängen gehalten hatte, verschwand. Natürlich hatte er recht. Das wusste ich genau.

Mein Blick wanderte wieder zu den Drachen und danach hinunter zu den Feldern, die ab heute menschenleer sein würden. Zu den Pflanzen, die im Sommer wegen des anhaltenden trockenen Wetters jeden Tag bewässert werden mussten. »Was sollen wir machen, wenn sie nicht so bald wieder verschwinden?«

»Das weiß ich nicht«, sagte er erst nach geraumer Zeit und ich war ihm dankbar für seine Ehrlichkeit. »Schlussendlich werden wir nicht lange von den Feldern fernbleiben können, da hatte Schwalbe schon recht. Dann haben wir bald nichts mehr zu essen. Irgendwann müssen sie aufgeben, aber wie lange das dauert?« Er zuckte mit den Schultern. »Uns fällt schon etwas ein, Jani. Wir lassen morgen den letzten Drachen steigen und wir halten sie alle hoch oben in der Luft. Das ist das Einzige, was wir tun können. Wir vertrauen darauf, dass die Geister so wie seit alters her über uns wachen.«

Ich nickte lediglich, plötzlich hatte mich eine tiefe Müdigkeit überfallen. Der Tag forderte endlich seinen Tribut, ich hatte Mühe, die Augen offen zu halten. »Glaubst du, dass er schon über uns wacht? Alter Drachen?«

Sein Arm schloss sich fester um mich. »Da bin ich mir ganz sicher«, sagte er leise.

Trotz allem musste ich bei diesem Gedanken lächeln. Alter Drachen war bei uns. Und er würde ganz sicher dafür sorgen, dass uns nichts zustieß.

Die Stimmen aus dem Wirtshaus verhallten langsam, als sich jeder auf den Nachhauseweg machte. Wir blieben noch eine Weile sitzen, während die Menschen über den Platz nach Hause gingen. Hin und wieder blieb jemand stehen und sah mit einem ehrfurchtsvollen Blick auf, wie ich ihn selten zuvor beobachtet hatte. Nach einiger Zeit herrschte gähnende Leere auf dem Platz, die Sonne war fast vollständig untergegangen und ich lehnte mit geschlossenen Augen an Wes, beschützt und sicher in seiner Umarmung. Es kam mir lächerlich vor, dass ich jemals vor ihm Angst gehabt hatte.

Ich suchte nach Worten, um meine Gedanken auszudrücken. »Fühlt sich das so an?«

Es dauerte einen Moment, bevor er antwortete. »Was denn, Junge?«

Ich zögerte kurz. »Einen Vater zu haben.«

Er versteifte sich. Dann sah er mich sprachlos an. Es war kein Laut zu hören, als er mich dicht zu sich heranzog.

»Das reicht, Jani«, flüsterte er heiser. »Du bringst mich noch zum Weinen.«

Zu meiner Überraschung entdeckte ich, dass seine Augen im letzten Abendlicht glänzten. Er bemerkte, wie ich ihn beobachtete, und zwang sich zu einem Lächeln. »Achte nicht auf mich, Junge. Das war ein langer Tag.« Er griff nach der Flasche Branntwein, schüttelte aber mit einem tiefen Seufzer den Kopf. »Genug für heute. Komm schon, Junge. Du musst todmüde sein.«

Als wir nach drinnen zurückliefen, konnte mir selbst das unirdische, klagende Geheul, das aufs Neue aus dem Wald emporstieg, keine Furcht mehr einjagen.

19

Es war stockdunkel, als ich plötzlich aufwachte. Der Mond stand niedrig am Himmel, gerade über den Bergen – es war tiefste Nacht. Der Wind jaulte durch die Ritzen und Spalten des Turmes, ein Geräusch, an das ich mich so sehr gewöhnt hatte, dass ich es kaum noch wahrnahm. Das war es nicht, was mich aus dem Schlaf gerissen hatte.

Mit wild klopfendem Herzen blieb ich liegen, bewegungslos wartete ich ab, ob sich der Laut wiederholen würde. Nach einer Weile drehte ich mich um, überzeugt, dass ich geträumt hatte. Da ertönte es erneut.

Ein tiefes, wütendes Geheul. Ein Dutzend tierischer Laute, die gemeinsam die Stille der Nacht zerrissen.

Ich schoss in die Höhe, voller Panik, ich musste mich selbst zurückhalten, um nicht aus dem Bett zu springen und wegzurennen. Wegrennen, wohin? Es gab keinen Ort, an dem ich sicherer war als an diesem hier.

Hinter dem geöffneten Fenster lag die Welt, dunkel und geheimnisvoll. Nichts war zu sehen. Ich legte mich wieder hin und versuchte zu schlafen, doch als meine Atemzüge endlich wieder gleichmäßiger wurden, zerriss das Geheul zum dritten Mal die Nacht.

Ich hielt es nicht länger aus. Vorsichtig ließ ich mich aus dem Bett gleiten und bewegte mich auf nackten Füßen über die rauen Dielen. Als ich den Gang betrat, bemerkte ich, dass die Tür zum anderen Schlafzimmer offen stand. Ein Windstoß fuhr durch den Flur. Ich bemerkte, dass auch die Balkontür weit geöffnet war.

Es war nicht kalt, trotzdem fröstelte es mich, als ich ein wenig zaghaft hinaustrat. »Wes?«

Der lange Schatten am Rand des Balkons drehte sich überrascht um. Als ich näher kam, schallte das Geheul zum wiederholten Male herauf, Wes fuhr sichtbar zusammen, bevor er sich wieder über das Geländer beugte.

»Sie sind wild heute Nacht«, sagte er, als ich mich zu ihm stellte. »Sie machen nachts manchmal Lärm, aber das hier … das habe ich noch nie gehört.«

Ich hielt mich am Geländer fest und versuchte mich von seinem gelassenen Ton beruhigen zu lassen. »Sie klingen, als wären sie böse.« Ich zitterte unwillkürlich. »Es sind so viele …«

Seine Hände umschlossen das Geländer noch fester, doch seine Stimme blieb unverändert. »Vielleicht sind sie wirklich böse. Vielleicht haben sie endlich gemerkt, dass sie nicht zu uns gelangen können.« Er sah mich an. »Geh wieder ins Bett, Jani. Es ist nichts.« Er verzog das Gesicht. »Sie machen das jetzt schon seit einer Stunde.«

Unter seiner Ruhe verbarg sich etwas, was ich erst nach einer Weile zuordnen konnte. »Warum bist du dann hier?«

Er richtete sich auf, doch ehe er antworten konnte, erklang ein neues Geräusch.

Unten klopfte jemand laut an die Tür des Turms.

◊

Es blieb still, dann erklang das Klopfen erneut. Wes war wie gelähmt, schließlich beugte er sich über den Rand des Balkons nach unten. Nach einem kurzen Moment schüttelte er den Kopf. »Nichts zu entdecken. Komm los, Jani, lass uns nachschauen, wer das sein kann.«

Ich folgte ihm nach unten. Wieder wurde gegen die Tür gehämmert, viel lauter jetzt. Eine Stimme war zu vernehmen: »Kommt schon, warum machen sie nicht auf …?«

Alle Geräusche verstummten, als Wes den Riegel wegschob und sich die Tür – die einzige im ganzen Dorf, die nachts verschlossen war – öffnete. In dem blassen, milchig weißen Licht des Mondes stand eine kleine Gestalt, die zunächst zurückwich. Dann trat die Person ins volle Licht, sodass ich sie erkannte. »Mond!«

Sie erschrak, als sie meine Stimme hörte. »Jani?« Ihr Blick flog zwischen uns hin und her und blieb schließlich auf Wes ruhen. »Drachenlenker, bitte …«

Sie klang sterbensbang. Wes trat zurück und hielt ihr die Tür auf. »Komm rein.«

Sie folgte seiner Aufforderung und sah hilfesuchend in meine Richtung, während Wes am Tisch einige Kerzen anzündete. Als sie über die Türschwelle trat, zog sie eine zweite, kleinere Gestalt mit sich. »Komm schon …«

Lons aufgerissene Augen glänzten im Kerzenlicht, als er langsam hinter ihr hereinkam. Er duckte sich und machte einen

Schritt zur Seite, als Wes an ihm vorbeilief, um die Tür wieder zu schließen. Er fasste Mond an der Hand. Wes tat so, als bemerkte er es nicht, doch als sich unsere Blicke trafen, wusste ich, dass er dasselbe dachte wie ich.

Lon war einer der Jungen, die den Drachenlenkern am häufigsten etwas nachriefen. Aber jetzt, wo er Angst hatte, kam er zu uns, um beruhigt zu werden. Mond musste ihn sichtlich zwingen, aber letztlich war Wes derjenige, dem sie vertrauten.

Endlich erhielt Wes den Respekt, den er verdiente. Und es war deutlich zu merken, wie unwohl er sich dabei fühlte.

Mond musste ihren kleinen Bruder mit sich ziehen, als Wes sie an den Tisch winkte. Ich folgte, froh, dass er sie nicht nach Hause schickte. Niemand sagte etwas, als wir uns an den Tisch setzten, Lon dicht neben Mond. Und noch bevor jemand das Wort ergreifen konnte, ertönte wieder das grauenerregende Geheul.

Lon erschauderte und zuckte zusammen. Monds Augen wurden noch größer. »Was ist das?«, flüsterte sie.

Wes stütze sich mit übereinandergelegten Armen auf den Tisch, möglicherweise in dem Versuch, weniger angespannt zu wirken, als er war. »Ich weiß es nicht, Mond. Ich habe sie noch nie so … aufgeregt erlebt. Und ich habe keine Ahnung, warum. Sie wirken böse.«

»Böse?« Offenbar erschrocken darüber, dass er etwas laut gesagt hatte, schlug Lon sich die Hand vor den Mund und lief knallrot an. Er murmelte etwas Unverständliches und ließ den Kopf hängen, die Augen unverwandt auf den Tisch gerichtet.

Wes verschlug es die Sprache. Lon war einer von Minks treuesten Handlangern. Er hatte von allen die größte Klappe und ließ selten eine Gelegenheit vorübergehen, um den Drachenlenkern mitzuteilen, wie er über sie dachte. Noch nie in meinem Leben hatte ich ihn verlegen angetroffen.

Als er Wes endlich wieder ansah, krümmte er sich deutlich zusammen. Verständnis flackerte auf Wes' Gesicht auf und er fragte Lon ungläubig: »Hast du etwa Angst vor mir, Junge?«

Lon wurde noch röter. Nach einer Weile senkte er den Kopf und nickte.

Wes starrte ihn eine Zeit lang an, danach rieb er sich mit einem tiefen Seufzer übers Gesicht. Er wirkte auf einmal unglaublich müde. Ich hatte keine Ahnung, wie spät es war, aber es musste tiefste Nacht sein. »Oh, bei allen ... Ist es das? Du hast ... bei allen lieben Geistern, Junge, du brauchst keine Angst zu haben. Ich bin nicht böse auf dich, es macht nichts.«

Wes' Worte, die ihm selbst nicht geheuer zu sein schienen, überraschten mich. Er lächelte gequält, als Lon einen Seufzer der Erleichterung ausstieß und sich endlich traute, Monds Hand loszulassen.

Die folgende Gesprächspause wurde von neuem Geheul unterbrochen, wilder und näher als bisher. Lon und Mond zuckten beide zusammen und Mond fragte Wes flehend: »Bitte, Drachenlenker. Warum machen sie das?«

Es fiel Wes schwer, sich von Lon abzuwenden. »Ich weiß auch nicht mehr als du, Mond. Ich glaube, sie haben versucht hierherzukommen und mussten feststellen, dass das nicht geht. Dass sie uns im Dorf nicht zu fassen bekommen.« Es gelang ihm, von irgendwoher ein beruhigendes Lächeln auf sein Gesicht zu zaubern. »Sie können uns hier nichts anhaben, wir sind zu gut geschützt. Das ist es doch, was du hören wolltest?«

Mond nickte verlegen. »Danke, Drachenlenker. Tut mir leid, dass wir euch geweckt haben ...«

»Wir waren schon wach«, beruhigte Wes sie. »Das ist nicht

schlimm. Aber ihr solltet jetzt besser wieder ins Bett gehen.« Und zu mir gewandt: »Das gilt auch für dich, Jani. Morgen müssen wir den letzten Drachen hinauflassen, und das wird nichts, wenn du dich im Halbschlaf befindest.«

Das ließ Lon sich nicht zweimal sagen. Wie auf Kommando sprang er auf und zog Mond ungeduldig am Arm. Mond stand langsam auf, sie suchte offensichtlich nach Worten.

»Es tut mir leid«, sagte sie schließlich geradeheraus. »Alle Male, wo ich geglaubt habe ... na ja, wo ich dachte, dass der ganze Zirkus mit den Drachen ... Und Jani, es tut mir leid, dass wir so gemein zu dir waren.« Sie erschauderte. »Du hattest doch recht.«

Ich war nicht in der Lage, etwas zu antworten. Lon zog sie schließlich mit sich und, ohne sich noch einmal umzudrehen, führte er Mond nach draußen. Sobald die Tür hinter ihnen zugefallen war, verriegelte Wes sie wieder. Als er an den Tisch zurückkehrte, fragte er mich: »Hatte ich nicht gesagt, ab ins Bett?«

Ich nickte, aber rührte mich nicht. Wes schüttelte missbilligend den Kopf, drängte mich jedoch nicht weiter. Er ließ sich wieder auf einen Stuhl fallen und griff zur Flasche mit dem Branntwein. Nach einem Seitenblick auf mich stellte er sie mit einem tiefen Seufzer wieder zurück auf den Tisch und zog das Buch von Nari zu sich heran. Er blätterte zu den letzten Seiten vor.

Ich räusperte mich, unsicher, ob ich etwas sagen durfte. »Was machst du da?«

Er runzelte die Stirn. »Ich versuche zum hundertsten Mal mehr darüber herauszufinden, was dort im Wald haust. Nari hat über die Wölfe, oder was auch immer das ist, geschrieben ...« Mit einem unterdrückten Knurren schob er das Buch wieder von sich. »Doch es steht nichts drin, was ich nicht schon längst wüsste.«

Ein wenig zittrig ging ich um den Tisch herum, um über seine Schulter mitlesen zu können. Er wirkte besorgt. »Jani, du solltest wirklich besser ins Bett gehen. Es ist schon spät, Junge.«

Ich rührte mich nicht vom Fleck. »Was schreibt Nari denn? Über die Roten Augen?«

Er musterte mich, dann zog er das Buch mit einem Seufzer wieder zu sich heran. »Verdammt. Du hast recht. Ich hatte versprochen, dir alles zu sagen.« Schweigend blätterte er die Seiten um. Die unterschiedlichen Drachenformen zogen vorbei, die Anleitungen, die ich so genau befolgt hatte, die Art, wie die Drachen befestigt, und auf welche Weise die sie haltenden Balken am Boden und an der Balustrade verankert werden mussten.

Mir stockte der Atem, als er, bei einer Zeichnung angekommen, die eine ganze Seite einnahm, das Buch offen hinlegte. Diese Zeichnung hatte ich noch nie gesehen, da ich nie über die ersten Seiten hinausgekommen war.

Unser Dorf mit seinen Häusern um den Platz, der Balustrade drum herum, den Drachen am Himmel. Und außerhalb des Dorfes, den Kopf im Nacken, die Alten Roten Augen. Die Wölfe, die jetzt erneut mit aller Macht wüteten.

Mein Blick fiel auf die Buchstaben, die an den Seitenrand gekritzelt waren. Mühsam fing ich an zu lesen, doch Wes sprang mir bei, indem er vorlas, was dort stand:

Ihr nächtliches Geheul ist noch immer nicht verstummt, doch endlich sind wir in Sicherheit. Hier bekommen sie uns nicht zu fassen. Man sieht sie herumlaufen, vor allem nachts, aber irgendwann werden sie aufgeben müssen, denn die Drachen haben ihre Aufgabe erfüllt. Sie können so viel rennen und springen, wie sie wollen, doch nie wieder werden sie einen von uns in ihre Fänge bekommen.

Ich frage mich, wie viele Tage sie durchhalten, wie lange sie ohne Essen auskommen, wie lange sie jagen können ohne Schlaf. Bisher gibt es keine Anzeichen von Erschöpfung. Ich kann nur hoffen und beten, dass sie verschwinden, bevor wir in einen Sturm geraten und nicht länger in der Luft bleiben können.

Ich starrte ihn fassungslos an, als er das Buch mit einem Schlag zuklappte. Es kam mir lächerlich vor, dass ich nicht ein einziges Mal an diese Möglichkeit gedacht hatte. »Die Stürme«, flüsterte ich. »Wenn sie nicht weg sind, bevor das Wetter umschlägt …«

Die Furchen auf seiner Stirn wurden noch tiefer, als er nickte. »Jani, ich weiß nicht, was passiert, wenn wir jetzt die Drachen ganz hereinholen müssen. Die guten Geister umgeben uns ja immer und beschützen uns vor Gefahr. Nari bereitete das große Sorgen, aber vielleicht macht es zu diesem Zeitpunkt keinen Unterschied.«

Der Zweifel stand mir offenbar noch ins Gesicht geschrieben, denn er versuchte es mit einem ermutigenden Lächeln. »Sie haben es auch geschafft. Letztlich werden die Wölfe aufgeben müssen. Ich wünschte nur …« Er seufzte und schob das Buch verärgert beiseite. »Ich wünschte, wir wüssten mehr. Mehr ist nicht übrig, mehr haben wir nicht. Aber, Jani, genau das ist der Grund, warum die Drachen ursprünglich geschaffen wurden. Und dann haben sie das Dorf gerettet. Dieses Wissen ist doch beruhigend, oder nicht?«

Seine Worte hatten in der Tat eine beruhigende Wirkung, doch er selbst schien nicht ganz überzeugt. Ich fragte ihn: »Worüber machst du dir dann Sorgen?«

Wes lachte trocken und legte seine Hand auf das Buch. »Jani, ich bin Drachenlenker. Begreifst du, was das bedeutet? Die Verantwortung für den Schutz des Dorfes lastet auf meinen

Schultern. Was heute Nachmittag mit Nial passiert ist und was mit den anderen hätte passieren können … Ich versuche alles richtig zu machen, vor allem jetzt, ohne Dan … aber wenn etwas schiefgeht, ist es meine Schuld. Natürlich mache ich mir Sorgen.«

Ich legte meine Hand neben seine auf das Buch und verbesserte: »Du meinst, dass es auf uns beide ankommt.«

Sein Gesicht verzog sich schmerzvoll, auch wenn er es nicht zeigen wollte. »Du hast recht, es ist an uns beiden«, sagte er leise. Er schien noch mehr sagen zu wollen, doch er brachte nichts hervor. Schweigend umarmte er mich fest.

Noch ehe ich mich fragen konnte, woher diese plötzliche Regung kam, ließ er mich wieder los und hielt mich von sich ab. »Jetzt ist es wirklich Zeit fürs Bett. Komm schon, Junge.« Er pustete die Kerzen aus und gab mir einen Schubs Richtung Treppe. Doch ich hatte noch keine zwei Schritte getan, als ein neues Geräusch die Stille der Nacht zerriss.

Nicht weit entfernt stieß Mond vor lauter Panik einen schauerlichen Schrei aus.

20

Wes fasste mich sofort am Ärmel und zog mich quer durch die Werkstatt, wobei ich schmerzhaft gegen den Tisch stieß. Fluchend schob er den Riegel wieder von der Tür. Als wir hinausrannten, ertönte Monds Stimme erneut, hoch und durchdringend. Ihrem Aufschrei folgte Lons Ausruf. »Da!«

Um uns herum waren die ersten Dorfbewohner zu hören, während wir über den Platz rannten, Wes voran. Seine Stimme donnerte durchs Dorf. »Mond!« Es dauerte, bis sie aus Richtung des Wirtshauses antwortete. »Hier! Sie sind hier …«

Wes rannte vor. Ich folgte ihm keuchend, am Wirtshaus vorbei, in die Gasse zur Balustrade. Zwei kleine Gestalten zeichneten sich scharf im blassen Mondlicht ab: Mond und Lon, die sich beide an den Balken festhielten, als hätten sie Angst zu fallen.

Mit einem Satz stand Wes auf der Balustrade und packte Monds Schulter. »Was ist los?«

Weitere Stimmen ertönten hinter uns, als ich ebenfalls hinaufkletterte und mich in die von Mond angewiesene Richtung wandte. Was ich sah, verschlug mir den Atem.

Ein Dutzend dunkler Gestalten tauchte zwischen den schier endlos erscheinenden Kornfeldern auf und kam langsam näher. Sie schienen so schwarz wie die tiefsten Schatten der Nacht, ihre Augen jedoch brannten in der Dunkelheit wie sattrotes Feuer.

»Alte Rote Augen.« Lons Stimme klang, als würde er jeden Moment in Tränen ausbrechen. »Sie kommen, sie kommen …«

Wes hielt in der Bewegung inne, das Gesicht ausdruckslos. Die Wölfe waren noch weit weg, inmitten der Felder, auf halber Strecke zwischen Wald und Dorf. Vielleicht eine Meile von uns entfernt. Doch sie kamen unerbittlich näher. Die Welt stand still, bis auf einmal eine Stimme hinter uns rief: »Mond!«

Mit einem Ruck drehte Wes sich zum Wirt um, der durch die Gasse auf uns zugerannt kam. Seine tiefe Stimme übertönte alle anderen. »Mond, Mond! Was macht ihr hier? Warum –« Entsetzt blieb er stehen, als er uns entdeckte. »Drachenlenker? Was …«

Wes warf noch einen Blick auf die Felder, ehe er Dern herbeiwinkte. »Bring die beiden rein.« Er drückte Monds Schulter, als diese keine Anstalten machte, seinen Worten Folge zu leisten, und weiter wie gebannt zwischen den Balken hindurchschaute. »Mond! Rein mit dir. Wir kümmern uns um das hier.«

Auch Dern wirkte wie unter Schock, als er an uns vorbeisah, doch er folgte Wes' Anweisungen, ohne zu zögern. Er bugsierte Lon und die zu Tode verängstigte Mond von der Balustrade herunter. »Sie kommen … Warum kommen sie nur?«

»Ich weiß es nicht.« Grollend wandte sich Wes dem Feld zu, wo aus dem Schatten des Waldes immer mehr brennende rote Augen auftauchten. Mindestens zwanzig und der Strom riss nicht ab. »Verdammt! Aber hier sind wir sicher. Geh rein, du kannst hier nichts tun.«

Mond wehrte sich noch immer, doch Dern zog sie und Lon unerbittlich in die Gasse hinein, wo Schwalbe voller Unruhe wartete. Wes spannte den Kiefer an und packte mich. »Komm mit.«

Wir rannten über die Balustrade zum Tor, vor dem sich die breiten Stufen der Treppe befanden, die das Dorf vom Feld trennte. Immer mehr Menschen erschienen hinter uns, während wir mühsam, mit vereinten Kräften, das Gatter in Bewegung setzten, das mein ganzes Leben lang noch nicht ein Mal geschlossen gewesen war. Es protestierte quietschend und knarrend, bis es mit einem schweren Schlag zufiel. Wes drehte sich zum Platz um und wandte sich an den Mann, der ihm am nächsten stand – Baum. »Hol Seil. Etwas, womit wir das Gatter festmachen können.« Wütend machte er einige Schritte auf den Holzfäller zu, als dieser nicht reagierte. »Sofort! Schnell, sie kommen!«

»Drachenlenker …« Meine Mutter kam auf uns zugerannt, dicht gefolgt von Tante Meri. »Sie können nicht hereinkommen, oder? Sie können das Dorf nicht betreten. Warum muss das Gatter …«

Wes schüttelte den Kopf. »Wir tun, was wir können.« Er wandte sich wieder den Wölfen zu – mindestens dreißig oder vierzig waren es inzwischen – die geräuschlos näher kamen. Meine Mutter umarmte mich. Ein Ruck durchfuhr sie, als sie die grauenerregenden Ungeheuer bemerkte. »Oh, bewahre uns«, flüsterte sie.

Tante Meri, die beim Anblick der Wölfe stehen geblieben war, kam jetzt langsam wieder ein paar Schritte näher und stellte sich neben Wes. Ihre Hand fand die seine und sie hielt sie ganz fest, da erklang das Geräusch rennender Schritte hinter uns. Sofort drehte Wes sich um und griff nach dem langen, dicken Seil, welches ihm der Holzfäller reichte.

Während ich mit zitternden Händen half, das Gatter zu befestigen, konnte ich meinen Blick kaum von den unzähligen roten Augen wenden, die sich uns langsam, aber sicher näherten. Mordlust flackerte darin, das war selbst über die Hunderte Schritte Abstand hinweg, die uns noch voneinander trennten, spürbar. Es war unsäglich schwer, die Ruhe zu bewahren und nicht mit aller Kraft wegzurennen. Wir hatten die Drachen, wir waren sicher …

Das ganze Dorf hatte sich inzwischen hinter uns auf dem Platz zusammengefunden. Die zahllosen Gesichter schimmerten leichenblass im Mondlicht, als wir wieder auf den Platz zurückkehrten. Die tiefe Stille wurde von einem grässlich hohen Schrei zerrissen, Wes zuckte zusammen.

»Verflucht«, brummte er. »Oh nein, Jani. Bleib hier. Behalte sie im Auge, ich bin gleich wieder zurück.« Ohne sich noch einmal umzudrehen, rannte er fort, zwischen all den Menschen hindurch zur Alten Gerda, die sich die Lungen aus dem Leib schrie. »Sie sind gekommen! Wes, mein Wes …«

Ich wusste nicht mehr, wie mir geschah. Hinter den dicken Balken der Balustrade liefen die dunklen Umrisse dieser unheimlichen Geschöpfe entlang, mittlerweile so nah dran, dass ich ihre Zähne im Mondlicht funkeln sehen konnte. Vielleicht hundert Schritte von uns entfernt, und noch immer kamen sie näher.

Eine Hand fasste mich am Arm, vor Schreck machte ich einen Sprung. Nach Atem ringend, tauchte plötzlich das vor Angst verzerrte Gesicht Minks vor mir auf.

»Drachenlenker …« Sie verbeugte sich respektvoll vor mir. »Was sollen wir tun?«

Ich hatte keine Zeit, überrascht zu sein. Ich bemerkte, wie alle näher kamen. Einige Stimmen ertönten, doch die meisten waren mucksmäuschenstill, während sie über meinen Kopf hinweg gebannt verfolgten, was sich aus den Feldern auf uns zubewegte.

»Wir bleiben hier«, sagte ich und versuchte so ruhig zu klingen wie Wes. Es bestand keine Gefahr, solange wir innerhalb der Balustrade blieben. »Sie werden bald merken, dass sie uns hier nichts anhaben können …«

Meine Worte verloren sich in dem Moment, als alle Wölfe gleichzeitig ihren Kopf in den Nacken legten. Sie stießen ein grauenhaftes Geheul aus, das uns frösteln ließ. Mink schrie auf wie zahlreiche andere Männer, Frauen und Kinder hinter mir. Meine Mutter fasste mich an der Hand und versuchte mich mit nach hinten zu ziehen, doch ich schaffte es, mich loszureißen. »Ich muss hierbleiben. Mam, bitte.«

»Jani …« Mond hatte sich neben mich gestellt, mit vor Entsetzen weit aufgerissenen Augen, als die Wölfe sich wieder in Bewegung setzten. »Oh, bei allen lieben Geistern, Jani. Weißt du sicher …«

Alle verfolgten angespannt, wie die Wölfe zunächst anhielten. Dann umzingelten sie langsam, aber sicher das Dorf. Es waren mindestens vierzig – soweit ich in der Dunkelheit erkennen konnte – in weniger als fünfzig Schritt Entfernung. Ihr abscheuliches Geheul ging einem durch Mark und Bein.

»Liebe Geister, Mond! Zurück!« Dern rannte zu uns und riss Mond mit einem Ruck zurück. Meine Mutter und Tante Meri folgten ihm, ich jedoch blieb stehen, bis Dern mir wütend zurief: »Jani! Komm schon, los, zurück!«

Ich schüttelte den Kopf und wich keinen Zentimeter von der Stelle. Hinter den Pfählen und Balken der Balustrade lauerten tiefrote Augen, grell wie Feuer, vor Mordlust brennend. Ich war noch in der Lage, mich zu fragen, was wohl in ihnen vorging. Spürten sie die gute Macht der Geister genauso deutlich, wie mich ihre Wut traf?

Ich vergaß zu atmen, als sie ihre Augen alle auf einmal aufs Dorf richteten. Wie ein einziges Tier bewegten sie sich vorwärts. Ich hielt meinen Atem an. Dreißig Schritte noch. Zwanzig, zehn …

Mit einem schauderhaften Brüllen sprang der Erste nach vorn. Das Geheul der anderen Wölfe setzte wieder ein, als das Tier mit einem Schlag gegen die Balustrade prallte.

Ich wich zurück, hinter mir ertönte Geschrei. Die Kiefer des Tieres schlossen sich um einen der dicken Balken, die riesigen Zähnen blitzten und funkelten. Rote Augen starrten mich wütend an, ehe das Ungeheuer mit einem furchterregenden Knurren zurückwich.

»Jani!« Meine Mutter rannte mit einem Aufschrei zu mir. Im selben Moment dröhnte ein zweiter Schlag durch die Balustrade, der den Boden unter unseren Füßen erzittern ließ. Ein dritter folgte, ein vierter, jetzt von verschiedenen Seiten. Als der Wolf direkt vor mir erneut gegen den Balken prallte, hörte ich das Holz krachen.

»Tu etwas!« Das war Minks Stimme, hoch und sterbensbang. »Jani, tu was!«

Doch ich konnte nur zusehen, wie die Wölfe sich einer nach dem anderen gegen die Balustrade warfen. Es schien auf einmal unmöglich, dass sie nicht hereinkommen würden. »Beschütze uns«, flüsterte ich, als meine Mutter nach mir griff und mich nach hinten zerrte. »Bitte, du hast versprochen …«

»Jani!« Das war die Stimme von Wes, der endlich wieder neben mir auftauchte. Ich griff nach seiner Hand und hielt mich an ihm fest – die einzige Hoffnung auf Rettung, die mir einfallen wollte. »Was sollen wir tun? Bitte, was sollen wir tun?«

Seine Hand umklammerte meine, genauso verzweifelt wie ich. Diesmal sagte er nicht, wir seien in Sicherheit. Ich spürte, wie Todesangst von mir Besitz ergriff. »Wes! Du hast gesagt, sie könnten nicht hierherkommen. Du hast gesagt ...«

Eine ganze Abfolge dröhnender Schläge erschütterte das Dorf in seinen Grundfesten. Eine Stimme stieg aus der Menge auf. »Wir müssen weg! Verdammt, wir müssen hier weg!«

Wes drehte sich zu dem Mann um, der das gesagt hatte. »Wohin?«, antwortete er laut. »Sie sind überall! Was schlägst du vor, wo sollen wir hin?«

»Aber ...« Niemand sagte mehr etwas. Kinder in den Armen ihrer ebenso panischen Mütter fingen an zu weinen.

Ich hielt Wes noch immer mit aller Kraft fest. »Sie können nicht hierher, wegen der Drachen. Das hast du gesagt, das hast du ...«

»Jani, bitte!« Er machte seine Hand los, das ungeheuerliche Heulen schwoll wieder an, überall um uns herum. Seine Kräfte schienen ihn zu verlassen. »Oh, verdammt. Die Geister sollten hier sein, sie sollten über uns wachen. Nari, was haben wir nur falsch gemacht? Wie nur ist es möglich, dass die Ungeheuer hierhergelangen?«

Seine Verzweiflung schnürte mir die Kehle zu. Einen Moment lang schaffte ich es, mich von den Ungeheuern loszureißen und nach oben zu schauen. Hoch oben zeichneten sich die Drachen wie blasse Geister vor Tausenden Sternen ab. Die Drachen, die Naris Eingebung waren, die Drachen, die geschaffen worden waren, um uns gegen diese Gefahr zu beschützen, und die Nari und ihr Volk geschützt hatten, als sie von diesen schrecklichen Ungeheuern angegriffen worden waren.

Ihre triumphierenden Worte, die ich gerade noch selbst gelesen hatte, schnitten mir ins Herz: ... *die Drachen haben ihre Aufgabe erfüllt. Sie können so viel rennen und springen, wie sie wollen, doch nie wieder werden sie einen von uns in ihre Fänge bekommen* ...

Alle Blicke waren auf Wes gerichtet, flehend um Antwort. Bei jedem Dröhnen schien er kleiner zu werden, ohnmächtiger. Er sah sich um, hoch zu den Drachen und schüttelte kraftlos den Kopf. »Verflucht, Nari«, flüsterte er. »Wir haben alles getan, was du uns gesagt hast. Warum sind sie hier?«

Ein harter Schlag erschütterte den Boden erneut, unmittelbar gefolgt von einem lauten Krachen in unserer Nähe. Panisch drehte ich mich um.

Ich dachte, sie hätten die Balustrade durchbrochen, aber das war es nicht. Die südliche Ecke des Dorfes erzitterte heftig und unter lautem Knirschen stieg das riesengroße Geländer bebend in die Höhe.

Wes fluchte laut. »Die Seile! Sie haben einen Anker zerstört. Oh, die Balustrade ... sie allein hält den ganzen Drachen nicht stand!«

Ich schnappte vor Schreck nach Luft, ich konnte mich kaum bewegen. Beinah verzweifelt fasste ich Wes wieder an, nicht in der Lage, etwas zu sagen. Wieder kamen mir Naris Worte in den Sinn, die, die ich zuletzt gelesen hatte. *Ich kann nur hoffen und beten, dass sie verschwinden, bevor wir in einen Sturm geraten und nicht länger in der Luft bleiben können.*

Mein Blick schoss zurück zur Südecke, die unter der Kraft der Drachen zitterte und knirschte, und wieder hinauf.

... *länger in der Luft bleiben können.*

»Oh, bei allen lieben Geistern.« Der Schock, mit dem ich

auf einmal alles begriff, raubte mir den Atem. Ich konnte nur noch flüstern. »Darum waren sie sicher. Darum …«

Wes packte mich an der Schulter, so fest, dass es wehtat. »Jani? Was?«

Mein Mund stand offen. Ich musste mich zum Sprechen zwingen. »Die Seile. Die Anker. Sie halten uns fest. Wir müssen sie losmachen.«

»Was?« Er riss seine Augen auf. »Jani, bist du verrückt! Warum …«

Er verstummte. Einen Moment lang starrte er mich nur an, dann begriff auch er endlich, wozu die Drachen die ganze Zeit über bestimmt gewesen waren.

»Drachenlenker?« Baum und Dern standen vor uns, ihre Gesichter voller Angst und plötzlicher Hoffnung. »Was? Was sollen wir tun?«

Wes fasste sich als Erster. »Macht alle Ankerseile los. Kappt sie, hackt sie durch, egal wie. So schnell wie möglich! Sofort!«

Die Wölfe stürzten sich unter fürchterlichem Geheul und mit immer wilderer Kraft auf die Balustrade, sodass das ganze Dorf anfing zu wanken. Dern gaffte Wes mit offenem Mund an. »Was …«

»Los, Dern!« Baum zog ihn mit sich. Er vergeudete keine Zeit mit Fragen nach Sinn und Zweck, sondern rief den anderen Männern zu, sie sollten ihm folgen. Schließlich gelang es ihm, zehn von ihnen aus ihrer Erstarrung zu reißen. Weit mehr Kinder und Frauen schrien, als ihre Männer und Väter sie zurückließen, um hinter Baum her zu dessen Werkstatt zu rennen.

»Komm schon, Jani!« Wes zog mich mit sich zu Schwalbe, die Mond und Lon fest umklammerte. »Schwalbe, wir brauchen Messer.« Er fasste sie an der Schulter, als sie nicht reagierte. »Los! Bitte, Schwalbe …«

Mond befreite sich aus dem Griff ihrer Mutter. »Kommt mit!« Sie lief uns voraus, durch das Wirtshaus in die Küche. Wes drückte mir ein riesiges, scharfes Messer in die Hand und zog mich wieder nach draußen. Gemeinsam rannten wir zurück zur Balustrade, zur nächstliegenden Verankerung.

Furchtbare rote Augen folgten uns. In dem Moment, als Wes den Arm zwischen den Balken hindurchsteckte, um das dicke Seil durchzuschneiden, sprang ein enormer Schatten aus der Nacht hervor. Gerade noch rechtzeitig machte Wes einen Satz zurück. Die grauenerregenden schwarzen Kiefer verbissen sich unter lautem Knirschen in einem dicken Balken. Als der Wolf nach einer Ewigkeit den Rückzug antrat, ließen seine Zähne tiefe Abdrücke im Holz zurück.

Mit einer blitzschnellen Bewegung sprang Mond an uns vorbei und hieb mit aller Kraft auf das Seil ein. Der Holzboden zitterte, als das Seil zerriss. Ein schwerer Schlag fuhr durch die Balustrade und ich musste mich an Wes festhalten, um nicht hinzufallen.

Baums Stimme übertönte das ringsum aufsteigende Geheul wie ein Donnerschlag. »Habicht! Jetzt!«

Ein wütender Schrei stieg auf in die Nacht. Während Wes an mir vorbei zum nächsten Anker rannte, fing der Boden an zu wanken. Ein fürchterliches Krachen ertönte von der östlichen Seite des Dorfes. Sie mussten alle Anker auf der Seite erledigt haben. Die Balustrade wurde stark erschüttert – doch das war alles. Wir blieben am Boden.

»Das reicht noch nicht.« Ich hielt Wes fest und wies nach oben. »Wir heben nicht ab, wir sind zu schwer … Es klappt nicht, die Balustrade wird brechen …«

Wes rannte weiter, doch ich sah ihm die Verzweiflung an. »Es muss klappen. Wenn wir vom Boden loskommen ...« Abrupt blieb er beim letzten Anker stehen und holte nach dem dicken Seil aus.

Mond schrie, als ihn ein Wolf ansprang, Wes zog den Arm gerade noch rechtzeitig zurück. Mit einem Schlag landete der Wolf auf dem Ankerseil, das knackte und dann zerriss.

»Das letzte«, rief Wes atemlos. »Das war das letzte, wir müssen –«

Erneut musste ich mich mit beiden Händen an ihm festklammern. Die Balken gaben ein tiefes, bedrohliches Geräusch von sich, das fast so laut war wie das Heulen der Wölfe. Doch wir kamen keinen Fuß vom Boden.

»Was ...« Wes sah erst verzweifelt um sich und danach in die Höhe. Der Hoffnung beraubt, die mich eben noch erfüllt hatte, rutschte mir das Herz in die Hose. Hinter uns sprangen drei Wölfe gleichzeitig gegen die Balustrade, der Aufprall warf mich beinah um. Wes packte mich und konnte uns gerade noch aufrecht halten. Immer panischer blickte er um sich. »Wir müssen uns was einfallen lassen. Es muss doch möglich sein ...«

»Wir sind zu schwer!« Monds verzweifelter Schrei durchfuhr die Luft. »Die Drachen sind nicht stark genug, sie hängen fest ...«

»Sie sind an der Balustrade befestigt.« Wes drehte sich um, ohne auf den Wolf, der neben ihm gegen den Balken donnerte, zu achten. »Die Balken, die die Drachen halten! Sie müssen los ... Jani ...«

Ich schnappte nach Luft, als ich verstand. Wes sah mich so lange an, bis ich nickte, nicht in der Lage, ein Wort herauszubringen. »So schnell wie möglich, Junge. Beeilung!«

Ich nickte wieder, doch er rannte bereits strauchelnd zwischen den Häusern hindurch und verschwand. Seine Stimme übertönte alle anderen Geräusche. »Alle zum Platz! So schnell wie möglich, vorwärts! Baum, Dern, hört zu –«

Mond stieß einen lauten Schrei aus und riss mich zur Seite. »Pass auf!«

Ein tiefes Brüllen rollte durch die Luft und einer der Wölfe streckte seinen Kopf halb zwischen den Balken hindurch. Seine Kiefer schlugen krachend aufeinander, keinen Schritt von mir entfernt.

Versteinert blieb ich stehen. Dann drehte ich mich zu Mond um, die von dem Tier wie hypnotisiert war. »Mond! Wir müssen die anderen Seile auch durchhacken! Los, beeil dich ...«

Sie riss sich von dem Wolf los. Während ich zum nächstliegenden Seil lief, setzte auch sie sich in Bewegung und rannte in die entgegengesetzte Richtung, das riesige Küchenmesser fest in der Hand.

Rote Augen folgten mir, grässlich nah, direkt vor den Balken entlangschießend. Ungeachtet meiner Angst schlug ich eines der Seile durch und rannte sofort weiter. Irgendwo hinter mir hörte ich die donnernden Stimmen von Baum und Dern und einiger anderer, was sie riefen, verstand ich jedoch nicht. Ich stürmte auf das zweite Seil zu, das nach einem Hieb auseinanderflog. In letzter Sekunde konnte ich mich wegducken, als der schwere Balken, der die Drachen hielt, auf einmal losschoss und direkt vor mir langsam in die Höhe stieg.

Ein ohrenbetäubendes Krachen und ein heftiger Schlag durchfuhr die Dielen unter meinen Füßen. Einen Atemzug lang wurde mir speiübel von der Gewissheit, dass wir alles falsch gemacht hatten – dass die Drachen aufsteigen und uns hier zwischen den Ungeheuern zurücklassen würden ...

Da überstimmte Gekreisch vom Platz das Knirschen.

Schlagartig drehte ich mich um. Im Mondlicht beobachtete ich, wie der gesamte Platz erbebte und langsam, aber sicher abhob. Die riesigen Balken, die zwischen Balustrade und Platz verliefen, ächzten und knarrten laut, als sie losgerissen und von den Drachenbalken in die Luft hinaufgezogen wurden. Ganz langsam stieg der Platz auf.

Panik überkam mich. Ich sprang von der Balustrade und fing wieder an zu rennen. Während ich zwischen den Häusern hindurchfegte, sah ich, wie Mond den Rand des Platzes erreichte, wo zahlreiche Hände sie hinaufzogen.

Von Todesangst getrieben, zwang ich meine Beine noch schneller vorwärts, auf einmal hielt ich die Streben des Zauns zwischen meinen Händen. Mit aller Kraft klammerte ich mich daran fest, während ich hilflos vom Boden abhob. Hände griffen nach meinen Armen, Stimmen riefen Unverständliches. Keine Ahnung, wie lange es dauerte, ehe ich die Streben loslassen konnte und sie mich hochzogen auf den Platz, in Sicherheit. Dort ließ ich mich fallen, gestützt von den Händen, die mich gerettet hatten. Ich umfasste das Geländer und spähte hinunter.

Die Häuser zogen an mir vorüber, auf einmal unglaublich klein und verletzlich, während wir über die Dächer hinausstiegen. Die Dielen unter meinen Füßen zitterten stark, wir gewannen zusehends an Fahrt. Verzweifelt suchte ich mehr Halt, im Kampf gegen das abscheuliche Gefühl, dass die ganze Welt Kopf stand – dass der sichere Boden verschwunden war und wir hilflos mitgerissen würden von einem fürchterlichen Sturm. Erneut war Geschrei zu hören, als uns der Wind mit voller Wucht traf und einen Ruck durch die Dielen jagte, der das Holz ächzen ließ.

»Haltet euch fest!« Baums Stimme schallte über den Wind hinweg. »Alle Mann festhalten!«

Die verängstigten Geräusche hinter mir wurden von dem wilden Geheul der Wölfe übertönt. Ich zwang mich, wieder hinunterzuschauen, und entdeckte die Balustrade in der Tiefe. Dort unten bewegten sich zig dunkle Schatten und überall leuchteten brennende rote Augen auf, die in blanker Wut zu uns hochsahen. Die schreckliche Angst und Übelkeit wichen endlich Erleichterung. Voller Staunen beobachtete ich, wie sie immer kleiner wurden, während der Abstand zu der Welt, die wir hinter uns ließen, sich vergrößerte.

Die Häuser blieben einsam zurück, derweil wir vom Wind hoch über die Felder getrieben wurden, an den dunklen Schatten des Waldes vorbei, der Sicherheit und einer neuen Welt entgegen.

21

Ich hoffe, ihr vergebt mir, wenn ich die Tage, die folgten, kurz zusammenfasse.

Die Nacht glitt wie unter einem unwirklichen Schleier vorüber, wie ein furchtbarer Albtraum, in dem ich jedes Zeitgefühl verlor. Ich klammerte mich verzweifelt am Geländer fest, dem entsetzlichen Geheul lauschend, das aus der Tiefe unter uns heraufschallte. Betend, dass die Drachen hielten und wir in der Luft bleiben, nicht zerschmettert und nicht gegen die Bergwände getrieben würden – betend, dass wir am Leben blieben.

So gut wie niemand sagte ein Wort, bis – es mussten Stunden vergangen sein – die Sonne vorsichtig über dem Rand der Welt emporstieg. Erst da hob ich den Kopf und bemerkte überall um mich herum Menschen, die sich genauso verzweifelt an den Balken und aneinander festklammerten wie ich.

Mond nahm meine Hand. Lachend sagte sie. »Schau doch nur!«

Ich blickte nach unten, auf die Welt, die in schwindelerregender Tiefe unter uns lag. Wir hatten den Wald hinter uns gelassen und unter uns breiteten sich leuchtende Felder aus, übersät mit Blumen in allen Farben. Ein breiter Fluss glitzerte im ersten Sonnenlicht und schlängelte sich zwischen den farbigen Hügeln hindurch, bis er in der Ferne im Dunst verschwand.

»Liebe gute Geister«, sagte Mond. »Ist das zu glauben?«

Ich kämpfte gegen meine Übelkeit an, aber es half nicht wirklich. Schnell konzentrierte ich mich wieder auf den Horizont und versuchte mich selbst davon zu überzeugen, dass ich in Sicherheit war. Mond schienen die Höhe und das furchtbare Schaukeln wenig auszumachen. Aufgeregt zeigte sie auf alles, was an uns vorüberzog, und versuchte mich dazu zu bringen, es ihr gleichzutun. Mir war völlig unerklärlich, wie sie so heiter sein konnte.

Am Ende dieses schrecklichen Tages, als die Sonne tief über den westlichen Bergen stand, verließen uns die Kräfte. Hungrig, durstig und vollkommen erschöpft hielten wir uns an den Dielen fest, bis Dern sich vorsichtig auf Wes und mich zuschob.

»Drachenlenker ...« Seine tiefe Stimme wurde beinah vom pfeifenden Wind fortgerissen. »Sind wir nicht weit genug?«

Ich bemerkte, dass Wes eine neue Welle der Angst überkam. Irgendwann mitten in der Nacht hatte das Heulen der Wölfe endlich aufgehört und den ganzen Tag über hatte niemand auch nur ein Anzeichen von ihnen wahrgenommen. Wes musterte die vielen bleichen, stillen Gestalten, die ihn hoffnungsvoll umringten. Es dauerte sehr lang, bevor er antwortete. »Du hast recht.« Mit zitternden Armen drückte er sich ein Stück hoch. »Wir gehen runter.«

Es kam wieder Leben in die Gesichter um uns herum, aber

auch Unruhe. Tante Meri stellte die Frage, die allen auf der Seele brannte. »Wie machen wir das?«

Wes half mir vorsichtig auf. Meine Beine protestierten heftig, aber letztendlich schaffte ich es, aufrecht stehen zu bleiben. Ich folgte seinem Blick nach oben und spürte einen Stich im Herzen, als ich begriff. »Wir lassen sie fliegen?«, flüsterte ich.

Wes nickte mit kummervoller Miene. »Die einzige Möglichkeit«, antwortete er. »Wir können sie nicht einholen, das ist viel zu gefährlich. Das Losmachen wird noch schwierig genug … Mögen die Geister uns beschützen …«

Zahlreiche Hände halfen uns, während wir über die Plattform rutschten, die früher der Dorfplatz gewesen war. Es dauerte eine ganze Weile, bevor wir eine der Ecken erreichten, wo Dutzende Drachenschnüre genau vor uns in den Himmel stiegen, zitternd unter unserem Gewicht.

Ich blickte auf zu Wes, der versuchte, Zuversicht auszustrahlen. »Wir machen einen nach dem anderen los. Bis wir anfangen zu sinken. Ja? Hast du dein Messer noch?«

Das Messer, mit dem ich das letzte Ankerseil durchgehauen hatte, hielt ich fest umklammert. Meine Stimme versagte. Ich dachte an den prächtigen grünen Drachen, den ich verloren hatte, die Niedergeschlagenheit, die ich gefühlt hatte, als ich hilflos erleben musste, wie er entschwand. Wes fasste mich am Arm, während ich hochsah und versuchte unter den Drachen einen auszumachen, den ich in der Lage war, gehen zu lassen.

»Zu spät, Jani.« Seine Hand schloss sich um die meine. »Wir können neue bauen. Vorwärts, mein Junge …«

Mir drehte sich der Magen um, als ich meine Hand in Richtung der ersten Drachenschnur zwang. Das Messer war scharf, und bevor ich es begriff, zerriss die Schnur. Als ich endlich hinzugucken wagte, durchfuhr mich ein Stich. Der wunderschöne rote Schmetterling mit den riesigen Augen riss sich los und stieg immer höher. Ich holte tief Luft, als er weit über die anderen Drachen hinausstieg und verschwand.

An Wes geklammert starrte ich ihm hinterher, bis Wes meine Aufmerksamkeit freundlich, aber unerbittlich zurückholte. Er klang entschlossen, doch seine Stimme zitterte. »Wir haben es noch nicht geschafft, Jani. Komm schon.«

Wie viele Drachen wir losmachten, weiß ich nicht mehr – zwanzig oder dreißig, glaube ich –, doch es war schon fast dunkel, als Mond uns zurief: »Wir sinken!«

Ich musste mich zwingen, über den Rand des Holzgeländers zu gucken. In der Tiefe strömte ein breiter Fluss träge durch leuchtende Felder – furchtbar tief unter uns. Es dauerte eine Weile, bis ich es merkte, doch langsam kam der Boden immer näher. Weniger als hundert Schritte bis zum Boden. Fünfzig, dreißig ... Ein Ruck erschütterte die Plattform, als der Wind plötzlich stark zunahm. Ich spürte, wie wir mit einer Wahnsinnskraft hinuntergezogen wurden, und hielt mich an den Holzbalken fest, ohne einen Blick nach unten zu wagen. In der Nähe ertönten die lauten Stimmen von Baum und Dern.

»Haltet euch fest! Alle gut festhalten! Wir landen!«

Ein Kreischen erklang, als der Wind auf einmal zum Erliegen kam. Auf den Schreck folgte ein furchtbarer Schlag, der durch meinen Körper fuhr und mir die Luft aus den Lungen presste. Ein lautes Krachen vermischte sich mit Geschrei. Erst als kein Laut mehr zu hören war, traute ich mich, meine Augen wieder zu öffnen.

»Wir sind da«, flüsterte Mond dicht neben mir. Sie hielt meinen Arm fest umklammert wie ein Schraubstock. »Jani ...«

Stark zitternd löste ich mich vom Holzgeländer, ungläubig,

dass jetzt wirklich alles vorbei war. Um mich herum wirkten die meisten Menschen genauso verstört wie ich.

Wir hatten es geschafft.

Wir waren in Sicherheit.

◊

So schrecklich die Zeit in der Luft auch gewesen war, die ersten Tage am Boden waren weitaus schlimmer. Jetzt, wo wir in Sicherheit waren, wirklich sicher und zurück auf festem Boden, wurde uns allmählich bewusst, was uns geblieben war. Und das war so gut wie nichts.

Das Dorf, der Ort, der den Mittelpunkt unseres Lebens gebildet hatte, war fort, verschwunden hinter dem Horizont. Mein Zuhause, der Turm der Drachenlenker mit seinem sonnenüberfluteten Balkon, auf dem ich so viele Abende verbracht hatte, die ausgedehnten Felder, das Wirtshaus, in dem wir im Winter alle zusammenkamen …

Unser ganzes bisheriges Leben war verschwunden. Anfangs kamen wir mit dem Mut der Verzweiflung über die Runden, doch es schien unmöglich, dass wir irgendwann wieder irgendwo zu Hause sein würden.

Wes und ich waren vor allem damit beschäftigt, sämtliche Drachen herunterzuholen. Eines Abends kamen auf einmal Mink und Mond zu uns. Sie machten beide eine tiefe Verbeugung.

»Drachenlenker …« Minks Stimme klang fast ängstlich und sie machte den Eindruck, als würde sie am liebsten die Beine in die Hand nehmen. Sie schaute ein paar Mal zwischen Mond und uns hin und her. »Ihr habt uns gerettet. Ihr und die Drachen.«

Wes war mit dem leuchtend grünen Schmetterling beschäftigt, der fast am Boden angekommen war. Wieder sah Mink hilfesuchend zu Mond und dann zu mir. »Jani, es tut mir leid, dass ich dachte ... was ich gesagt habe ... und dass ich dachte, dass die Drachenlenker unnütz wären. Du hattest recht. Sie waren sehr wichtig.«

Ich nickte unbehaglich und wandte mich wieder dem Drachen zu, bereit, Wes beizuspringen, falls der Drachen plötzlich an Höhe verlieren sollte. Es war in den letzten Tagen so viel zu tun gewesen, dass ich noch nicht die Gelegenheit gehabt hatte, darüber nachzudenken, was passiert war.

Die Drachen hatten einen ganz anderen Zweck, als wir immer geglaubt hatten. Einen ganz anderen, als Alter Drachen und Wes mir erzählt hatten. Ich war mir noch nicht sicher, was ich davon halten sollte.

Als ich nichts sagte, stammelte Mink noch etwas und machte sich nach einer Weile aus dem Staub. Mond blieb bei mir stehen, bis der Drachen ganz unten war. Sie berührte mich leicht. »Jani? Was ist denn?«

Ich schüttelte den Kopf. »Weiß ich nicht genau.«

»Sie hat es ernst gemeint«, bekräftigte Mond. »Du hattest recht. Die Drachen sind tatsächlich wichtig. Jeder weiß jetzt wieder, wie wertvoll eure Arbeit ist. Sie haben mehr Respekt vor euch als je zuvor.«

Ich lächelte schwach. »Ich weiß.«

Sie verschränkte die Arme und sah mich besorgt an, während Wes den Drachen gewissenhaft kontrollierte. »Warum bist du dann so unglücklich?«

Ich musste fast lachen. »Weil wir von riesigen Wölfen angegriffen wurden und weil wir unser Dorf nie wiedersehen werden?«

»Nein, das ist es nicht«, sagte sie. »Es hat mit den Drachen zu tun, nicht wahr? Was wir über sie herausgefunden haben? Warum bist du nicht glücklich darüber?«

Wortlos blickte ich nach oben. Weniger als hundert Drachen standen noch am Himmel. Die anderen hatten wir hereingeholt – die Drachenschnüre benötigten wir dringend, um Fischnetze zu knüpfen, Fallen für kleine Tiere zu bauen und hundert andere Dinge. Die Drachen waren immer noch von allergrößter Bedeutung, auch wenn hier zum Glück keine Spur von den Alten Roten Augen zu erkennen war. Aber zuerst mussten wir überleben. Es war seltsam, der Himmel so leer, ohne die Drachen, die in den letzten Monaten mein ganzes Leben gewesen waren.

Ich dachte über Monds Frage nach, während Wes und ich den Drachen mit vereinten Kräften aufrichteten und ihn in die Ecke trugen, wo die anderen Drachen aufgestapelt lagen. Was sie gesagt hatte, stimmte – wir hatten endlich herausgefunden, wozu die Drachen bestimmt waren. Trotzdem kam es mir vor, als hätte ich etwas sehr Wertvolles verloren.

»Die Drachen waren wichtig«, sagte ich schließlich. »Zumindest dachten wir das. Wir dachten, dass wir wüssten, wozu sie dienten. Dabei waren sie die ganze Zeit über für so etwas ... Gewöhnliches bestimmt.« Beschämt ließ ich meinen Blick sinken, als Mond und Wes mich gleichzeitig ansahen. »Ich dachte, sie wären etwas Besonderes. Und ich dachte, ich wäre etwas Besonderes, weil ich dazu berufen war, sie steigen zu lassen. Aber das stimmt nicht. Sie sind nicht viel anders als Tische oder Stühle.«

Wes schüttelte den Kopf und kam auf mich zu, um seinen Arm um mich zu legen. »Sie sind noch immer besonders, Jani. Natürlich sind sie das. Sie haben unser Leben gerettet.«

»Genau!«, rief Mond feurig. »Wir sind geflogen, Jani. Die Drachen haben uns an einen neuen Ort gebracht. Wie kannst du behaupten, dass das nichts Besonderes ist?«

Darauf fiel mir keine Erwiderung ein. Ich hob nur die Schultern und ging zum nächsten Drachen. Erst spät am Abend, als Wes und ich zusammen mit meiner Mutter und Tante Meri in unserer improvisierten Hütte saßen, konnte ich in Worte fassen, was mir wirklich zu schaffen machte.

»Ihr habt behauptet, dass die Drachen für die Geister da wären«, fing ich an, ich flüsterte fast, da um uns herum schon Menschen schliefen. »Dass sie dadurch ihren Weg nach unten finden könnten, um uns zu beschützen. Um über uns zu wachen.«

Wes betrachtete mich besorgt. »Dafür sind sie immer da gewesen, Jani. Sie haben uns beschützt. Ohne die Drachen …«

»Aber so funktionieren sie nicht«, sagte ich, viel lauter als beabsichtigt. Meine Mutter machte eine beschwichtigende Geste, aber ich wich ihr aus. »Sie waren dazu da, uns in die Luft hinaufzuziehen. Die Geister hatten nichts damit zu tun. Die Geister waren nicht da, um uns zu beschützen! Und er hat gesagt … er hat gesagt, dass er immer da wäre, solange wir ihn bräuchten.«

Meine Stimme versagte und ich schluckte, um den Kloß in meiner Kehle wegzubekommen. Erst nach einer Weile traute ich mich, Wes anzusehen. Seine Augen glänzten, aber er schüttelte den Kopf. »Jani …«

»Er hat gesagt …«, fing ich an, aber ich konnte kein Wort mehr herausbringen. Ich vermisste Alter Drachen sehr, doch bis jetzt hatte ich mich zumindest noch damit getröstet, dass er bei uns war. Dass er uns liebte und für uns sorgen würde. Fast hatte ich das Gefühl, als wäre er noch einmal gestorben.

Plötzlich spürte ich Wes' starke Arme um meine Schultern. »Komm schon, Jani. Das reicht«, flüsterte er. »Du weißt, dass er noch immer hier ist. Und alle anderen guten Geister ebenso. Du und ich, wir haben alle beide zu den Geistern gesprochen, weißt du nicht mehr?«

Mein Atem stockte, als ich mich an diese Situation erinnerte. Wieder fühlte ich, wie mir die Tränen hochkamen. Mit Mühe schluckte ich sie herunter und nickte.

»Na also.« Er kniff mich leicht in die Schulter. »Die Geister waren immer da und sie werden immer da sein. Sie haben zu Nari gesprochen und ihr gesagt, dass sie die Drachen bauen soll. Weil diese sie vor den Alten Roten Augen retten würden.«

Es dauerte eine Weile, bevor ich begriff, was er mir da erzählte. »So wie sie uns gerettet haben. War das kein Wunder? Meinst du nicht, dass wir beschützt werden?«

Ich lehnte mich an ihn, und während das kalte Gefühl in meinem Innern endlich schwand, spürte ich das erste Mal seit Tagen ein Lächeln auf meinem Gesicht.

◊

So unmöglich es uns auch schien, in den Wochen, die folgten, vertrieb die Arbeit, welche schier kein Ende nehmen wollte, sämtliche Sorgen. Wes und ich halfen dabei, Netze zu knüpfen, wir gingen fischen und suchten nach Nahrung in einem kleinen nahe gelegenen Wald. Der Holzfäller und andere Männer arbeiteten in der Zwischenzeit hart, um so schnell wie möglich wieder etwas Bewohnbares aufzubauen.

Langsam, aber sicher bekam unsere Welt wieder ein wenig Ähnlichkeit mit der Welt von früher.

Irgendwann in den nächsten Wochen, am Ende eines langen

Tages, beobachteten meine Mutter und ich, wie Wes und Tante Meri zusammen zwischen den inzwischen errichteten Gebäuden unseres neuen Dorfes hindurch auf uns zukamen. Als sie sich zu uns setzten, merkte Wes, wie ich guckte, und meinte: »Ist was?«

Verlegen zuckte ich mit den Achseln. »Ich hab mich gefragt … was jetzt mit euch passiert.«

Wes lächelte wehmütig. »Ich auch, mein Junge.«

Tante Meri blickte ernst und berührte Wes sanft. Seufzend wiegte dieser den Kopf hin und her. »Ich weiß nicht, was die Zukunft bereithält, Jani. Ich weiß nicht, ob zwischen uns jemals wieder alles gut werden wird, nach all den Jahren … aber ich glaube, dass ich bereit bin, es zu versuchen. Ich bin lange genug allein gewesen, ich habe lange genug geglaubt, dass ich niemals jemanden lieben könnte. Und, verdammt, ich habe sie vermisst.«

Ein Lachen breitete sich auf Tante Meris Gesicht aus, als sie ihn umarmte, auch wenn es noch immer etwas ungewohnt aussah. Zwei Menschen, die einander ganz neu kennenlernen mussten.

Ich sagte vorsichtig: »Du hast gemeint, dass zu viel passiert ist. Dass es niemals mehr so werden kann, wie es gewesen ist.«

Wes nickte. »Das stimmt auch. Es ist zu viel passiert, und so sehr ich es auch wünschte, wir können das nicht ungeschehen machen.«

Er lächelte Tante Meri an. »Aber vielleicht kann etwas Neues entstehen. Ich glaube, mir würde das reichen.«

Während hinter ihnen ein ganzes Dorf im Entstehen begriffen war, schlossen sie einander in die Arme und jetzt war ich mir sicher, dass alles gut werden würde.

Wir danken dem Nederlands Letterenfonds für die Förderung der Übersetzung ins Deutsche.

Nederlands letterenfonds dutch foundation for literature

1. Auflage 2015

Die niederländische Originalausgabe erschien unter dem Titel *Jonge Vlieger*

Übersetzung: Meike Blatnik
Umschlagillustrationen: Torben Kuhlmann
Druck und Bindung: GGP Media GmbH, Pößneck
Printed in Germany

ISBN 978-3-8369-5854-7

www.gerstenberg-verlag.de